角落

宇宙偷渡

CORNER

COSMIC SMUGGLING

黑暗森林 作品

江苏凤凰文艺出版社
JIANGSU PHOENIX LITERATURE AND ART PUBLISHING, LTD

目录

CONTETS

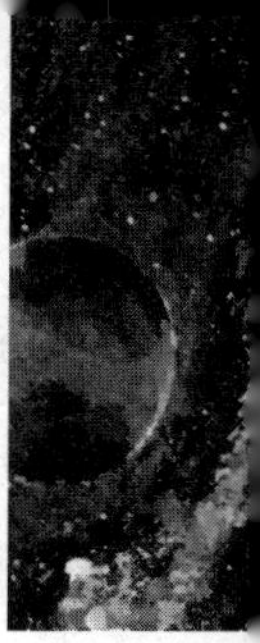

一

秘密

一个人平时再端庄，跑起来也会像个小狗崽子。跑能令人变了模样，跑也能改变世界，譬如爱因斯坦就说过，当你跑过了光，就会让时光倒流。我就只是要给你讲一个关于跑的故事，怎样跑都有，但你绝没见过这种跑法，而且我还告诉你，在光的那头，时光倒流远不及另一件事骇人听闻。

春夜，兰州沙漠里一老一少在奔逃。巨大的“桃花号”舰船停在不远处的沙丘上，孤单又冷漠。很快，他们跑到了跟前，拼命拍打着舰体，寻求救援。

桃花号的起落板打开，走下了八个队员，为首的人对老人询问了一番，扶了扶耳边的通信器，向舰舱内汇报。

没过多久，舱内又出来了一个人，年纪很轻，嘴角还叼着根樱桃把儿，看起来有点玩世不恭。所有队员都向他敬礼，他是舰长李奥。

李奥跳下起落板，看着老人，又伸出手指头挑了下孩子的胖腮帮子，问他们：“你们想去暗星？”

老人正喘着气，回头望了眼后方的茫茫夜色，看着李奥：“你能不能让我们上了舰再说？”

李奥摇了摇头，吐掉樱桃把儿：“我的规矩是，一个秘密一张票。”

老人拉开衣服，拿出一大捆金箔和两枚破旧的陨石戒：“这些全归你。”

李奥没有接，舰船队员们也发出一阵笑。

李奥拍了拍身后的舰船门，说：“我有多富，想必你是听过的，我放着好好的日子不享受，天天驾着这么高档的舰船帮人偷渡，可不是为了赚这点东西的。”

“可我没有秘密。”老人把手收了回去。

“那没办法了，没有秘密就不能上舰。”

老人沉默的时候又不安地回了两次头。

李奥说：“我就给你半分钟时间考虑，要是再没有，我可得撤了，谁知道追你的是些什么凶神恶煞。”

老人停了一会儿，下了决心：“好，那我告诉你，‘暗星’已经与‘沉舰’结盟，银河联邦现在危在旦夕。”

“这算是秘密？”李奥指了指天，“全银河系，连弱智也猜得到。”

老人又回了一次头，身后的沙漠寂然无声，却似隐藏着极大的凶险，孩子往老人的身边靠了靠。

李奥和几个船员却一动也不动。

老人叹了口气，又说：“我告诉你，银河联邦中已有一个区域决定逃离了。”

李奥眨了眨眼："这算个秘密，可谁逃不逃的，跟我关系不大，你还是别说了。"

天边有呼啸声。

李奥抬起了头，远处的夜空正被点亮，那声音渐大，令人乍听之下极为不安。

舰船队员们站得像雕塑，就跟没听见一样。

老人下意识地搂了搂孩子，加重语气："你们能不能先带我们离开这儿再说？"

李奥面无波澜："算了吧，咱们上舰，关门。"

队员们动了，李奥转身进了舰舱。

天边的呼啸声变为了机械轰鸣声，如死神低唱，队员们逐个走进舰舱，要收起落板。

"等等！"老人冲里面叫，"如果你肯带我们到暗星，降落之前我告诉你这个宇宙的真相！"

"啥？"队员陈皮问了句，其余人跟着讪笑，都要关门。

李奥却回了头："你说什么？"

"他说要告诉你宇宙的真相。"队员们递着话笑道。

李奥一歪头："这个听着还不赖。"

"舰长，他在蒙你。"队员毛利提醒他。

"我知道。"李奥点点头，对老人说，"上来吧。"

天边的光泛青，像把刀割开了篷布。

老人拉着孩子匆忙跳上起落板，要往里进。

"别忙。"李奥挥了挥手，"一个秘密只能换一张票，你们是两个人。"

"我实在没有秘密了！"老人吼道。

“那就下去一个。”李奥看着他和孩子，“你们两个里肯定有个不太重要的。”

天边的光中出现了一片黑点，噪声已震耳欲聋，队员们还是没往那边看，老人却已焦躁欲狂。

李奥寸步未让，盯着他们。

老人看着李奥，满眼怒火，又紧张得要命。

李奥抬了抬眼皮，瞥了眼他后面，那里正波澜壮阔。

老人粗喘一阵，搂紧孩子，放低了声音，十分阴沉地说：“如果你让我们上舰，我会帮你杀掉杀你父亲的人。”

李奥的眼神微微定住。

队员们一声不吭。

“你是谁？”李奥问。

老人缓缓地动了动脖子，就像是点了下头：“我知道有关你父亲死亡的一切。”

李奥也压低了嗓音：“你说说。”

“那是让你载我回来的秘密，我要买一张回程票。”老人刻意让自己显得镇定。

李奥停顿了两秒钟，笑了笑：“你比我会做生意。”

外面的天空已亮如白昼，没人看得清来的是什么，它呈现出的气势让人想起地狱。

李奥转过身子，走向了里面，扔下两个字：“开船。”

所有队员如听圣谕，老人拉着孩子快速进来，起落板倏然收起，舱门关闭。

桃花号发出超低波段光束，在沙漠中贴地前行，侧旋飞起，只一个瞬间，就消失不见了。

半空中那些如幽灵般的机械反向跟上，迅速越过卡门线[注1]，飞出一万六千公里，摆脱了气体的痕迹，进入外太空。

行星崩塌般的声响还回荡在兰州，沙漠复归黑夜。

【注1 卡门线：国际航空联合会定义的大气层和太空的界线，以西奥多·冯·卡门命名，高度为100公里，卡门线外为太空。】

二

来者不善

太空璀璨，人类已能远航。

银河系被开发得很完整，各大能住人的行星组成了松散的联邦。

在距银河系百亿光年之外，人类发现了“暗星”，暗星不是一颗星，而是一个与银河系完全不同的宇宙区域，它被称为“宇宙的背面”。

在人的认知中，宇宙大部分是空的，有天体的地方才是实的。暗星却恰恰相反，暗星的大部分区域是实的，偶尔会有些空洞之处，如果银河系是一幅画，那么暗星则是一幅抠图。在很多人眼里，暗星就像一块奶酪，只是这块奶酪的边际至今都没被探测到，它有多大、有多深，无人知晓，科学界猜测，它的半径或许是银河系的四十万倍。而它的构成则更为神秘，既非物质，也非暗物质和反物质。它刷新了人类对宇宙的认知，人类积累了千百代的科学观，在其面前束手无策。

多年以后的今天，即便人类已能定居于暗星，在其“空洞”之中建立起文明，如海中的游鱼，纵然能在海里翻腾跳跃，却根本不知海为何物。

桃花号飞出了太阳系，扎入银河系四千亿颗恒星中，驶向远方。

李奥坐在指挥舱正中央，盯着眼前屏幕上的几个黑点，一言不发。

侦测官坏狗报告：“舰长，查不出来追咱们的是谁。”

“甩得开吗？”

“甩得开，我扫了扫，他们的动力水平差得远，跟不上咱们。”

“那就不着急了，让他们跟着吧。”李奥转过头，“我先去审审那老头。”

“舰长，这回买卖肯定做亏了，那老头可能一个字都说不出来。”坏狗翻了个白眼。

大副崔斯坦也跟了一句话：“是啊，宇宙哪有什么真相。”

全指挥舱都跟着窃笑。

“我就是觉得他挺有趣的。”李奥不以为然，“万一宇宙真是颗弹珠呢？”

“等最后他承认骗了咱们，我第一个用弹珠崩死他。”大副崔斯坦说。

李奥起了身，让崔斯坦坐进首席，自己转身出了指挥舱，队员陈皮和当归跟在了他身后，去往二级客舱。

路上，陈皮说：“这种老头，一看就是一肚子秘密。”

当归也说：“我就想知道他为什么选择这时候去暗星。”

“我估计他不会告诉咱们。”陈皮说，“不过我觉得，要是把他绑进粒子冲撞室拷问，说不定能得到点有价值的东西。”

当归说：“他要告诉咱们宇宙的真相，万一这个真相是不可理解、无法验证的呢？”

陈皮摇头：“那只能把他扔出去了，舰长，你不让坏狗甩开后面那些飞船是有这打算吧，这在远古的俄罗斯，叫什么‘养寇自重’？”

“那是远古中国的成语。”当归纠正他。

“远古俄罗斯就是远古中国，音译不同罢了。”陈皮辩解道。

李奥走在前面，并不理会他们两个的对话。

几分钟后，几人到了二级客舱，守舱队员放他们进去。

老人和孩子正在舱里坐着，见了李奥，老人忙站起来问他：“你们甩开那帮人了吗？”

李奥招呼他坐下，为难道：“甩不开，他们跟得太紧。”

老人面色紧张，四下环视：“我在哪儿能看到他们？”

“指挥舱。”

“你带我去。”老人急道。

李奥不慌不忙：“你急什么，他们很厉害吗？”

“他们是‘沉舰’的部队！”

陈皮和当归听到“沉舰”两个字，都愣了一下。

李奥也有点意外，他问老人：“你是说‘沉舰’在追你？”

老人默认。

李奥又说：“而你是要我载着你，在沉舰的追逐下离开银河系，进入沉舰统治的无人区，用偷渡的方式航行一百多亿光年，抵达暗星？”

老人点头。

李奥说：“这笔买卖我不干了，陈皮，去告诉大副，掉头回去。”

陈皮听令，要接通耳边的通信器。

老人按住了陈皮的手，对李奥说：“你得讲信用！”

“这根本就是找死嘛，本来就是偷渡，就那么一条路，而且追你的还是路的主人，这怎么说都是自投罗网。”李奥看着老人，挑了挑眉毛，“你不会也是沉舰的人吧，这是你们下的套儿，想打劫我这艘舰船？”

老人否认：“你想多了，沉舰是在追我。”

“我怎么知道是不是真的。”李奥说，“况且，咱们的生意根本还没谈成，扯不上什么信用不信用，你是上了舰，可我到现在什么有价值的东西也没从你身上得到，这账赊的，老子赔大了。”

陈皮要把手从老人那里抽回来，老人却拉着不放，对李奥说：“到了暗星我自然会告诉你，咱们不是说好了吗？”

李奥往前探了探身子：“那你至少先交点押金。”

老人看着李奥，半天后舒了口气。

李奥给了陈皮一个眼神，陈皮松了劲儿，老人放开了他的手。

“说说，他们为什么追你？”李奥说。

老人抬了抬眼，说：“我来自暗星，我的家族世世代代在暗星与银河联邦之间做生意，但我不能告诉你我是谁，那不关你的事。如今的宇宙可探空间中，暗星、沉舰、银河联邦三足鼎立，我只能告诉你，我的家族在几十代的探索中，有幸掌握了银河联邦里一种极为宝贵的星际资源，它对于当今的星际战争来说至关重要，而沉舰追我，正是为此。”

李奥盯着老人，听他继续往下说。

“那种资源已被开发了近两百年，但至今仍属尖端科技领域，核心机密只为掌权者所知，你再有钱也是接触不到的。不过，我们却并非官派的商人，说白了，我们一直都在暗地里做走私生意。”

“原来如此，我是偷渡的，你是走私的，咱们缘分不浅。”李奥笑道，“那你还告诉我你没秘密，看来你的秘密重大得很。”

“那秘密与你无关，我说了也没用。”

“我可没你想的那么狭隘。”李奥问道，“你们走私的是什么资源？”

老人不回答他。

李奥等了半天，陈皮和当归也好奇心满满。

李奥又勾了一把那孩子的腮帮子，那孩子丝毫不理会他。

“你必须在银河系以内甩开那些追兵，否则咱们一旦进入无人区，他们绝对能联系上沉舰的巡逻部队来堵截。”老人有些急。

李奥却沉静如山，没接老人的话，又问：“你怎么会知道我父亲？”

老人沉声对他说：“你父亲死在暗星。”

李奥的喉头动了一下，却并未发声。

老人又说：“到了暗星，我自会履行承诺，但到达之前，我什么都不会说。”

“那人是谁？”李奥问。

“我只能替你杀了他。”老人执意不讲。

李奥目光发狠。

陈皮和当归站在他后面，随时听候调遣。

李奥转头看向舷窗，窗外繁星如雨，舰船的速度令近处的景观有些扭曲，太空看起来像挂了一块波光屏。

“告诉指挥舱，加速。”李奥下令。

陈皮点头，向指挥舱传递了命令。

老人坐下了。

客舱里没了声音。

舰船在加速，但舰舱中的人都感觉不出来，老人和孩子透过舷窗往外看，可他们的肉眼根本无法分辨这和先前有什么不同，舰船用的动力装置，已远非人类感官能理解得了。

过了片刻，李奥问：“甩开了吗？”

陈皮用通信器与指挥舱联系，回复道：“还没有。”

李奥又等了一会儿，看着陈皮。

陈皮再次回复：“还没有？”

李奥有点不相信：“怎么了？”

“坏狗说咱们连着跳了四个维度，他们竟全部跟上了。”陈皮回答道。

李奥直起了身子：“怪了。”

突然间，舰舱猛烈震了一下，陈皮和当归没站稳，匆忙扶住了座椅。

紧接着，警报声响起，全舰自动进入戒备状态。

李奥皱着眉起身，接过了陈皮的通信器。

“舰长，对方突然开了火，用的是系外能武器！”大副崔斯坦的声音传了进来。

“继续升维加速，等我回来！”李奥下令，转身就要回指挥舱。

老人却扬手止住了他：“你必须带我去。”

李奥看着他：“你要干什么？”

老人顿了顿：“我说实话吧，追我的其实不是普通的沉舰部队，而是沉舰最主力的量子战团！”

“量子战团追你？你怎么不早说！”李奥差点一蹿三尺高，骂道，“该死的，这买卖赔死了。”

“早说恐怕你就不会让我上舰了，别耽搁，带我去指挥舱，我知道一个隐藏中的宇宙维度他们探测不到！”

三

隐藏的维度

一直以来，银河系与暗星之间的区域并没有生存价值，无人管控。三亿年前，一支来自银河系开普勒452b行星的巨型舰队远征暗星，行至中途，与总部失联，银河联邦为此展开了星际救援，却难觅其踪迹，最后不得不认为，这支巨型舰队已死，或许是被某种能量扯碎，或许是误入了黑洞，或许仍在宇宙之中，也或许已在宇宙之外。银河联邦为纪念这一灾难，于开普勒452b行星上举行公祭，为其定名“沉舰”。

然而，就在“沉舰事件”发生四百年后，有来自暗星的舰队报告，他们在从暗星到银河系的途中，观测到了一艘巨大的舰船，那是一艘母舰，周围只有十几艘子舰，而当舰队试图与其取得通信联系的时候，它们消失了。

又过了五十年，一支商队声称，他们在无人区发现了一颗新星，体积有冥王星的一半大，看起来像是人造的，围绕着这颗新星的有上百颗卫星，按照各自的轨道有序运行着。但当商队试图向它靠近时，却遭到了防御性攻击，商队不得不迅速撤离那个区域。

此后再无此类消息，无人区继续保持着它的沉寂。

直到上个千禧年年初，突然之间，银河系众多星球都观测到无人区在极短时间内出现了许多新的行星，数量从几百个飞涨至上万，它们不受任何恒星影响，全部只围着一个有三百个太阳质量的未知星球呈辐射状排列。当银河系的舰队想要进入这些新行星群探测那颗未知星球的时候，无人区传来了宇宙广播，用的是几亿年前开普勒452b行星的古老语言，广播里称，“沉舰”复活，并宣告崛起。

那是一支被文明忘却了的舰队，他们声称自己曾遭遗弃，在宇宙的荒凉角落流浪了数亿年。开普勒452b上的纪念活动早就随着岁月泯没不见，没有人记得他们是谁，直到银河联邦的古生物学家们从残碎的历史信息中，考据出了一星半点与他们相关的内容，大家才恍然大悟，原来他们是上古银河文明中的一员，就是那个莫名消失了的“沉舰”。

只可惜年代久远，事件也早已微小得连传说都不是了，对于物是人非的银河联邦来讲，“沉舰”十分陌生，谁也没有共同记忆，更谈不上任何情愫。“沉舰”与银河系的那道脆弱纽带也已淡若游丝，它不再想要归来，在无人区建立起了自己的帝国，快速发展壮大，控制了从银河联邦到暗星的航路。从此，两方的任何交流都要经过“沉舰”许可，今时今日，这三股势力就是已知文明所能探索到的宇宙。

然而沉舰是神秘的，它以一个海盗式的帝国姿态，横亘于两大阵营之间，没有人知道它是如何建起那些叹为观止的人造行星，遑论猜测那三百个太阳质量的母舰从何而来。它之前从未在暗星和银河联邦获取资源，好似自然生长，在切断航路后，又疯狂地与两大阵营进行物质交换。它似超脱于世外，又似想凌驾于世上，它历经煎熬孤独的过往，谁也不知道它在谋划一个怎样的未来……

“沉舰的部队怎么进的银河联邦？”李奥带老人和孩子出了二级客舱。

“地球不在银河系的两个主旋臂内，银河联邦本就内乱了，这里防范太松，他们是混进来的。”老人说。

“他们跟暗星到底要搞什么？”

“不知道，我觉得也许是沉舰自身出现了什么不可告人的生存危机，他们想反噬银河系，跟暗星合伙把银河联邦的地盘给占了。”

李奥没再说话。实际上，他并不是个天生的偷渡犯，他的家族本是做超远途航运的，在银河系将小麦哲伦星系完全吞噬之后，李家曾一度垄断了太阳系和小麦哲伦星系与暗星之间的所有航运业务。但是六个月以前，沉舰禁止了银河系与暗星的通航，李家的业务也遭到停滞。由于上一辈人的纷争，李奥肩负使命太多，他只能亲自驾着这艘全家族最先进的“桃花号”舰船，往来偷渡于无人区，一边打探消息，一边寻求出路。

李奥把老人和孩子带进了指挥舱，大副崔斯坦看到他们，让出了首席位置。

所有人都知道了，追来的是“沉舰”的量子战团。

“舰长，已经升到第七维度了，他们跟得很紧。”坏狗报告。

李奥问他：“你不是说他们的动力水平与我们差很远吗？”

“他们的设备特别老旧，从物质分析来看，用的全是低端材料，可能量很怪。”坏狗说，“全宇宙都不知道‘沉舰’怎么弄的势能，检测不出来也不能怨我。”

李奥没怪他，下令道：“继续升维。”

坏狗听令，指挥着一众队员进行操作。

屏幕中的黑点未变大也未变小，他们与“桃花号”一直保持着匀速运动，跟得很紧。

老人问李奥：“你的这艘舰船最高能升到第几维？”

“第十维。”李奥回答，“这是艘超弦战舰。”

老人看着屏幕，若有所思：“恐怕它不足以摆脱量子战团。”

李奥心里有数，量子战团名声在外，实力必定非同小可，他的这种升维策略只是尝试，但尝试到最后，恐怕还是得另觅出路，他问老人：“你说的那个隐藏中的维度是什么？”

“在第六维与第五维之间。”老人说，“你得让我操作控制台。”

几乎所有人都回头看老人，仿佛在听笑话。

“李奥，我看咱们还是谨慎点。”大副崔斯坦明确表达了对老人的不信任。

李奥在凝思。

老人也不多说话，就站在那里等着他。

李奥看着屏幕，头也不转，问战斗官莫冬：“他们的火力情况怎么样？”

莫冬回答：“远在我们之上。”

“刚才那一击之后还有动作吗？”李奥问。

“没了，但说实话，我觉得从力量对比来看，他们能轻松碾死我们，我猜刚才那一下只是警告。”莫冬回答。

“他们是想让咱们交出老头儿。”大副崔斯坦直言不讳。

老人看着李奥，目光殷勤。

李奥沉闷了一会儿，说：“咱们干了这么多年的物流，可从没丢过一件包裹。”

大副崔斯坦跟着笑了：“我觉得也是，我虽不喜欢他，但咱们的声誉不能败坏了。”

“上了舰就是客，你去试试吧。”李奥对老人挥了下手，又对陈皮说，“你帮他看着孩子。”

老人知道这是什么意思，把孩子留给陈皮和当归，自己坐到了控制台前，与主驾驶员猴子进行了简短交流后，伸手在触摸板上开始操动，他的动作很流畅，是个熟手。

片刻后，“桃花号”速度骤然降低，从太空中看，就像是卡顿了一下，从第八维降至第六维，并渐渐消失。

而它后方的量子战团则如几道流星，柔和地闪烁了两秒，毫无刻意调整痕迹，行云流水地开始隐没，光色越来越暗，最终也只留下了一片漆黑。

李奥坐在首席，屏幕里尽处光明，他的视野之中，毫无杂质。

所有的舰船队员都在发蒙，这个维度他们从未来过，这里什么也没有，空间感极其虚无。

“这是哪儿？”李奥问。

“这是个投射出来的维度，换句话说，是人造的。”老人回答。

大家难以置信。

老人解释：“以前有句话，‘世上的路，本来就是人走多了才有’，维度也是如此，既可以有天然维度，也可以有人造维度。”

陈皮给了当归一个眼色，那句话是古意大利国一个姓鲁的先贤说的。

李奥站了起来，他对此十分好奇，盯着屏幕，又看向舷窗外面，其实，他的肉眼看不出什么，空间与空间都是一样的，但他和舰船队员们都感觉得到，这是个崭新的地带。

“你姑且把它看作地下路径就可以了，它很私密。”老人说。

“这是谁造的？”李奥问。

“凤凰座一个漩涡星系的年特人。”老人回答他。

“与你们要走私的星际资源有关？”

老人没再说话。

李奥也不追问，他只是盯着老人扫了一眼，又看了看待在陈皮身边的孩子。

老人的形象已不似先前那么卑微了，队员们都看得出来，他有点本事，肚子里或许还真有些值得载他一趟的秘密。但是，这与他乞求上舰时所展现出来的无能状态一对比，更显其老奸巨猾，大家越发看清了他的本质，这种人一定要严加提防。

大副崔斯坦低声告诉李奥，要派人将他看好。

李奥只是点了点头，把这活吩咐给了陈皮和当归。其实，他并不特别在意怎么看押老人，在他看来，榨干老人肚子里的秘密，比把老人看好了别乱动更有意义。

“舰长，不太对劲！”坏狗忽然报告。

不用他说了，光洁的屏幕上又出现了几个黑点，与先前的数量一样。

所有人都知道是怎么回事，原本刚放松下来的指挥舱又陷入了紧张的气氛中。

老人也没料到，他慌忙抬起了头，目光略显呆滞。

李奥撇了撇嘴角，瞧了他一眼：“看来，你这个维度的私密性还有待加强。”

四

主旋臂闪电战

新的维度空间中，那些外形古典的量子战团慢慢闪现，如渐变进来的一样，它们若隐若现的舰身就像在连接什么断断续续的信号，尽可能地融入此地。

桃花号在空间中飞驰。

坏狗报告："舰长，我觉得他们是在赶咱们。"

老人说："他们就是要把我们赶进无人区，然后撒网抓活的。"

坏狗又说："舰长，咱们离银河系边缘可不远了。"

李奥凝视着屏幕。

"得想想办法。"大副崔斯坦问老人，"你还有别的招吗？"

老人沉默无语，他技穷了。

屏幕上的黑点有条不紊地行进着。

战斗官莫冬说："舰长，我们随时可以向他们开火，我会尽力在三炮之内找出它们的要害！"

李奥却特别冷静："恐怕咱们坚持不到第三炮。"

所有人都不说话了，指挥舱里气氛很紧张。

李奥看了眼老人，问他："你赶时间吗？"

老人不知道他是什么意思，摇了摇头。

"你不赶时间的话，我就带你去银河联邦兜兜风。"李奥坐回了首席位置，对猴子下令，"掉头，先升维，把他们带到银河系主旋臂上，然后降维，进三维宇宙，带他们去银河系的中心！"

他的话一说完，所有队员都明白了，大副崔斯坦露出了邪笑："阴险。"

李奥很得意于这个评价，没再吭声。

猴子熟练地将飞船提速升维。

老人也琢磨过来了，问李奥："你是要借银河联邦之手甩开他们？"

"'沉舰'不准进入银河联邦的领地，这可是有公约限制的。"大副崔斯坦替李奥回答，"我们去银河系中心，就不信他们也敢这么大张旗鼓地跟过去。"

好主意，老人感到安慰。

桃花号瞬间消失在了这个新的维度空间中，紧随其后的是，量子战团再次柔和闪烁，慢慢暗淡，空间再次空无一物。

他们前后出现在了第六维空间里，仅仅数秒后，又进入第七维空间，在这个过程中，舰船的视野也越来越宽，逐级向上，当桃花号以最快的速度进入宇宙第十维空间视角时，量子战团毫不吃力地跟了进来，如同甩不掉的尾巴。

双方在这个维度中展开了很长一段时间的追逐。当然，与其说是追逐，不如说是摆脱，因为桃花号一点主导地位都没占。随着速度的加快，舰体受到的空间压缩感越来越强烈，但是由于伤害阻隔膜的保护，舱内并未受到影响，所有队员各司其职，镇定自若。

“舰长，已经进入银河系主旋臂！”猴子报告。

“开始降维，航向银河联邦总部。”李奥下令。

猴子得令，着手进行舰船降维操作，却并不调节速度。

桃花号从十维空间开始向下隐没，量子战团也变换了光度跟上。

屏幕上的黑点变大了，量子战团与桃花号的距离在拉近。

“舰长，他们想飞到咱们前头！”猴子报告。

李奥已看到了，他沉着指挥：“平维提速，将航速开到最大！”

猴子依令而行，但屏幕上的黑点并未变小，反而越来越大。

“他们的速度更快了，我看这是想堵截咱们！”猴子报告，“即将进入海墓座！”

李奥下令：“控制一下航向，当心卷入超巨黑洞，另外，崔斯坦，打开广播，向全银河联邦通报‘沉舰’入侵！”

大副崔斯坦听命，着手指挥舰船广播。

偌大的银河系好似在沉睡，随着桃花号的深入航行，天体数量急剧增加，他们进入了一片大恒星带，并放出了引力信号，一瞬间，时空仿佛苏醒了，银河联邦热闹了起来，“沉舰”入侵的消息全面扩散。

李奥嘴角露出了微笑，有那么点小恶毒。

“舰长，他们开火了！”

坏狗叫了一声，他话音未落，舰船发生了剧烈震颤，轰鸣声从外部传来，老人险些摔倒！

“火力太猛！”坏狗又叫。

“莫冬，反击！”李奥下令，并吩咐大副崔斯坦，“加大广播！”

莫冬听命，迅速启动战斗设备。

“这一下还是示警，没穿透舰船战甲，他们要咱们停下！”坏狗说。

所有人都明白，对方的目标就是老人和孩子，量子战团即便再强，对于银河联邦也仍是怀着忌惮的，再深入航行下去，对他们来说是凶多吉少，他们必须尽快阻止桃花号。

群星汇集的海墓座中，量子战团的强大光束穿过层层障碍，直冲桃花号射了过来，桃花号曲转着航线，主航向却未变，三十排后翼弹道口全部打开，轰然射出无数道绿色光柱！

然而，量子战团没有一艘战舰做出应对调整，它们像一群狂奔中的犀牛，也不知是勇力驱使还是惯性太大，直冲而来，正面迎上了桃花号的火力，绿色光柱虽准确无误地击向了它们的舰体，却瞬间消弭了，连点痕迹都没留，像春雨冲过了石面！

“直接启动最高光阶武器，二象能！”李奥对莫冬说。

莫冬立即调遣武器。

老人坐在了地上，他搂住孩子，脸上露出失望之色，他知道，恐怕这艘战舰所装载的最高阶武器，也远不足以对抗量子战团。

“这下他们似乎要来真的了，检测到能量聚集！”坏狗报告。

“放出二象能，扛住它们这拨火力，立即找最近的行星着陆！”李奥再次下令。

“二象能已释放！”莫冬回复。

“准备降落，七千三百万公里，深渊地宫9号行星，自转均速五百三十三米/秒，公转均速线速四十点三千米/秒！”驾驶员猴子回复。

海墓座的中心有两百多颗新恒星，深渊地宫9号绕着阎王星转，发现于银河联邦的中世纪，此时已有大约七十三亿人口生活在上面，桃花号发出的广播，他们早就接收到了，只是未接到银河联邦总部的指令，没有采取相应措施。但此时，桃花号从天而降，如同一个将瘟疫带进了这里的病原体，立即引发了全民恐慌，官方不得不做出反应。

就在太空之中，已被释放出去的二象能迎面接上了量子战团聚集了四秒钟后发出的火力，那是一道曲面波，宽得就像地球钱塘江的大潮，前进途中开始四处扯裂，虽寂闷无声，却势头恐怖，二象能在其面前弱得像纸，它好似根本就没感应到，平淡地将其透过，二象能就像被卷进了大潮中的沙堆，不被理会，潮水涌过之后，被孤零零地冷落在了原处，无效空散。

曲面波赶上了桃花号，紧跟着进入深渊地宫9号的大气层中，此刻从地面看去，天空被扭曲了，有团火在烤着高空，却见不到火焰的颜色，整个星球的民众看着这幅景象，都怀疑这是不是突如其来的末日！

深渊地宫9号全球的拦截导弹尽数射出，却无法抵消这道铺天盖地的曲面波，它们皆如水滴入海，全无用处！

桃花号则像个引狼入室的家贼，尽管深渊地宫9号官方已传来信息，禁止入境，责令他们返回太空，可李奥对此充耳不闻，他就是要将灾祸引到这里，与万众共享！甚至就连此刻待在李奥身边的老人都觉得这太自私了，量子战团的强大武力极有可能让这座星球受到重创，李奥这么做足能使生灵涂炭，令民众死伤无数，可他却坐得稳如泰山，眉头都不皱一下，真是有底蕴。

“舰长，咱们继续降落吗？”猴子忍不住转头问了一句。

连大副的眼神都有些迟疑了，也看向李奥，李奥却面不改色。

警报声已响彻全球。恒星射来的光已被弯散，大地上折射出了五彩缤纷的颜色，煞是好看，可谁也没有心情欣赏，全球七十多亿人口于错乱景象中发生了癫狂、怒斥与哀号遍野，生死眼看只是一瞬间的事了，在这个强敌环伺的宇宙里，谁都知道这样的情况不是没有，可真正降临到了自己的头上，又极难接受！

但就在这生死存亡的危急关头，天空忽然放晴了。

就像出现了上帝。

天空回到了先前的颜色，地面上，红是红，绿是绿，颜色不再混杂不清，曲面波消失了。

桃花号依然在向下飞奔，离地面还有一百五十千米，正在准备着陆。

“舰长，量子战团的攻击好像停止了。”坏狗说。

李奥一直盯着屏幕，他看到了这种状况，略一思索：“停止着陆，找个隐蔽点的低空躲起来。”

猴子听令，桃花号离开了先前的降落轨道，向着高山飞去。

“查查是怎么回事。”李奥说。

“不知道，那道曲面波难道只是唬人的？”坏狗问。

“不可能。”莫冬插话，“二象能都被轻易透析了，它的威力必定特别大。”

“舰长，量子战团在向深渊地宫9号发送广播，禁止他们支援桃花号！”坏狗说，“他们说，刚才的曲面波是他们自己干涉回收的，如果一分钟内咱们不投降，他们会进行第二次攻击！”

“这么回事。”李奥看看大副，“看来，考验良心的时候到了。”

大副崔斯坦却说：“是咱们把敌人带来的，要说良心，那也是咱们没良心。”

李奥不置可否。

“等一下，干涉回收？他们用的是这个词吗，翻译准确吗？”老人忽然抬头问。

“准确。”坏狗回答。

“怎么了？”李奥问。

老人有些惊恐：“那道曲面波，用的是古老的量子力学领域的技术，方才的‘干涉回收’，应该是用量子干涉原理进行的能量回收！”

“那又怎么了？”李奥问，他对量子力学并不了解，那是一门很古老的学问。

老人说：“要是照这种规模进行操作，他们多半已经将量子力学发展到了一个无法预测的高度，恐怕……不好说。”

李奥见他吞吞吐吐的，不想跟他啰唆，现在军情紧急，不是聊这个的时候。

“舰长，咱们怎么办？”猴子问。

李奥在琢磨，逃与不逃，看起来都是死。

此时，屏幕上出现了一大片光点，明眼人一看便知来自太空。

李奥嘴角浮出了微笑。

老人搂着孩子，不知道发生了什么情况。

“良心险胜。”李奥笑道，“是联邦跃迁队来了。”

众人脸上都有了喜色。

海墓座中，如同凭空出现了一支铁血大军，以一山更比一山高的姿态压在了量子战团之上，他们雄赳赳气昂昂的样子，宣告着他们是此地之主，是银河联邦的守护者，他们任何招呼都不打，以宇宙公约之名，强势放出冥古射线，就像巨鸟在啄几只捣乱的虫子。

李奥与众队员心情大好，深渊地宫9号的政府则通过广播开始安抚民众，地面已转瞬由丧气变为欢腾。

量子战团连动弹的机会都没有，如果那些外形古老的机械战舰有生命，此刻的太空该充斥着他们的绝望号叫。

冥古射线如万道利箭，又如猛虎之牙，以气吞万里之势一举将量子战团吞没，它造成的引力连光也逃不出去，量子战团霎时间全无，碎片都没留下。

安全广播响起，全民沸腾，他们就在这不到一分钟的时间里经历了一场轮回。

桃花号上，大副崔斯坦的神色也放松了：“接下来，我们该想想怎么编点瞎话跟银河联邦解释了。”

李奥还没说话，只是坐回了首席。

作风硬朗的联邦跃迁队完成这一切后，开始撤回，他们向来速战速决，就像是银河系的垃圾清理工，重视一切，又藐视一切，事了拂衣去。

深渊地宫9号的群众都走到了户外，向着空无一物的天空挥手致意。

可桃花号上，老人的脸上一点也没轻松，他还在全神贯注地盯着屏幕。

“不太对劲！”坏狗叫道。

黑点忽然再次出现在屏幕中，并且是相同的位置。

李奥的身子往前探了一下，他看清了那是什么，还是先前的量子战团！李奥拍了一下扶手：“绕着深渊地宫9号背面，逃！”

猴子立即启动，桃花号飞驰了出去！

就在仅仅半秒之内，再次现身的量子战团释放出一股强大的能量，桃花号只飞行了数千公里，队员们就猝不及防地看到身下的这座星球发出了巨响，声如裂帛，它在扩散！

量子战团的能量波笼罩了星球的天空，如恶魔眯起了眼。

砰然一声，就像爆了个气球，清脆如瓜。

但深渊地宫9号还在，爆掉的似乎是它的大气层。

大家还都没反应过来，巨响再起，震耳欲聋地穿透了这整个银河系主旋臂，深渊地宫9号霎时消失了！宇宙中仿佛出现了一片空洞！

“量子崩塌！”老人惶恐地叫道。

五

偷渡者

“炸了？”李奥也看慌了，他站了起来，“猴子，有多快跑多快，升维，继续朝银河联邦总部跑！”

桃花号就像是被扒干净了的窃贼，再无东西可以遮挡，掠着空洞穿行了过去。

量子战团却并未跟上，只是发射了一束细光，冲着桃花号的尾翼射来。

刚要离开的联邦跃迁队停住了，迅速反应，瞬移到了桃花号旁边，接住那道细光，那细光却似利箭般穿透了一艘战舰，直击在了桃花号的尾翼上。

警报大作中，坏狗报告：“舰长，防护系统被炸了！”

“全速逃，利用好联邦跃迁队的掩护！”

桃花号速度提升到最高，尾翼碎片像流星般跌落在太空中，全舰亮起了红色警报光。

联邦跃迁队与量子战团交上了手，双方做出了对峙状。借着这个时机，猴子将舰船升入第七维度，算是初步逃开了，可谁也不敢放松，毕竟没人知道联邦跃迁队究竟是不是量子战团的对手！

“这下事可闹大了。”大副崔斯坦说。

屏幕上并没显示追兵袭来，但大军交战所引起的空间震颤却源源不断地传到舰体上。

“你刚才说的量子崩塌是什么，是能量撕扯吗？”李奥问老人。

老人很紧张，摇头说：“不是，我可能记得不准确，但是，量子战团之所以叫量子战团，就是因为他们所有的科技都是源于古老的量子力学。其实，据我看，刚才的星球不是被炸了，而是……消失了！”

“消失了？”李奥不解。

老人说：“我说不好……这个星球就好比‘薛定谔的猫’，一只被关在匣子里的猫，它本是不确定的，原本万物量子本都处于不确定的叠加状态，以那只猫为例，你未打开匣子的时候，由于放射性物质的粒子不确定性，猫或生或死，但你一旦打开，相当于注入了意识参与，你‘观察’了它，你‘测量’了它，于是粒子的叠加状态就崩溃了，猫的状态确定了。”

“你在说什么？”李奥听不懂，量子力学太过古老，在他的印象中，更像一种魔法，他转头问陈皮，“你们懂吗？”

陈皮若有所思地说：“我记得薛定谔的猫是一只古书里的印度神兽。”

老人恨铁不成钢：“神兽个屁。多的我也说不清楚了，这量子战团厉害就厉害在，它正是在方才这一原理的基础上，对深渊地宫9号行星进行了操控，打开了它的那个‘匣子’，并强行令其进入了消失的状态！”

恐怕全舰都没人听得懂，李奥说："我还是觉得你说的事很矛盾，那照你这么说，这个星球是被变没了？"

"你可以这样理解，但没那么简单，量子战团相当于给世界开了'天眼'，或者是直接让我们的宇宙跌入了没有深渊地宫9号的那个宇宙状态，反正在这个世界，它是不存在了，它算是灭亡了。"老人说，但听着更混乱了。

"既然不是炸的，刚才的脆响以及后来的巨响是什么？"

"是量子力学的'环境注入'，我一时半会儿说不明白，这玩意儿的理论太复杂，我也记不清意识参与和环境注入之间的关系了，这可能跟量子崩塌没关系，跟激光学里的受激吸收和自发辐射有关。但我可以告诉你们，量子战团这套技术理论基础跟联邦跃迁队的跃迁技术应该是一个老祖宗，他们发展邪了，与银河系主流科技不是一条路子，但看起来更为强大！"

李奥陷入思考，叹道："这与魔法有何异？"

老人不再接话。

桃花号在破败中奔逃，屏幕上不再有黑点或者亮光出现，看起来，它已经暂时进入了安全地带。

"联邦跃迁队还是有两下子的。"大副崔斯坦说。

"恐怕不单是联邦跃迁队的事了，估计会有更高级别的部队参与进来，咱们惹了场不小的祸。"李奥说。

舰船在警报声中飞奔，所有人都明白，现在的桃花号处境很危险，防护设施被破坏，就像是一个没了盔甲和拳套的斗士，不光会被敌人的袭击轻易破坏，自身的战力也降低了不少，舰体无法承受自身发出强大火力时所带来的作用力。

海墓座已被远远甩在了身后。

但随着向银河系中心的深入，天体越来越多，星辰密布，所有的政府都接到了外敌入侵的通知，并都对桃花号有了埋怨之意，坏狗在侦察的时候认为，就连这些星球发出的光都充满了不友好的意味。

航行了许久，也不知量子战团与联邦跃迁队谁胜谁负，或者接下来还发生了什么更不可思议的战斗场面，桃花号观测不到那么远的地方。

众人都慢慢回过了神，开始反思方才的那场大祸，一个行星，真的是活生生地就没了？那上面可是有七十多亿人口啊，他们全死了？自宇宙诞生以来，是有不少恒星和行星诞生又陨落，可那都有一个过程，能让人接受。但从没出现过刚才这种情况，就在毫无征兆之下，一颗正值壮年的行星，就被什么量子力学武器一招之间毁灭了，连点痕迹都没留下？细思极恐！

在李奥看来，这比银河系有史以来最强大的超核武器都不可思议，超核武器不过是能瞬间将一座行星炸平，可绝达不到令其消失的程度，全银河联邦都没有这种战力，如此看来，沉舰的实力可能远远超乎想象。

一直都没人说话，就连最爱胡说八道抖机灵的陈皮和当归都缄默了，指挥舱静得迷茫。

过了很久，猴子报告：“舰长，已经进入大蚰蜒座，再往前就是银河联邦总部了。”

李奥点了点头。

大副崔斯坦问：“咱们确定还要往那里去吗？”

大家都知道这话是什么意思，既然已经甩开了量子战团，应该没必要再深入了，而且去了恐怕会立即被扣押起来。

李奥看着老人，对他身上的秘密越来越感兴趣了，吩咐说：“猴子，转出银河系主旋臂，重新制定航线去暗星。”

老人问：“不先找个地方修修你的防护装置？”

李奥说：“问题不大。”

老人心里没底。

“舰长，有情况。”一直都安分不言的二副龙莉说了话。

几乎所有人的心都颤抖了一下，李奥下意识地看向大屏幕，却没发现什么，他问：“怎么了？”

“不是外面的事。”龙莉说，“下舱室发来报告，抓到了三个身份不明的人！”

大家本以为是量子战团又跟上来了，都高度紧张，一听这话，松了口气，不是恶魔阴魂不散就好。

李奥问：“三个？”

龙莉点头：“在动能舱抓到的，人已经送到禁闭室了。”

李奥有些愤怒于安保工作的疏漏，说：“把人给我绑好了，带过来。”

“你确定要在这里审？”龙莉还特地看了看老人和孩子，今天指挥舱里来的外人不算少了。

李奥没说话。

龙莉用通信器下达了指示。

过了几分钟，舱门打开，安保队员押着三个人走了进来，带到李奥面前，一一踹倒跪下。

大家都在观察他们，两男一女，从皮肤细节看，像是临近地球的土星人。

“舰长，调查清楚了，他们是从兰州沙漠潜伏进来的。”保安队长说。

李奥还没说话，三个人中靠右边的男人却先开口了："我叫洛克，他叫秋官尺，她是谭雅，我们来自土星。"

李奥扫了一眼他们，气势很威严。

叫洛克的男人又道："我们想去暗星，抱歉，没跟你们打招呼就先上了舰。"

李奥说："你们听着好像一点都不觉得惭愧。"

"因为我们有足够的票钱。"叫谭雅的女人竟然站了起来。

保安队员想上去阻止她，李奥却挥了挥手。

谭雅继续说："你知不知道，看现在的情形，银河联邦内恐怕没地方会给你修船了，而且凭这样的硬件设施，你就算到了无人区，早晚也得被沉舰捉住。"

李奥盯着她，示意她继续说。

"其实你完全可以跟银河联邦接洽，屈服并寻求更多庇护，但大家都清楚，你不想跟他们分享这个老人。"谭雅瞥了眼老人和孩子，"这叫'明知山有虎，偏向虎山行'，对于去暗星，你自己也并无十分把握，可你急于探知这两个人身上的秘密，所以你要冒险。"

谭雅说得很明白，看来，他们在躲藏期间什么信息也没漏掉。

李奥笑了笑，他瞧着这个外表很美丽的女人，竟不合时宜地想起了自己的母亲。他问："所以，你们想怎么补票？"

谭雅说："我们拥有的秘密只有一个，但它的价值，足以值三个人的票。"

李奥对这个干练的女人竟有些欣赏了。

谭雅继续说："我们知道通往暗星的另一条路。"

此言一出，大副崔斯坦首先笑了，而后，其余队员也听出了荒唐。

李奥觉得自己可能被耍了，他问谭雅："你知道我们处在怎样一个宇宙中吗？”

“我知道。”谭雅回答说，“银河系、沉舰的无人区、暗星，基本上是呈左中右平面状排列，沉舰的无人区和暗星，都大得十分夸张，对于银河系来说，近乎是无边无际的，从银河系到暗星，只能通过无人区。如果选择绕远的话，避开无人区，对于我们来说，那是不可能的，因为无人区大得没边，以银河联邦内现有的舰船航行技术，根本不可能达到。”

“那可能要飞好几个世纪。”李奥不恭敬地看了眼老人和孩子，“恐怕到了之后，这孩子都老了。”

谭雅点头：“在我们现有的认知中，从一个点到另一个点，可以是条线段，也可以走曲线，或者可以绕圈，但是无论怎么走，都是有痕迹的，我们的运行痕迹总会显现在这个世界上。不过，你们知不知道有一条路是无痕的？”

无痕的，你说的是一种古人内裤吗？李奥身后的陈皮很不庄重地想，还捎带着给了当归一个眼神。

李奥问谭雅：“你说明白点吧。”

谭雅道：“我们知道怎样搭出爱因斯坦–罗森桥。”

李奥的眼神亮了一下：“虫洞？”

六

虫洞之猜

整个指挥舱的人都看向了谭雅。

虫洞，是个笑话。

这是很古老的事了，虫洞刚被大爱因斯坦时代的人假设出来的时候，全世界还都以为那是一种时空旅行的捷径。但是，到了后来，人类真正在银河系中找到了一个天然虫洞，却失望地发现它不仅不是捷径，反而让时空旅行更慢了。

谭雅却并不理会众人的鄙夷，她说："虫洞能让我们的航行不留下痕迹，归根结底，是因为它跳出了时空之外。我们假设世界就是一张二维的图画，我们拿着一支笔，从一个点到另一个点，无论怎么走，都会在画上留下线条，但是，如果我们让笔端离开图画，直接'飞'向那个点，那么画上也就没有线条了，因为我们已经超越了二维的图画，我们是从二维世界之外去了另一个点，而这就是虫洞的意义。虫洞就是能把我们带向世界之外，跳出时空，绕路而去。"

"我觉得你不用这么啰唆，我们都懂，毕竟你现在是在一条超弦战舰上。”李奥提醒她。

“超弦战舰的航行理论，虽也与时空跳跃有关，但跟虫洞还是不一样。超弦战舰归根结底只是在同一世界、同一宇宙内穿维，而虫洞，则能让人完全跳出世界，跳出宇宙。”谭雅说，“在大爱因斯坦时代，人们想到了虫洞，却忽略了一个最基本的几何问题，就是‘两点之间线段最短’，这是条亘古不变的真理。即便虫洞没有痕迹，能跳出时空，可它归根结底还是绕了路，还不如直接走线段来得快。”

“是这样的。”老人也插了话，他懂得不少，“所以，天然虫洞被发现后，实践证明，它只适合用于隐藏行迹，并不适合抄近路，本质上它不近，而且用时更多。”

事实正是如此。最早，虫洞在银河系甲壳虫座中心被发现，经过充足的准备后，甲壳虫座考察队的舰船飞了进去。原本，按照已知的理论，他们应该很快就出现在甲壳虫座的另一个点，却不料，一直过了数十年他们方才现身。所有的考察队员都已精神崩溃，他们被送到银河联邦总部治疗，用了很长一段时间，才有两个意志力较为坚强的人恢复了过来，据他们回忆，他们进入的好像不是一个虫洞，或者说，虫洞联通的另外一个宇宙，与我们的宇宙完全不同，他们眼看路在眼前，却走了好久好久，及至到达指定地点，穿越回来，已恍如隔世。

而全银河系都知道，以当时的技术，甲壳虫座的那两个点，正常航行，最多只需一年便能走个来回，可虫洞令这一切慢了几十上百倍，古人显然是想错了，虫洞并不能令航行提速，它的作用恰恰相反。因此，从那以后，虫洞的真容被揭晓，它不再被列入伟大的星际航行计划中，只作为一个隐蔽点使用，它更像是一个提供隐身的地方，可由于隐身一次所需的时间代价太大，很少有人使用。

谭雅三人不可能不知道这一切，但他们脸上并无怯色。

李奥说："那还废话什么，虫洞对我们没有多少意义，如果走虫洞，我们所要耗费的时间，比绕着无人区边缘兜一大圈还要长。"

谭雅却说："但是，我有个办法，可以让我们在虫洞中的时间大大减少。甚至，可以一点时间都不占用，倏然而入，倏然而出。"

这听着像个更可笑的笑话了。

"如果世界上有这样的技术，我不可能不知道。"李奥说。

"我看她是脑子坏了，在说一种巫术。"大副崔斯坦也说。

谭雅却冷静地笑了一声："一切高精尖的技术，乍看与巫术无异。"

陈皮跟当归偷偷交流了一下眼神，这好像是句古诗。

谭雅又说："你虽然有钱，但并无多少权力，你再怎么厉害，视野面也是有限的。在这个世界上，自古以来，权力阶层，才是站在顶端的人。而我们所掌握的技术，就是在权力阶层授意下秘密进行的，如今它已在实验室试验成功，只是尚未大规模投入使用罢了。"

"那到底是什么技术？"李奥问。

谭雅说："现在不能告诉你，你需要先带我们去一个地方。"

"原来你们不是要去暗星。"李奥看着谭雅，又对大副笑了笑，"船都开了，咱们竟然忘了问客人要去哪儿，真是失职。"

"我们就是要去暗星。"谭雅说，"只是去往暗星的虫洞，以及那项与之配套的航行技术，要依托一座特殊的行星完成。"

"哪座？"

"碎星带的KP3409，也叫盘古星。"

没人听过这个名字，"盘古"这两个字是什么意思，谁也不晓得。

谭雅转头冲着坏狗报上了坐标，坏狗立即搜了出来。

屏幕上出现了一颗看起来极为衰颓的行星，位置是在银河系的边缘，著名的碎星带，此处不与无人区接壤，而恰恰在无人区的反方向上。

盘古星的各种数据一目了然，最为奇特的，还是它的周围包着一层厚重的尘土，几乎掩盖了光晕。

“这座星球是怎么回事？”李奥问。

“它在进行文明的更新换代。”谭雅说，“你们是地球人，应该知道上古时期地球也经历过无数次文明的更新换代。”

说起历史，李奥兴趣不大。

谭雅说：“盘古星在九个月前刚被一颗巨大的陨石撞击过，才成了这个样子。”

李奥问：“陨石撞击这种事不是早就被杜绝了吗？”

“你真是饱汉不知饿汉饥。”谭雅轻笑道，“银河系内，不是所有的星球都能得到银河联邦的有效管理。陨石撞击行星这种事，在上古时期很多，从银河联邦建立之后就很少发生了，但是在碎星带，这种事至今仍然很普遍，碎星带算是银河系的穷乡僻壤了，银河联邦可没工夫照顾到每一座行星都不被陨石撞击。”

老人也点头：“她说得没错，实际上，很多边缘星球至今仍生活在太空环境恶劣的水深火热中。”

李奥明白了，他不纠缠这个问题：“去那里有什么用？”

谭雅却不回答了，她的态度很坚决：“你先带我们去。”

李奥略一沉思，跷起了二郎腿。

指挥舱的气氛因这个动作变得有点古怪。

“我怎么感觉你这股嚣张劲儿，就好像这艘舰船是你的一样。”李奥对谭雅说。

谭雅回敬他：“我倒是没那么大的野心。”

“我看你野心不怎么小。”李奥说。

“不按照我说的路，你很难到达暗星。”谭雅瞧瞧老人，威胁李奥，“你也不会从这一老一少身上得到什么实质的秘密。”

李奥笑了笑，轻描淡写地问：“我要是宁肯花几十年的时间绕远呢？”

谭雅刚要说你不会的，可又止住了，她有点察觉到，李奥身上有股混不吝的劲儿。

李奥就是这么个人，大副崔斯坦也捏了把汗，心里祈求这小子可千万别任性啊，让老人交了“半票”就上船这种事他能干得出来，那么拒绝听这女人的话并带着全体队员远航数十年绕道的事他也能干得出来。

可李奥话锋又一转：“这艘舰上，我是老大，你们三个表现出来的气焰太盛，不利于合作，所以你们得消停消停。”

“怎么消停？”谭雅问。

李奥嘴角又泛起一丝邪笑，眯了眯眼：“你们三个得滚出去一个，以证明我说了算。”

滚出去，那不就是死吗？谭雅三人下意识地望了望舷窗外，心想你这不是无赖吗？

可李奥就是一副坦然的无赖相。

洛克说：“你是个男人，要讲规则，谁说了算，绝对不是用这种方法就能服众的。”

但他没想到，自己的话刚说完，所有人都大笑，就如一帮强盗。他这才明白自己根本不了解这帮人，他低估了李奥。

李奥都懒得跟他争辩，往首席里一仰：“别废话了，越快越好，我又不是民选政府，没那么多冠冕堂皇的讲究。”

洛克涨红了脸，他看向秋官尺和谭雅。

谭雅则根本没转头，她看着李奥那副无耻的样子，早就明白多说无益。

忽然间，只听“咔嚓”一声，谭雅闪电般移动，谁都还没反应过来，她已经到了洛克的背后，两臂发力扭断了洛克的脖子！

洛克脸上的红色尚未褪去，已然断气，身子颓倒。

队员们都被震惊了，秋官尺看着同伴，也目瞪口呆。

谭雅却面色如常，就像顺手处理了件小事，问李奥：“行了吧？”

李奥还真没想到这女人竟如此狠辣，赞叹地竖起了拇指，并对崔斯坦说：“不服不行了，这女人还真是比我适合当老大。”

大副崔斯坦毫不掩饰地打趣：“我们或许真的需要个胸高屁股翘的舰长。”

满指挥舱又是一阵哄笑。

李奥问谭雅：“我能知道你为什么选择杀了他吗？”

谭雅沉默片刻，冷冷回答：“因为他只是个航行顾问，而我们两个是黑洞专家。”

李奥凝视着她，众人都在琢磨她这话里传达的信息，难道他们的技术与黑洞有关？虫洞加黑洞，可真是太有意思了。

“行了，把他们押下去分开关起来，酒肉伺候。”李奥懒散地吩咐陈皮和当归，而后对猴子说，“航向盘古星！”

桃花号进入了高维空间，全速向着银河系边缘飞去。而此刻，被他们远抛在身后的海墓座中，正发生着一场惊天动地的变化。联邦跃迁队与量子战团已交战了上百回合，量子战团虽孤军深入，却战力强悍，联邦跃迁队渐渐不敌，海墓座各大恒星政府在接到银河联邦的指示后，立即出兵援助，量子战团一怒之下再度采用高阶量子攻击，致使海墓座瞬间损失了三座行星。此事轰动了全银河系，银河联邦召开紧急会议，并在极短时间内决定派出大军前来讨伐入侵之敌，海墓座成了一个太空战场，全面进入特殊时期。

随着战事的深入，量子战团的真正实力越发显现，他们凭着强大的攻击能力，宛如恶龙入海，横扫千军，银河联邦的战舰在其面前纷繁寥落，爆炸与毁灭接连不断，如果从远处观望，海墓座仿佛在放烟花，到处都是夺目的光亮与缤纷的焰火，外人看来，美丽如画，身处其中，却如在炼狱。

相战良久，量子战团不但没有撤退的迹象，反而更加嚣张，它们甚至摆出了一副戏耍银河联邦的姿态，当打得最激烈的时候，还从容地派出一艘小型子舰，就像放了道袖镖，飞向巨大的海墓恒星，引发了其超速演化，短短几分钟内，海墓恒星到达了超新星爆发阶段，亮度剧增，能量大肆辐射，物质如狂风暴雨般抛散，整个星座进入了始料不及的末世！

一场大战，转瞬之间变成了危机，银河联邦总部当场更改了会议级别，以最高裁决处之名，做出了一项谁都不愿意接受的决定！这个决定随着宇宙广播传送到了各处，当桃花号刚飞出银河系主旋臂三千光年的时候，坏狗接到了信息：银河联邦正式对沉舰宣战。

七

星际刁民的圈套

“舰长，事儿闹大了。”

坏狗向李奥报告，一五一十地念出了银河联邦的宣战文件。

李奥听完后问：“就这些了，没提开战的原因？”

“这儿不是说了吗？因为量子战团的非法入侵。”坏狗说。

李奥想了想：“看来，咱们还真得抓点紧了，趁着真正的原因还没被挖出来之前，躲得越远越好。”

“舰长，你怎么一点也不感到惭愧。”坏狗一脸坏笑，“这可是银河联邦自成立以来，第一次真正意义上的大规模星际战争，全拜咱们所赐。”

“他们也该把队伍拉出来遛遛了，区区一个量子战团都搞不定，还好意思赖咱们？”李奥也笑着回复，并转头对老人说，“你现在可谓古今第一人了，这场战争，归根结底就是为了抢你而起的。”

老人被说得跟个红颜祸水一样，挺不适应。

“现在，我们的银河既然进入了特殊时期，桃花号的防护系统也恰巧受了损。”李奥站了起来，环视一圈指挥舱，提高音量，“全体队员注意力集中，把我的命令传下去，当前空间环境复杂，舰体脆弱，在到达盘古星之前，任何人不准懈怠，严禁休息。我们必须严防各种突发事件，全力以赴抵达目标！”

队员们听令，全部紧张了起来。毕竟，谁都不曾经历过这样的时代背景，对他们来说，这是崭新的，只有专注与认真，才能最大可能地杜绝祸患发生。

桃花号快速在太空中穿行，离银河系的主旋臂越来越远，就像闯下滔天大祸又偷偷溜走的顽童。但是，舰上的人们并不知道，在银河联邦内部，他们的所作所为一点都没逃过监控的法眼，最高裁决处已经为这场战争的导火索定了性，并起了一个势必会永久流传下去的名字——“桃花号返航事件”。

星辰渐少，路渐荒凉。

舰船上的高倍望远镜已经完全看不到银河系的主旋臂了，由于级别限制，也无法连接政府通信卫星，他们对银河系中央的情况一无所知。

桃花号进入了一片类似于无人区的地带，这里寂静如夜，只有些陨石零散而飞，从舷窗看出去，空得发冷。

如果以地球作对比，这里就像太平洋的最南部海域，它夹在澳洲与南美洲之间，极少有人光顾，夸张点说，这几乎算是个遗落之境。

坏狗接收到了一个微弱的信号，从波纹能够看得出来，它的发射设备很老旧。

“舰长，有人在前面拦截咱们，还发了广播。”

李奥听了，没怎么当回事：“扫描他们。”

“鸟不拉屎的地方，一看就少不了强盗出没。”大副崔斯坦说。

几秒钟后，大屏幕上传来了图像。

“不是强盗，是正规军，来自地方政府。”坏狗说，“叫什么‘谷地星自卫队’，说是奉银河联邦之命缉拿咱们的。”

没怎么听过这个名字，但听着真土，李奥说：“跟强盗也没啥区别了，莫冬，给他们准备点买路钱。”

大屏幕中出现了六个亮点，忽明忽暗。

“这是怎么回事？”李奥问。

坏狗说：“这是在打信号灯，让咱们立即停下。”

“这都是什么年代的科技。”李奥笑道，“山区人民过得确实不怎么样啊。”

“可小心穷山恶水出刁民。”大副崔斯坦提醒说。

莫冬命人发射了两枚轻型爆裂弹，轻易击中了两架低级战舰，并顺带着毁了周围一片。

“弱得令人怜悯。”大副崔斯坦说。

猴子刚要准备加速，却发现大屏幕里又出现了一些亮点，这回数量特别多，密密麻麻，就像一大群苍蝇朝着桃花号扑来。

“乡下的蚊虫还不少。”大副崔斯坦又说。

“给他们来点炫的。”莫冬再次指挥，“释放丁肇中正电子高能网！”

太空中，桃花号抛出了一大片嗞啦作响的光网，乱哄哄的气质跟那些低端战舰倒是很搭，从外观差距上看，犹如天网，冲着它们绚丽地盖了过去。

那几十艘低端战舰纷纷被击碎，零落得让人不忍细看。

但是，天网尚未收起，屏幕上又出现了新的亮点，从规模上看，和刚才的数量差不多，一个个摆出前仆后继的架势向着桃花号冲过来，并一再发布广播，勒令投降。

李奥敬佩于他们的执着，说："这帮乡巴佬是搞批发的，走量。"

莫冬指挥："那就再放一次，看看是咱们的高能网多，还是他们的战舰多。"

嗞啦作响的光网再次朝着那些新的低端战舰盖过去，正如一个巨大的苍蝇拍要去拍一群苍蝇。在桃花号的队员们看来，这个什么谷地星自卫队还算是有些韧劲儿，但谁都能看得明白，双方的战力根本就不在一个段位上，照这么下去，谷地星自卫队会搭上全部家当，而且依然赢不了，可对于桃花号来说，不过是多耗费几分钟的时间罢了。

谁料，当这个低端舰队即将覆灭之时，发生了意外，那几十艘小战舰忽然开始撤退，并像蟾蜍般鼓起了腮帮子，大家都认得出来，那是二十世纪发明的伞状电子吸盘。

大副崔斯坦看后轻笑："把太爷爷的古董都拿出来了，他们这是……"

可没等他说完，桃花号放出的丁肇中正电子高能网散了，坏狗侦测到，就在那几十艘低端战舰周围，出现了一个引力场，而随着那些伞状电子吸盘的完全撑开，引力瞬间提升了几千倍，桃花号尚未有所反应，就被吸了过去！

"舰长，不对劲！"不用猴子说了，所有人都感觉到了异样。

"阴沟里翻船了。"李奥起身，"关掉引擎，这时候越往外挣扎越适得其反！"

没错，他们就像是陷进了沼泽地里，越挣扎越麻烦。

"奸人，他们刚才是在检测咱们的电子网能量，好做出反应化为己用。"莫冬很后悔，"早知道就不该反复用同一招！"

"别慌。"大副崔斯坦说，"这不过就是个引力场而已，造不成多大危害，坚持一会儿，等他们把电子网的能量用完了再说。”

李奥却没接话，他预感到事情没那么简单：“注意侦测周边环境！”

桃花号如一只大飞蛾误入了蜘蛛网，蜘蛛虽小，却利用蛛网强大的“黏力”困得它动弹不得，他们算是让低端科技给耍了。

更意想不到的还在后面，由于丁肇中正电子高能网所含的能量太大，被谷地星自卫队吸收后，转化成引力再释放出来，效果极为夸张，不仅让桃花号尝到了授人以柄的恶果，而且还将周边的陨石吸引了过来，一时之间，好似无数颗炮弹在聚向一点。

“舰长，完全操控不了了，陨石要撞上来了！”猴子报告。

若在平时，陨石撞上来根本不是件大事，但桃花号的防御系统已经完全损坏，不要说是陨石了，连颗高速飞行的子弹都能在装甲上留下痕迹，况且舰体此时无法闪躲，如果遭到陨石撞击，毁坏会特别严重！

砰然之声已四起，成百上千颗陨石毫不客气地撞到了舰体上，桃花号发生了剧烈震颤，好多个舰舱都被打出了漏洞，并有整体侧翻的趋势！

李奥并无良策，他全力扶着首席的把手，看着摇晃的指挥舱，心里怒骂：好奸猾的谷地小人！

引力场越来越强，桃花号于乱石穿空中屡遭重创，没过多久就瘪烂得不成样子了，就像一头被困住的猛兽，浑身是力却使不出来。而实际上，那些低端战舰过得也并不舒服，巨大的能量让他们难以承受，舰体表面的耐高温材料发生了裂痕，可他们真的是韧劲十足，毫不松懈，就像上古神话故事《老人与海》中的桑地亚哥，拼了老命也要逮住这条高傲的大马林鱼！

“莫冬！朝那帮兔崽子放超光速炮！”李奥下令。

“这可容易鱼死网破！”大副崔斯坦提醒他。

大家都知道，超光速炮或许是目前唯一能挣脱开引力逃出这个引力场的武器，但问题是，在舰船失控的状态下，它产生的后坐力无法被抵消，会让桃花号向着更深的引力中心跌去，一旦跌到一定程度，恐怕连超光速炮都没用了，最终只能束手就擒。

李奥显然是要赌一把，他想看看到底是那些低端战舰死得快，还是桃花号跌得快，他冲着莫冬大吼：“发射！”

莫冬亲自操控，放出狠招，超光速炮吃力地挣脱了引力的束缚，命中了一艘低端战舰！

“很好，慢慢来，第二拨放五道，打中了他们再放十五道、二十五道，以此类推，各个击破！”李奥特别沉着。

桃花号接连放出超光速炮，全都准确地命中了目标，谷地战舰瞬间减少了一半，引力场变弱了。可由于后坐力的影响，桃花号被迫离引力场的中心越来越近，负担并未减轻，且那些飞来的陨石也在猛砸舰体！

“接着打！”李奥毫不畏惧，这在一定程度上鼓舞了士气。

但是，当那些谷地战舰被灭得只剩下十几架的时候，坏狗吃惊地侦测到，在他们身后，又多了上百架新的战舰，它们发着嘈杂的机械噪声，撑着伞状电子吸盘疯癫地围了上来！

“舰长，看大屏幕！”坏狗大叫。

李奥看到了，屏幕上的光点密不透风，对方看起来不达目的不罢休，他盯着它们骂道：“真是很久没碰上对联邦这么忠诚的蠢蛋了，莫冬，发起最后一拨攻击，二副，准备下投降书！”

留得青山在，不怕没柴烧，桃花号在许多年的航行历程中，不是没被打败过。投降这种事，李奥也常干，只是大家都知道，每次李奥选择投降，都是装孙子耍赖并抓住机会翻盘的开始。

二副龙莉快速调出了投降书，这份文件他们用过好多次了，只需改改称呼就可以，她问：“要发吗？”

李奥刚要点头，可手边的通信器响了，是陈皮：“舰长，那个女人说，她能告诉我们怎么逃出引力场！”

八

溃逃

“把她给老子带过来！”李奥吼道。

舰体已被砸得不成样子，指挥舱的舷窗裂出了粗纹，由于上百架新加入的战舰发挥了作用，引力陡然增长了一倍，桃花号跌落的速度在加快！

陈皮和当归押着谭雅进了指挥舱，这里破败得已全无先前的威严，李奥一见她就问：“快点说，怎么出去？”

谭雅倒摆出一副半分不往心里去的样子，笑问：“你不是老大吗？”

李奥也笑，一点都不觉得尴尬：“你要是救了我们，可以考虑让你当大嫂。”

李奥不怕她不救，反正大家都是穿在一条绳上的蚂蚱。

“真是客气了！”谭雅说，“我可不怎么贤惠。”

她话音未落，一颗小陨石穿破了舷窗，正砸进了指挥舱！纵使这两个人都是扯闲篇的高手，也都分得清轻重，李奥直接放了权：“赶紧说吧，你想怎么弄都行。”

“办法是有，但不能救你们全部。”谭雅略微正色，“你这桃花号上有高密度应急子舰吗？”

“只有一艘。”李奥说，“但普通密度的有很多。”

“能坐几人？”谭雅显然不关心普通密度的那些。

“五人。”李奥回答。

“那你再挑三个，跟我上高密度子舰。”谭雅说，“然后我告诉你怎么办。”

这话说得相当自然，可它传达出来的意思，令整个指挥舱都定住。

李奥问：“你是要我抛弃母舰？”

“没错，你还有别的好办法吗？”

“那我的队员怎么办？”李奥说出了众人的心声。

谭雅冲舷窗外看看：“这样的环境，你还想有两全之策？”

这是现实，可李奥不愿接受。

舰体在引力场内沉重地飘摇，谷地星自卫队已完全占据了上风，从外界情况看，桃花号要么被乱石埋掉，要么等能量耗尽束手就擒。

“咱可没多少时间啰唆。”谭雅看李奥，“五个人上子舰，其余人就缴械投降得了，也没什么大不了的。”

投降确实不是件大事，但在舰长逃离的情况下全舰投降，李奥无法接受。

谭雅又说了句：“当然了，剩下的人要是不投降，非得抗战到底，我也没什么意见。”

说得好像李奥已经同意上子舰一样。

可李奥就是不给态度。

舰体在向着引力场中心沉沦，受到的撞击越来越猛，“刺啦”一声，大屏幕关了，显示系统遭到了破坏。

大副崔斯坦叫了一声："舰长，你怎么磨叽得跟个娘们儿似的？我看就这么办，你先带人逃出去再想办法救我们！"

李奥看着谭雅，火冒三丈："你就不能现在说说怎么逃？"

"说也行，也没什么好隐瞒的。"谭雅说，"本质上，引力场跟黑洞是一样的，只不过黑洞要更复杂一些罢了。众所周知的理论，黑洞中心有个奇点，能通向另外的维度，这个理论至今未被证实，是因为尚无足够高密度的材料能安全进入黑洞，更不用说穿过奇点了。但是，引力场的中心，我们却完全有可能借助当前科技水平下的高密度材料到达，我们姑且也假定那是个能通向另外维度的奇点……"

"行了，懂了。"李奥打断了她，道理是显而易见的，"你确定引力场中心也有那样一个'奇点'？"

"不确定。"谭雅微微摇了摇头，"至少引力场的中心我们能到达，并且我认为，引力越大，那个'奇点'存在的可能就越大。"

李奥陷入焦虑中。

陨石撞击舰体的声音更大了，带来的震荡也随之变强。侦测设备失灵，坏狗没办法，只得冒着险靠向舷窗，用肉眼向外观察以尽自己的职责。但在太空中，谷地星自卫队离桃花号的距离是相当远，除了那些令人胆寒的陨石，他看不清什么。

而实际情况是，谷地星自卫队的低端战舰比刚才又增加了上百艘，他们共同控制着引力，既加强了对桃花号的伤害，也减轻了他们的战舰所受到的压力。现在看来，两相对抗中，他们已稳操胜券，从容有度，桃花号的败局只在一瞬间了。

大副崔斯坦见李奥迟迟不下决定，急说："舰长，我懂她的意思，反正桃花号无论如何都在向着引力场中心跌落，不如你带人登上高密度子舰先去碰碰运气，只要你们一逃走，我们立马投降，也不至于最后被吸进‘奇点’。”

“没错。”谭雅说，“照这么僵持下去，整个桃花号都进了这引力场的‘奇点’，会瞬间被压成饼干。”

李奥完全明白这些道理，情势紧张，他也不再想下去，问谭雅：“你的那个同伴不带？”

谭雅摇摇头：“有我足够了。”

“真还挺没良心的。”李奥点头，下令说，“大副，你带着那老头、孩子，还有驾驶员——猴子，跟这女人上高密度子舰，剩下的人跟我准备投降！”

大副崔斯坦一愣，指挥舱里其余人也是相同的反应，大副问：“舰长，说什么呢？你走，我带人留下！”

“少废话，这舰可是我爹传给我的，能让你白落了便宜？”李奥强笑说。

可大副根本不管那一套：“我也不废话，来人，给我把舰长架起来，送到高密度子舰！”

“你想造反？”李奥火冒三丈。

崔斯坦一脸狞笑：“对不住了，桃花号的第一条舰规就是，在舰队内部发生激烈争辩的情况下，以舰船最高利益为准则作决定！”

“你断章取义，那说的是我们李家的权益！”

“这就是为了你们李家！”

崔斯坦不由分说，带上陈皮和当归几个人架起了李奥，李奥身体再强健，也奈何不得他们，气得破口大骂，胡乱挣扎，崔斯坦却毫不动摇，命猴子领着老人和孩子，与谭雅一起去往高密度子舰舱。

太空之中，无论远看近看，这个原本荒凉的地带都可算是热闹非凡，两百多艘谷地战舰围着巨大的桃花号转圈，一边叽喳乱叫，一边全力收网，就像一群要彻底放倒巨兽的小矮人。看那劲头，大本营的居民们应该早已烧开了水，就等他们回去下锅了。这种地方，可能一连几个世纪都见不到这样的大场面。

李奥等人被“押”到了高密度子舰舱，这艘子舰在内部被昵称为“花蕊”，它上面只有五个座位，布局跟它的名字特别像。

猴子坐到驾驶席上，谭雅、老人、小孩分列周围，李奥则被强行固定在最中央，大家为了防止他那灵光的脑子再想出些逻辑上令人无法反驳的命令，特地给他封上了嘴。

一切就绪，大副崔斯坦问谭雅：“是不是要增大引力？”

“没错。”谭雅说，“你知道该怎么办吧？”

“知道。”大副崔斯坦通过通信器向指挥舱下令，“莫冬，接着放丁肇中正电子高能网，有多少放多少，累死他们！”

这是个相当作死的决定，他话音刚落，李奥狂挣，内心在狂喊，这会让你们被压死在桃花号里的，不能这么放！

崔斯坦知道李奥的想法，却依旧面不改色地说：“舰长，你要是心疼大伙儿，就配合点，让猴子快点开进‘奇点’，好让我们能在死前找到投降机会！”

李奥癫狂不已，老子不走！

舱门关上，猴子启动引擎，此时，莫冬已将电子网尽数射出，桃花号受到的引力骤然提升，陨石撞击越发猛烈，崔斯坦带领“花蕊”外所有队员抬手敬礼，端正齐整地喊出了誓言：“桃花号全体队员向舰长保证，无论生死，绝对忠诚！”

“花蕊”起飞，弹离母舰，李奥在舱内激动而深邃地看着越来越远的桃花号，队员们的誓言传遍舰船上下，铿锵不绝。

太空中，无数道丁肇中正电子高能网如桃花绽开，而后又纷纷化作落红，为两百多架谷地战舰所吸收，并转化为了更大的引力。周边的陨石已快如飞箭，合穿至桃花号心脏，撞得舰体支离破碎。

舰舱之内，队员无不面如钢铁，视死如归。大副崔斯坦坐在首席，坚毅的目光盯着舷窗之外，那艘“花蕊”已如白驹走远，“嗒嗒”的马蹄，承载了全舰人的尊严与希望。大副崔斯坦正襟危坐，下了最后一道命令：“战斗官莫冬，启用二象能，舰内转化为能量态，释放！”

就如百花齐放时开出了一只金色凤凰，桃花号几乎将这片宇宙山谷照了个通透，强大的二象能攻击以纯能量态释放了出来，瞬间被转化为无穷的引力，将谷地舰队那些伞状吸盘扯裂，并把桃花号推向了引力场的中央深渊，舰体迎着风暴般的压力，几被碾作齑粉！

就在桃花号前头，“花蕊”早已启用了全部动能，先其百里，如一道凄厉的电光冲向了虚空深处，周围的高压无法对其造成伤害，猴子以高超的驾驶技术闪避着那些横飞的陨石，蹑影追电间，舰中的李奥看到了一道微弱的亮光，它像乌云层中的缝隙，也如茫然中顿现的天空之瞳，它似妙谛，也是空寂，“花蕊”穿了进去。

九

一颗濒死之星

风声碎，光凌乱。

箭镞入水，子弹穿石。

“花蕊”忽然慢得步履维艰，周边是前所未见的奇异景象。舰上五人犹如进了梦境，视觉与幻觉混淆，眩晕不已。

外面像是宇宙间最美的地方，也像最险恶之境，他们掉进了闪电池里，也掉进了深海漩涡，时而看到无数道灰色轨迹曲折相错，时而又看到千万座灯塔明暗交叠，像鬼怪乱步，又像飒沓流星。李奥已忘却了方才的世界，猴子更是不知该如何驾船，“花蕊”完全失去了航线。

假象，这是假象。

这是心脏跳动的样子，这是思想在流动。

世上根本没有时间，世上也不曾存在空间。一切都是参照物呈现的假象，世界无意义。

从前向后，从古至今，都不曾发生。无记忆便无时空，无光便无我。

这里令人顿觉通透，又倍觉无望，这里万象澄澈，又空无一物，这里超脱认知，这里或许又从无认知，这里令人沉睡。

甚至就连沉睡，都不知是否存在，这里，从何而谈它是“这里”？

直到世界再次降临。

“花蕊”看到了熟悉的面孔。

那是宇宙。

他们重新回到了宇宙之中。

猴子面前的屏幕恢复了正常，他侦测到了周边的星球、恒星系，比例尺随机缩小又放大，整个银河系呈现在了眼前，他们正在银河边缘，离碎星带不远了。

舰舱内的五个人像得了癔症，他们在回忆，发现无法回忆，他们转头向外，看着星汉灿烂，只觉幸甚至哉。

“花蕊”方才不见真身，“花蕊”方才飞在何境？如果偏要说出感受，仿佛停留了整个宇宙从诞生到寂灭那么久，人就像没了脑子，在这个过程中，蒙昧如草木。

如果一只旧石器时代的虫子，掉进了几十万年后的铝合金窗框里，它该为此而迷茫吗？

它该，它进入了一个能炸裂它世界观的新环境里。它也不该，因为它可能并不知道什么是环境。

李奥离散的目光重新凝聚了起来，其余人也恢复了意识，此刻，他们对意识这件事产生了怀疑，却无暇细思，猴子开始调控驾驶台，老人则搂着孩子，庆幸大难不死，谭雅解除了李奥嘴上的激光贴条。

李奥第一句话就是很理智地问：“咱们这是在哪儿了？”

“我们即将进入碎星带，谷地行星已经被甩远了。”猴子边说着边调出数据，李奥看清了各项距离指标。

舰舱里没声音了。

大家还在回味方才的种种。

那还真是个“奇点”，他们证明了它。

谭雅的面色里有种掩饰不住的兴奋，作为一个黑洞专家，她近乎发现了一座宇宙学中的里程碑。当然，那只是个引力场，不是黑洞，引力场的中心，或许跟黑洞还有所不同，但无论如何，她获得了前人未曾获得过的经验，她取得了实践上的突破。而这也有赖于桃花号与谷地星自卫队共同创作出的神奇环境。真的难以置信，他们此前在土卫八科技中心尝试过上百次，却无一能达到这样的效果，桃花号在濒死之际发挥出的无穷潜力，令人叹为观止。

但不是人人都像谭雅一样，李奥和猴子所关心的，是桃花号的生死。祸事仍近在眼前，它历历在目，大副崔斯坦与全体队员在危难之际表现出来的勇气令人无法忘怀，他们每多想一秒，就动容一秒。良久，猴子小心翼翼地说了句：“但愿兄弟们能撑住。”

李奥没答话，他比谁都忧心，他在考虑应该如何回去救他们，他只祈求桃花号全体幸存。

老人看着舷窗外，目光平静，孩子也呆呆地盯着周围越来越多的大陨石，现在他们别的不想，只关心一件事，暗星是离他们越来越远了。

李奥强令自己回过神，问老人：“刚才就是你所说的宇宙真相吗？”

“不是，但我从未经历过那样的状态。”老人说，“我对它保留意见，看来，宇宙远比我们认识的要复杂。”

“那么现在你觉得，你那个所谓的宇宙真相还重要吗？”李奥认为老人的那点秘密应该算不上什么了。

老人却点了点头，很认真地说：“重要。我认为它不比我们方才所领略的一切要轻，它们至少有着同样的量级。”

他这一说，反倒令人好奇心更强烈了，猴子心想，这老人要不是个骗子，就是个神仙。

谭雅却在轻笑。

李奥又多问了一句："假设你的判断是对的，那么，你能解释得了你那个真相吗？方才的宇宙，我可一点也没看懂。"

"我也没看懂。"老人说，"但我既然跟你承诺在先，就不会耍你，我会对我的言论负责，我能解释我所知道的一切。"

神秘感再度降临，李奥迫切地想让老人说出来，但他也清楚，不完成任务，这交易实现不了，他叹了口还算悠闲的气："到暗星，是遥遥无期了。"

舰舱内一阵沉默。

可谭雅说："你们不用泄气，到不到得了暗星，跟有没有桃花号没关系。"

"没关系？"李奥问。

谭雅很淡定地道："只跟盘古星有关系。"

她言语间高深莫测，李奥问她："盘古星到底是怎么回事？"

谭雅不回答他了。

猴子说："舰长，我看甭听她的，咱们先想办法让盘古星人帮忙弄回桃花号才是正事儿，毕竟到了暗星，咱怎么回来？"

李奥当然很同意他的观点。

"你们想得挺美。"谭雅又冷笑了一声，"盘古星上的科技水平，恐怕连造个载人火箭都困难。"

"啥？"这着实令李奥一惊。

谭雅故意说："到了你就知道了。"

外面的陨石越来越多，"花蕊"在当中穿行，好像进入了古阵

“八阵图”中，所幸舰上所有设备都完好，尚不至于迷了路或者受到撞击。它的速度比桃花号要慢许多，毕竟舰上装载的只是应急发动设备，动能一般，但从猴子面前的显示屏上看，余路没多少了，只需静静地等待着时间流逝，必能抵达。

陨石块在不断增大，众人都知道，它们当中有的已经超越了陨石的范畴，是碎裂了的行星，它们有的形成于百亿年前，在银河系初具规模时就已存在，有的则是近期新撞击出来的，这里的空间环境很乱，乱得确实不太适合人生存。李奥初入此境，也是颇长见识，他原本还以为，银河联邦已兴起了这么久，哪怕是个垃圾场，也该有其相应秩序，谁能料到，垃圾场不光没秩序，还住着人。

“花蕊”已深入碎星带，屏幕显示，离定位的盘古星只有几分钟的路程。他们结合着屏幕，几乎已能用肉眼辨别出盘古星的模样——凄冷的乱石深处，有一座孤独的行星，似有光晕环绕，却更像是亚光。那光发得很奇怪，有一阵没一阵的，不远处是一颗残破的恒星，却也与它若即若离，不怎么亲密。

“看着挺奇怪。”李奥问谭雅，“它怎么是那个亮法？”

谭雅说：“再靠近一点，你自己也看得明白。”

“花蕊”继续航行，屏幕提示，正式进入盘古星域。

李奥看清了，如先前探测到的差不多，在盘古星上空，围绕着一层看起来十分厚重的沙尘，它斑驳如壳，残破地笼罩着这整个星球，其间只有些许极小的空隙能供恒星光穿过，看得出来，这座星球里的大部分区域应该都是黑夜。

李奥想起了谭雅之前对这个星球的描述，它正处在文明的更新换代期，李奥问：“这跟上古时期的地球遇到的情况一样？”

“没错！”谭雅确认，“地球的恐龙就是这么灭绝的。”

听到“恐龙”两个字，从未出过声的孩子表现出了好奇，抬头看老人。

老人摸摸他的肩膀，说：“恐龙时代，地球曾受到过一次严重的陨石撞击，陨石直径只有十公里，但在墨西哥的犹加敦半岛撞出了一个一百多公里的坑，并扬起了数吨重的沙尘——就是一些极为致密的纯沙，这些沙在沉降之前都被溅到了地球的平流层，并铺散开来，就像这座盘古星现在一样。那种状态持续了两三年的时间，在那段岁月里，阳光无法照射进地球，植物接连死亡，直接导致食草动物没办法继续生存，当中就包括食草恐龙，再往后，链条一断，食肉恐龙也因食物匮乏而死去。最终，恐龙集体灭绝，那个繁荣了一亿多年的时代就这么仓促地宣告了结束。”

老人的口吻带着惋惜，但孩子听了却觉得十分不可思议，老人看得懂他的眼神，十公里的陨石、一百公里的坑，就造成那么严重的后果？难以置信。

“这点打击就能毁了一个星球，生命真脆弱。”李奥叹了一句，又问谭雅，“这盘古星里还有活人吗？”

“这里刚被大陨石撞击了不到一年，运气好的话，应该能碰上几个会喘气儿的。”谭雅说。

李奥问：“撞击之前他们是什么样？”

“资源丰富，科技落后。”谭雅想了想，又加了一条，“人民愚昧。”

李奥笑了笑。

猴子开始进行降落准备，他要求全体舰载人员配合他的口令。盘古星与当初的地球不太一样，它虽是被沙尘环绕，但那沙尘却并不均匀，有那么几块地方透着光，猴子就是想降落在其中一处，好歹下去以后算是“白天”，能看得清点环境。

“等等。”但李奥又开了口，“下去之前，我有件事要跟你们商量。”

“什么？”谭雅问。

李奥朝着这个漆黑的星球注视了两秒，说：“真遇到人，我们就说，我们是银河联邦派来的求救部队。”

十

土佬惊语

土地龟裂，就像是落在了一块巨大的龟壳上，但它并不干燥。

“花蕊”从天而降的同时，这座星球也在暗中迎接他们。

李奥带头，五个人一一出了舰舱。

他们从来没见过这样的景象——裂得像地球黄土高坡般的大地上，竟覆盖着青山绿水，这种星球上特有的草木，以坚强的姿态惬意地生长着。李奥看看脚下，绿草如茵，却沟壑纵横，每一寸土壤都是碎裂的，放眼望去，处处如此，就像是有一张凌乱的大网在勒着这个星球。凭着那点不算太准确的印象，李奥不禁联想到了农业文明末期的梯田。

“如果这个星球是某个神仙的蛋，他一定很蛋疼。”李奥说。

其余四人诧异于他在这种时候表现出来的幽默感，真是天马行空。

“这地儿不正常。”李奥又说。

当然不正常，谁都看得出来，老人说：“这种地貌，是很罕见。”

但李奥不是这个意思，他抬头看了看天，没有“恒星”，却很明亮，解释说：“土地富饶，空无一人。”

老人这才听懂了，警觉地看看四周。

谭雅指着前面几十米处一丛浅绿色的植物：“你信不信，你只要上去拔一根，立马就会有人出来‘欢迎’你。”

李奥朝那里看了看。

猴子问：“那是他们的食物？”

谭雅说：“青稻，盘古星现存不多的可食用植物了。”

“猴子，把舰上的所有应急设备拿出来，给大伙儿发发。”李奥说，“我去敲开这座星球的大门。”

猴子点头，从“花蕊”里拿出短枪和通信设备发给了大家。李奥则略作整理，率先走向了前方的青稻田。

猴子跟在他后面，谭雅、老人还有孩子站在原地没动。

李奥走到了青稻田边上，蛮有兴致地四下望望，而后慢慢探出身子，闻了闻。他的动作十分刻意，在猴子看来，莫名地给这座星球带来了紧张感。

周边无风亦无尘。

李奥直起了身子，皱了皱眉，他对这样的安静不满意。他微微摇了下头，飒然伸出了手，狠抓起一把稻穗，就像是抓了一把豪乳，罩在掌中，开始揉搓。

“吼巴！吼巴吼巴！库尼库尼库西呷！”

就像是引爆了个榴弹基地，无数声长啸破空而起，青稻田周围蹿出了几大片土黄色的圆头，百十个像刚从地里挖出来的不明生物朝着李奥奔了过来，嘴里叽里咕噜，巴拉巴拉地说着谁也听不懂的话。

主人出来迎宾了，李奥嘴角再次露出了邪笑。

猴子刚要掏枪警戒，李奥却“唰”地放开了稻穗，举起了双手做投降状，一脸和蔼可亲，温良恭俭，甚至带着点谄媚地看着那些聚拢而来的怪物，一动不动。

盘古星人。

猴子被吵得烦躁不堪，且有些恐惧，他看着那些长得跟自己略有区别，但头和四肢的分布都一样的家伙，虽不至如见鬼魅，却着实被这种与整个银河系都格格不入的野蛮状态给冲击了一下，就似穿越回了数亿年前见到了古人类。

盘古星人很快就将他们围了起来，猴子回头看看，谭雅那边也一样，大致估摸一下，眼前的土佬儿至少超过两百个。并且及至跟前，才发现他们全部拿着些破铜烂铁，老旧得就像刀剑。

“看来，越穷的地方，越注重以量取胜。”李奥对猴子说了句。

猴子不知该如何应对，他看着眼前这些乱叫的牲口，时刻准备开枪。

“打开通信器，调成普通话接收状态。”

李奥说着，刚把频率对上，就听懂了这帮家伙的叫嚷，乱得要命，叽叽喳喳地无非在强调一个主题——请求你们，一定不能破坏我们的粮食！

李奥挺无奈的，这还带商量的，乡亲们真客气。

猴子听懂了之后也泛起一阵感动，真是淳朴，这要是在地球，咱八成早被人给撂倒了。

谭雅、老人和孩子也被拥到这边，五个人站在了一个圈子里。大家正要交换眼神琢磨琢磨怎么应对，却不料，耳朵里又传来了一句新的话——“神，你们莅临贱地，是来拯救我们的吗？”

五个人都有点蒙，并且更意想不到的事发生了，这话越来越多，那些盘古星人的口吻很快就趋于一致，山呼海啸地喊着，且都斜着身子将手臂叉起，齐整地摆出了一大片虔诚的造型。

他们把李奥几人视作了从天而降的神。

真是滑稽得令人想哭，李奥心想，这个宇宙中，已经很久没有神了。自他幼时，除了儿童故事，神并不存在于人的生活当中，没有人敬神。但此时此刻盘古星人的表现，宛如童话成真，他竟有些感动。

李奥转头看谭雅，他特别想知道，谭雅究竟是怎么知道这个地方的，她与这里有何联系？可谭雅没工夫回答他，李奥一眼就看出来了，谭雅是想将计就计，要大家装神，她已经想好了怎么忽悠、怎么统御他们。但李奥抢先开了口："我们不是神，我们是银河联邦派来的求援部队。"

通信器准确地将他的话翻译给了那帮土佬。

谭雅有些恼怒地看着李奥。

李奥的直觉告诉自己，不管有没有关系，都不能完全按这女人的思路走。

可那帮土佬反应不过来，他们呆了许久，忽地，有个人喊："不可能！"

李奥就知道他们不会信，他要给他们编一下银河联邦发生了什么事，可这群人乱哄哄的，根本停不下来，李奥提高了音量："你们这里领头的是谁？我要跟他说话！"

此言一出，土佬们又安静了下来，随后又一个声音响起："我们这里实行的是完全民主制，没有领头的。"

这话超出李奥所料，他跟猴子交换了一下眼神，理念这么发达呢？

老人显然也没经历过这样的社会，孩子则充满好奇地仰头乱看。

"看来他们还真该有个神。"李奥转头跟谭雅调侃了一句，又对土佬们说，"好，无论你们信不信，我们都不是神，我们是银河联邦派来的求援部队，需要你们的帮助。你们不要激动，先听我讲，银河联邦跟沉舰打起来了……”

“这个你不用说，我们心里清楚，收音机里都广播了！”土佬中有人举起了一个破烂的黑匣子，大家齐刷刷地瞧过去，又转头盯着李奥。

李奥看着那东西，又被惊艳了一下：“你们还有这种玩意儿？”

举着收音机的土佬赶紧又把它藏了起来，大家一起喊道：“神啊，不要收走我们的‘眼睛’！”

真滑稽。李奥强忍着不让自己笑出来，他说：“既然这样，事情你们也都明白了，那么……”

“别隐瞒了！”又一个土佬喊了出来，“银河联邦都已经被消灭了，广播里说，全系战舰无一幸存，宣布灭亡！他们都战死在了主旋臂内，你们不可能是求援部队！”

什么？

李奥没听懂，猴子伸手抓住身前的一个土佬，瞪着眼问道：“刚才那个人说什么？”

“全系战舰无一幸存……”

“银河联邦灭亡了？”李奥吼了出来，“怎么回事？”

五个人惊惧不已，他们无法相信这是真的，他们在“花蕊”上也没有接到任何相关的消息啊。

土佬们并不显得多慌张，开始七嘴八舌地发言，有的还直接背出了广播原文，没人理会李奥五人，把他们晾了好久，众口才渐渐汇聚成一词：“神，你们是来拯救我们的吗，到底什么是沉舰？”

李奥在经历着生平罕见的瞠目结舌时刻，他伸出手摇晃着跟前的土佬问：“银河联邦就这么不堪一击吗，被灭得这么快？”

“哪儿啊，都两个多月了！”土佬说。

“你说什么？”又是一次惊慌错愕，李奥回身与猴子他们再度面面相觑！

“或许更久，我们这台收音机信号不稳定，有可能听的是重播”，又一个土佬说，“不过也是快，广播里说，从头到尾，战争只打了四个小时。”

“四个小时？两个月？”李奥的精神遭到了猛烈一击，他无法感受这两个时间概念，他的理解力接近崩塌。

土佬们这回不乱哄哄地发言了，他们安静得就像是一个人。

李奥看着老人，又看向谭雅，想从他们眼睛里寻找到答案。

可老人并不知情，与他一样惊慌，但谭雅眼里有东西，她开了口：“两个月，多半跟那个引力场的‘奇点’有关，我还没有研究经验，说不清楚。”

他们一听就懂了，“奇点”果然有问题。穿越奇点后那场如梦似幻的经历中，难不成真的有神设计的时间诡计？李奥无比错乱，特别躁郁。但谭雅却是乐观的，她有些职业性的兴奋，最起码，她看到了“奇点”与时间的联系，它并非小得无法研究，他们的经历并非一瞬，而是“两个多月”，它长得似乎有无数空子可钻。

李奥又问：“那四个小时呢？”

没人回答，他的情绪让土佬们感到害怕。

“怎么可能无一幸存？”李奥再次吼叫，他拉着身前的土佬，瞪着眼睛问，“你们是群傻子吗，什么话都信？”

土佬惶恐地说：“广播里讲了，是被什么‘量子纠缠’灭的，有战斗能力的战舰能筛选出来，让他们远程发生什么关联性爆炸……多了我们也说不上来了。”

“量子”二字再次令李奥感到了不祥，他看向老人。

老人点了头：“古时候是有个叫‘量子纠缠’的理论，照这么看，他们用的还是老一套，但玩得很高深。”

李奥听了，沉默一会儿，尽量让自己的表情舒缓下来，问土佬：“广播是从哪里发来的？”

“就是传说中的‘沉舰’啊。”土佬说，“看来，毁灭之神真的现身了。”

“沉舰不是传说，是真实存在的，你们这里太封闭了。”李奥说，“沉舰都说了什么？”

“沉舰说他们正式掌管银河系，他们是银河系的‘遗落之子’，他们有着最纯正的上古银河系官方血统。并且按照法律，禁止一切抵抗行为，如果有人敢缅怀过去的银河联邦，就是犯法，就是与全银河为敌！”土佬的口气十分严肃。

“所以，你们就觉得我们不是银河联邦的求援部队？”李奥问。

“我们不是跟你说了吗？”土佬们相互看看，眼中流露着此人真笨的神情，“银河联邦的战舰被全数歼灭，无一幸免！”

李奥一时无语，他意识到了，这群土佬跟他们五个人在逻辑认识上有冲突，细究起来还挺复杂的，他恐怕无法跟他们解释清楚。

“你们一定是神，你们就是‘沉舰’吗？”土佬们又问。

李奥哭笑不得，他看看其余四个人，原来咱们是这么被看待的。

谭雅说：“照这么看，沉舰的力量大得远超整个银河系的想象。”

李奥却说：“也可能是一直以来掌管银河联邦最高权力的那帮废物太㞞了。”

他嘴上虽然这么说，心里倒的确不敢那么轻视这件事。毕竟，银河联邦的军队战力他是有数的，绝对不弱，且在这场战争之前，所有人都认为，银河联邦的强大程度已经超越了银河系过往文明的总和，无论是在开发完毕之后，因战争泯灭了，还是只存在于传说中的世界，皆不如当今的银河联邦更发达、更有统御全境的能力。但是，他绝对不会想到，也实难接受，这“当今”二字，已经不再适用了，前后发展了几亿年，历经无数次磨砺才拥有了史无前例、繁荣的银河联邦，竟然被一个运用了什么“量子力学”魔法的后起势力，用四个小时给全歼了！

十一

同种厮杀

在这样的背景下，还有件更令李奥脊背生寒的事，他转头问老人：“如果真如他们所说，那个什么‘量子纠缠’能筛出所有有战斗能力的战舰，那么桃花号呢，那些谷地星自卫队呢？”

猴子也想到了这一点，他还下意识地回头看了看“花蕊”。

老人思虑片刻：“信息的真假还有待证实，但古书记载，‘量子纠缠’术的确具有这种通天彻地的力量。”

李奥只觉十分扎心，他与自己的战舰已成永诀？他相当难接受，把手搭在猴子的肩上，此时才深刻体会到“劫后余生”四字的含义，它狠戳着他的心。

猴子也是透心凉，但还是自我安慰地分析说：“我觉得咱们跟谷地星自卫队交上手的时候，可能超过了四个小时。”

没人回应，谁都没有那么确切的时间感，并且谁都不敢轻视“沉舰”的恐怖破坏力，他们亲眼见过，永难忘却。

如果非要接受一种悲哀的事实，李奥更愿相信桃花号现在正遭受着谷地行星的凌辱，或者再坏一点，舰船在引力场中被压变了形。他绝对不能相信它已经被彻底毁掉了，试想，如果一切皆灭，他的生存还有什么意义，难不成后半生要困死在这座盘古星上吗？

老人在沉默，这一切都缘起于他。

李奥忽然愤怒地回过了身，狠狠地掐住了老人的脖子：“沉舰为什么追你，你那个秘密到底是什么？”

老人两脚离了地，悬空乱蹬，孩子见状，扑上来要扯李奥的腿，李奥一脚把他踹进了土佬丛中，孩子眼眶发红，却咬着嘴唇一言不发。

李奥怒目圆睁，大有把老人撕碎的架势，可老人就是死活不回答他。猴子知道李奥的脾气，生怕他把老人给掐死，想去劝阻却又不知道说什么好，情急之下喊道：“舰长，你克制一下，咱可没有半路把货给毁了的先例啊。”

“克制个头，舰都没了，货也都是烂货！”李奥骂着老人，“既然银河联邦都灭了，也不差多你一个冤魂！”

猴子不敢说话了，谭雅却没那么紧张，她看着李奥，心里在冷笑，干物流的果然都是海盗起家，混得再高贵也摆脱不了骨子里的无赖性。

那群盘古星土佬则全在安静地看着他们内乱，一声不吭，但其实都是吓的，他们的内心不平静，他们就像是胆小的孩童在暴雨天听惊雷看闪电，每隔三秒便统一抽搐一下的眼角，证明了他们的战兢。

但就在某个并无什么特殊迹象的时刻，土佬们委顿的身子忽地直了起来，僵得像他们身后的青稻，齐刷刷地转头看向远方，那里悄无声息，他们却犹如听到了山崩。

“呼啦！呼啦咔咯呼啦！”

土佬们叫声四起，传进通信器里再翻译过来，李奥等人听得清清楚楚——“蓝鬼，蓝鬼来袭！”

李奥并未松开掐着老人的手，他只是转过了头，目光越过参差不齐的青稻田，只见三百米开外，出现了一片黑压压的亮点，没错，是黑压压的亮点，他的反应很准确，那些不明物体全都发着蓝光，就像一头头来自深夜的恶狼。

土佬们全蹿了起来，极快地奔了出去，动作整齐得令人惊叹，仿佛是一个整体，瞬间没入了青稻田的边垄之中，如水入长毯，仅仅几秒钟后，又在百米外的另一头冒出，迎面接上了那些狂奔而来的“蓝鬼”，双方似战马撞击般交上了手，打得团簇绽开血肉飞溅！

李奥不禁慌了神，手上松劲儿放下了老人：“那是些什么？”

猴子看不清楚，谭雅却像是很明白，说：“抢食物的。”

李奥懂了，可他依旧看不清来的那些蓝鬼的样子，他们看起来跟土佬们形态相似，但颜色不同，关键是，那些发着蓝光的东西并不是长在他们身上的某个器官，而是他们的武器，他们拿在手里，发着疯朝土佬们身上乱杵，土佬们前仆后继地跟他们战斗，集体发出难以抑制的号叫！

“他们拿的是些什么玩意儿？”李奥问，他真希望能有个远程观测设备，哪怕是个古董望远镜都行。

没人回答他，他也压根儿没指望得到答案，只依旧紧紧盯着这场激战。

但他若能腾出点空瞧瞧谭雅，会发现谭雅脸上又露出了愉悦的神色，她正尽可能地盯着那些发光的东西，纵使缭乱难辨，也不肯移开目光。

战斗又快又猛，蓝鬼的数量和实力远远占优，百十个土佬转眼间就剩下了不到二十个，却仍在誓死不屈地抵御着强敌，全力阻止对方进入自己的领地。但就如一截土墙要挡住滔天的洪水，根本就是奢望，蓝鬼们已经冲开了阻挠，狂野地涌入了青稻田，他们利用手中的发光武器，如秋收割麦般割着青稻，每个人的动作都极为利索，似火燎原，大片青稻扑簌而倒，蓝鬼们或夹或捆，一拨干完回撤，另一拨迅速跟上，连贯得就像是被设定了程序的机械部队。

“舰长，咱们该怎么办，要不要先躲躲？”猴子问。

“星球种族厮杀，不关咱们的事。”李奥说，“你去开舰，别让这帮犊子顺手牵了羊！”

他刚说完，只听身后又有异响，猛然回头一看，四五十个新的土佬弓着腰出现在青稻田边上，手里全部攥着石头，小心又迅捷地往青稻田里钻。

还有伏兵？李奥讶异了一下，这帮刁民！

不过这是要干吗，钻进去送死？

新的土佬全部消失在了稻田中，蓝鬼则浑然不觉地忙着收割，他们的效率非常高，没多久已将这片土地侵占过半，此时第一拨土佬已全部战死，从表面上看，无人能阻挡蓝鬼的长驱直入。

猴子打开了“花蕊”的舰舱，李奥等人全部跳了进去，随后飞上了半空。

“猴子，打开扫描仪，找找刚才那帮土佬钻哪儿去了。”李奥说。

猴子刚要答应，只听老人说：“下面有烟！”

谭雅和孩子都贴在了曲面窗上向下看，李奥与猴子则在看显示屏。

很清楚了，青稻田里燃起了一股黑烟，屏幕里更为明了，很快就分析出了黑烟的成分，猴子看过后十分惊异：“这里头含有高浓度的……负能量！”

什么？

李奥以为自己听错了，他盯着那些方程式看了几秒，也确定无疑，那就是负能量，并且全部是以凝聚态的形式存在，它们的构成公式看起来十分完整，还有点眼熟。

李奥一时间想不起来这样的凝聚态是什么，他用询问的眼神看了看旁人，除了同样不知道答案的猴子，没人回应他，全部在盯着下面看。

青稻田里发生了变化，他们看到了火焰，大片青稻都被烧着了，那火焰光怪陆离，黑烟也越来越多。与此同时，猴子侦测到了那群土佬的动态，他们正在从火中撤离，顺着他们钻入青稻田中的足迹逃命一样原路返回！

猴子说："他们宁肯烧了青稻，也不让蓝鬼抢去，这分明就是要玉石俱焚。"

老人也说："自古以来，种族斗争总是难免陷入这种愚蠢的自毁之中。"

李奥对老人的愤怒被这种突发情况给打断了，恩怨暂且搁置在一边，但心里又十分坚定要尽早榨出老人肚子里的秘密。

"我看未必。"谭雅突然否决了大家的看法，她似有什么话要讲，犹豫了一下，又咽了回去，"你们接着看吧。"

蓝鬼已被惊醒，那些黑烟像是唤醒了他们的灵魂，让他们回归了自我意识，蓦然挺身，惊慌失措地掉头回撤，排在后面的尚有时间收着手里的青稻，最早冲在前面的则全部无暇顾及，丢掉一切，仓皇踩踏乱撞，好似来的是凶魔！

黑烟缓慢地笼罩了低空，火中的杀气愈演愈烈，青稻田里响起了蓝鬼们尖厉刺耳的怪叫，那声音的穿透力极强，它破空而入舰舱中，撕扯着聆听者的耳膜，李奥忍不住捂了捂耳朵：“这帮怪物就那么怕火？”

但他刚说完，猴子发现了一件十分蹊跷的事，黑烟越聚越多，屏幕上的方程式发生了变化，那些数字与符号随着黑烟的浓度持续细化，于青稻田上空形成了一个负能量场，猴子越看越熟悉，猛地，他想起了什么，冲李奥叫道：“舰长，你看。”

李奥急转过头，屏幕上出现了一幅更加诡异的画面，那些原本在黑雾笼罩下的亮点——也就是蓝鬼，忽然之间消失了！

而李奥也看清楚了那些占据了满屏的方程式，他惊问道：“虫洞？！”

谭雅露出了笑容。

十二

土石幻性

“这里怎么会有虫洞？”李奥问谭雅。

谭雅很淡定：“否则你以为我带你来干什么？”

李奥没工夫跟她兜圈子，对猴子说：“往高空里升，离地面远点。”

猴子听令，舰船提速斜飞七公里，远远地甩开了那团黑烟。

显示屏上，方程式的分布已经形成了秩序，中央黑雾浓密的地方，一个大型的完整虫洞方程式占据其中，且字体粗度在不断增加，周边稀薄处的低等方程式则零散地游荡着，随着火焰的扩张不断翻新并融入完整大方程式中，极具数学美感。但这种理性阐释背后，则是无数个蓝鬼被动地进入虫洞的恐怖现实，虫洞的气势远胜千军万马，凡经过处寸草不留，硬是在这座星球上造出了一个阴曹地府，甚至连青稻都难以例外地被卷进了那个世外的时空，李奥不禁慨叹，土佬们真狠，这已经纯是在为了争斗而争斗，他们竟不惜与蓝鬼鱼死网破！

“没有飞船，单凭两脚走路，那些‘蓝鬼’进了虫洞怕是再也回不来了。”老人说。

虫洞里的时间慢得要死，全银河都知道。

但“花蕊”中没有人为谁感到惋惜，说实话，他们抵达这座星球连小半天都没到，还真谈不上对什么有感情，他们只是静静地在高空俯瞰一切，如神一般，以万物为刍狗，冷漠得连自己都觉得不好意思。

从屏幕上看，青稻田内已没了亮点，蓝鬼们几乎全部被吸进了虫洞，猴子将比例尺缩小，观测范围变得大了，大家看到，在远方，那些侥幸逃出的蓝鬼已躲进了星球的黑暗处，渐行渐远，数量还不及来时的一半。

李奥让猴子又上升了十五公里，他透过曲面窗向外看，自己的“花蕊”好像是在一座风暴眼中，唯独这里阳光明媚，四周黑咕隆咚的。他越发清楚了，这座星球的文明环境远比预想得要复杂，且先不说他们相互间有多少敌对势力，单是这些神奇的“非生命类物质”——能烧出负能量的青稻田和蓝鬼的发光武器，都够他们琢磨的。他不禁蹙起了眉头，认真思考，于己方而言，这场战争的发生究竟带来了何种利弊？

谭雅也是一样的心思凝重，但她的思维显然更清晰，她知道得多，目的很明确，这场突如其来的战争让她验证了自己的想法，她足可以进行自己的下一步计划。

“舰长，火好像停了，负能量在弥散。”猴子观测后说，“虫洞也在消失。”

李奥抬头看向屏幕，方程式果然开始了新的变幻，随着黑烟的稀薄，从繁到简，化为许多单一的元素符号，李奥久违地笑了笑：“这帮土佬还真不可小觑，能点火，也能熄火，怎么跟沉舰量子战团似的，还能把东西变没了？”

大家都听得出他话里有话，没人回应。

谭雅很沉得住气，不关己事般往窗外看。

实际上她根本看不到什么了，离地太远，下面的情况只能通过舰内的屏幕观察。

天地间静寂无声，舰舱内也沉默如许，空气里飘荡着激战后的颓靡。许久，黑烟已完全散尽，屏幕显示，下方环境适宜降落。猴子打开了实景扫描系统，图像完整地传了上来，方才被虫洞覆盖过的青稻田里，出现了一大块空缺，不光连着几片的青稻消失不见，就连土壤都没了，地面下陷了数十米，形成了一个昏暗幽深的巨型坑洞。

此外，猴子还侦测到，那几十个纵火的土佬并未走远，就躲在坑洞不远处的蒿草丛里。

李奥向着窗外凝望了一会儿，终于转过头问谭雅：“你能说说这是怎么回事了吗？”

谭雅这次没再回避：“他们烧着的不是青稻，而是青稻下面的土层——零土，零号的‘零’，也叫‘邦迪土’。”

李奥从没听过这种东西。

但猴子对“邦迪”两个字倒有些印象，他好像听陈皮讲过，“邦迪”是一种古代卫生巾。

“‘邦迪’这个名字，取自地球古英国天文学家邦迪，他是稳恒态宇宙论的创始人之一，也是银河史上第一位探讨负物质的科学家。”谭雅打断了猴子的猜想，“这种土并不常见，在当年甲壳虫座考察队进入虫洞之前，它曾炙手可热，为许多宇宙学家所苦苦寻觅，他们想用它搭建瞬移传送门。但是，当虫洞的无用面目被揭开之后，它又立即遭到了冷落，即便联邦地质队后来探明了在碎星带的很多行星上含有大量这种物质，也很少有人关心了。”

“它是怎么造出虫洞的？”李奥问。

“就是因为它的天然属性。这种土很奇怪，燃烧能产生负能量，遇冷则会产生能量，刚才那群土佬不仅是将地下的土烧着了，还同时对其进行了冷却处理，我猜他们身上都揣着冰块。”谭雅分析说，“土壤燃烧后，负能量与能量骤然增多并相互作用，渐渐形成了虫洞，你们也都看到了。而它之所以叫‘零土’，也是因为这种常态介于正负之间的属性。”

“就这么简单，一点着就能形成虫洞？”

“不简单，这是一种十分复杂的化学反应，我们至今都没将它研究清楚，对于它是如何自然地搭建起了虫洞，我们仍像个儿童，只知表象，参不透其中的道理。”

李奥点了头：“造物神奇。”

谭雅又说：“刚才真正燃烧的只有零土，它的燃点不高，在六十摄氏度左右，青稻根本还没来得及烧起来，就被黑洞吞没了，蓝鬼也一样。”

“别看这地儿荒凉，还挺得天独厚的，竟拥有一种超级武器，能直接释放虫洞强行让对手穿越。”李奥叹道，“那些战争科学家怎么就没想到这招儿？我看拿这个对付‘沉舰’，说不定能干过那什么量子力学。”

谭雅也摇头：“谁知道。”

李奥又问：“那群蓝鬼拿的是什么？”

谭雅停顿了一下，神情变得郑重：“那才是最关键的东西，其实，虫洞并不罕见，就算没有零土，银河系中也有许多天然虫洞，只不过没什么价值罢了。但是，蓝鬼们拿的那些亮闪闪的‘武器’，正是能赋予虫洞价值的东西。”

“什么价值？”李奥问。

谭雅却没有直接回答他：“那是热氢块，但在土星科技中心，我们通常都叫它的俗名——超燃石。它的构成元素以氢为主，但其余的附着物很复杂，我跟你们说明白点，它是目前实验证明能形成人造黑洞的唯一物质。”

人造黑洞？这个词乍听平平，实际的意义却足以令人为之变色，不亚于方才见识到“虫洞掠地”时的阴森感受，李奥刚要说话，猴子打断了他们：“舰长，那群土佬动了。”

李奥忙看屏幕，只见扫描图像显示，土佬们正在从蒿草丛里钻出来，他们谨慎地观察着四周的情况，确信黑烟和蓝鬼全部不见后，才开始放开手脚走路，朝的正是巨型坑洞的方向。他们的动作整齐划一，举手投足间无不显示着鲜明的集体性。

李奥接着问谭雅：“人造黑洞跟咱们要做的事有什么关系？”

谭雅也在看着屏幕，她在犹豫。

李奥急了，他压着火：“都带你到了盘古星，并且老子的战舰也没了，搭上这么大代价，你还不肯痛痛快快把计划说出来？要是再不坦白一点，我只能认为你是在憋着什么坏心眼儿了。”

猴子的眼里也透着不满。

老人和孩子则噤若寒蝉，不敢言语。

谭雅一点都没害怕，她看着屏幕，土佬们走到了巨坑边上，追思般朝着里面肃穆而视，她对李奥说：“事情可有点棘手，我怕你狠不下心来。”

李奥本在气头上，却忍不住想笑：“要是比心狠，如果你是宇宙第二，确实没人敢称第一。但是要是因为棘手，我倒还真有兴趣试试，你想要我狠到你的几成？”

谭雅并不在意他这一连串挖苦，正色道：“李奥，你要是有足够的定力看着这座星球生灵涂炭，我这就告诉你我的所有计划。”

气氛严肃了。

李奥特意望了眼外面：“这座星球都能发张特级残废证了，还能再怎么‘生灵涂炭’？”

谭雅说：“如果确定要执行我的计划，那么它会遭到灭绝。”

“我当是什么事。”李奥都没多想一秒钟，表现得远比谭雅狼心狗肺，“灭一颗星星而已，试问当今的银河，整个都死掉了的星系还在少数吗？你说吧，我不留任何怜悯之心。”

谭雅抬起了头，眼神仿佛是一个主宰万物的上帝：“我要造出白洞。”

十三

三洞

土佬们在仰头看天。

他们在巨坑前完成了自己的古怪仪式，以悼念消失了的粮食。

而后，他们想起了那几个天外来客。

这座星球除了那些只能带来灾难的陨石，已经很久没有从天而降其他东西了，他们惊叹于那个白色飞船的平稳落地，且没砸出哪怕一平方米的坑，真是神乎其技，当然无法控制地就视其为神了。

但“花蕊”飞得太高，他们实在是看不清楚，也更不知道那些“神明”此刻正在筹划着一件比魔鬼都恶毒的事。

李奥知道什么是白洞，它几乎是一种与黑洞恰恰相反的东西，但迄今为止，只存在于理论中，由于其虚幻性，除了专门研究这一领域的科学家外，并没几个人对其有太深的了解。

舰舱里众人沉默了一会儿，李奥才问：“你们研究出了白洞？”

“没有。”谭雅说，“理论成熟，缺乏实践。”

李奥没吭声。

“舰长，到底什么是白洞？”猴子问。

李奥示意谭雅回答。

“黑洞我们都清楚，引力极大，能吸收一切。白洞则恰好相反，它几乎能喷射一切，可以向外部区域提供物质和能量，是一个比黑洞更特殊的宇宙天体。”谭雅尽量以他们能听懂的语言解释，“最早，在大爱因斯坦时代，古俄罗斯的诺维科夫、古以色列的尼也曼等人根据广义相对论渐渐提出了‘白洞’这一概念，流传至今，却并没有被实践证实。”

猴子又问：“我想知道，它对于你说的计划有什么意义？”

“你要先听一个复杂的解释。”谭雅斟酌着说，“黑洞由于引力过大，越接近它，时间就会越慢，因为黑洞附近的时空都被压缩了。而光速是不变的，那么，光速在通过压缩了的时空之时，从外界，由于我们看不到时空被压缩的情况，光虽走了同样的路程，我们却觉得它走了没多远，因此，我们通过光速计时，自然就会认为，时间变慢了，只因我们所处的远方时空跟黑洞附近的时空不一样了。但我们假定黑洞中有人，那么对于黑洞中的人来说，时间却并未变化，因为他看得清自己所处之地时空的压缩。说明白点，如果我去了黑洞，而你们留在这里，那我在黑洞里待一小段时间，你们这里就已经过了几十年，如果我能再度回来，你们必然已经垂垂老矣，我却依旧年轻。这个现象，可以用广义相对论来解释。”

这的确很复杂，但关于黑洞，大家也十分清楚，李奥说：“理论不用多讲，所有人都知道，黑洞附近时间会变慢，这就足够了。”

“没错，那么同样，你一定也完全能听得懂另一个道理。”谭雅说，“越接近黑洞，时间走得就越慢，而由于白洞与黑洞恰恰相反的性质，那么依然代入光的理论，可以轻易推理出，越接近白洞的地方，时间走得则会越快。”

秒懂。

猴子惊喜地反应了过来：“你是说，白洞能让虫洞中的时间变快？你要在虫洞中造一个白洞？”

整个舰舱的人都精神了，谭雅说：“确切说，不是在虫洞中造白洞，而是造出白洞，让它进入虫洞。”

“高！”猴子越发兴奋，拍打着座椅，“那岂不是打了个时间差，即便虫洞中时间很慢，但也被白洞的作用给抵消掉了，我们进入虫洞，穿越到暗星，再出来，所花的时间会少得要命？”

谭雅不用多言了，她点了点头。

李奥也很惊叹于这个构想，至少从理论上看，它完全合理，他从没想到过世间竟还有这样的星际航行方法，此刻他觉得谭雅身上的人体光辉都更亮了。

老人也颇为欣喜，忍不住仰头看向更高处的深空，脑中想着那幅近乎奇幻的场景。孩子虽然不懂，但也睁大了双眼。

唯独谭雅镇静如常，还说了句题外话：“土佬又动了。”

众人一齐看向屏幕，只见土佬们都低下了头，不再找寻“花蕊”，离开了巨坑，朝着青稻田的边角处走去。这场浩劫过后，青稻田中所剩下的青稻已寥寥无几，且大都已残损。土佬们到了地方后，手脚麻利地开始收割，动作齐整得与蓝鬼不相上下，没多会儿工夫，就收了大半。

“他们像是要换地方了。”老人说。

猴子张望了一下外头：“能换到哪儿去？”

这茫茫星球，可生存的地带十分有限，他们若是想换到另一片光明处，难免要穿过黑暗。

“我挺想知道他们跟蓝鬼究竟是什么关系的。”谭雅也说。

李奥暂时却不关心这个，他让猴子关注着这件事，自己继续问谭雅：“你的计划要怎么完成？”

谭雅从屏幕上收回目光，说：“你知道超燃石是哪里来的吗？”

李奥当然不知道。

“蓝鬼来自黑暗处，而显然，光明处的土佬没有超燃石。”谭雅在给他提示。

李奥想了想，明白了点，问：“超燃石就是陨石？”

“没错。”谭雅说，“这碎星带处于银河边缘，宇宙大爆炸后，银河系中心的超巨黑洞吸引周边天体，渐渐形成银河系。所以，越是边缘，物质越新。打个比方，太阳系的天体都可以称得上是这些陨石的祖宗辈了，它们十分年轻，而它们的主要构成元素，就是氢。”

她说到这里，猴子想起来，陈皮曾经说过，“盘古”好像是个古非洲创世神的名字，要是这么看，这名字倒有点不搭调了。

谭雅继续说：“陨石在撞击这座星球的过程中，穿过它的大气层，与大气摩擦生热，相当于经历了一场‘冶炼’，落地后，自然形成了如今为蓝鬼所直接使用的热氢块，而它之所以也叫超燃石，正是因为它极容易发生聚变，它的这种性质，正是能造出黑洞的关键。”

“等等，我插一句。”猴子问，“为什么土佬能为超燃石所伤，蓝鬼们自己拿着却没事？”

“这个还不清楚，我想，蓝鬼可以持有超燃石，而土佬会为其所伤，或许与蓝鬼们在黑暗的生存环境中发生了极速进化有关。”

李奥问：“造黑洞跟造白洞有什么联系？”

“我们要做的，首先是让超燃石爆炸并发生氢原子核聚变，产生氦元素，而后氦原子也参与聚变，生成锂元素，锂元素继续参与聚变，以此类推，会按照元素周期表的顺序，继续向下聚变，直到生成铁元素，聚变停止，引发物质坍塌，最终开始形成引力。随着引力聚集，许多超燃石合在一起，形成强大的引力场，引力场不断升级，这座星球便会成为一个黑洞般强大的引力中心，随后，周边的陨石开始被吸引过来，而它们与大气层摩擦生热，就像是在向火堆里投干柴一样，引力场的强度会呈指数级增长，无须多久，周围的恒星也会加入进来，并发生快速演化，那么黑洞也就形成了。”

谭雅在阐述理论，但这段话所描述的场景令人不寒而栗，李奥终于明白了她所说的“生灵涂炭”的含义，况且，这哪里是一个星球的生灵涂炭，恒星都参与进来了，你是要灭了这个星系吗？这听着不比“沉舰”好多少。

谭雅不在乎他们的内心波动，继续说：“当黑洞形成后，由于碎星带的新生天体极多，氢元素含量十分丰富，它们都会源源不断地被卷进来，那么这个黑洞也会加速演化，到达发展终极阶段，半径远远小于引力半径，同时，它会引至另一个终极，贴合了地球古中国‘物极必反’的规律，开始发生反演，而只要这个反演一开始，也就意味着白洞形成。”

场景十分震撼，众人已在脑中看到了一幅无比壮丽的景象，它令人难以置信。谭雅说的这一切实在是太过玄妙，恐怕连真的神听了，都会感到颤抖，感到不可思议，也感到荒诞，但从逻辑上讲，它确实又合理得无可挑剔。

李奥尽量舒缓着自己的语气，说：“是很鬼斧神工，这种事做起来，可真能惊天动地，但同时也在毁天灭地。”

谭雅看着他：“所以，我早就问你你能不能做。”

李奥还真是迟疑了一下，但脸上的神色一闪而过，他没回答她，而是问：“那么虫洞呢，虫洞怎么办？黑洞既然已经形成，这盘古星都没了，再怎么烧零土做虫洞？”

“这就是关键所在，我们要做的并不是待黑洞反演为白洞的时候才开始造虫洞。”谭雅像是在说绕口令，“而是在造出黑洞之前，也就是超燃石爆炸发生初级聚变的时候，就点燃零土造虫洞。但是，虫洞与最初的黑洞之间，必须有一个严格的平衡，既不能让虫洞过早覆盖了黑洞，也不能让黑洞过早吸收掉造虫洞的原材料零土。这个平衡，需要人一直在跟前掌握。”

“相当于烧锅炉要有锅炉工。”李奥说。

“虫洞一开始就要有，它要有一个由小变大的严格过程，所以，这整个计划从造黑洞到白洞出现，本质上是在两个时空中同时进行的，它既是一个制造的过程，也是一个传送的过程，我们要边造黑洞，边让其小心翼翼地穿过虫洞。制造之初，它就开始进入，但还不能影响它吸收周围的原料，它横跨两个时空，而造成的那一刻，它必须恰好穿过虫洞，完全进入另一个时空，届时，我们的舰船要开始加速，紧跟进去，如此，既不会受到黑洞的影响，同时也正式开启了一段时间极短的虫洞航行之旅，只要导航精准，我们必将很快抵达暗星。”

谭雅说完了。

没有人听不懂，但谁也说不出话来了。任何的询问都没必要了，任何调侃也都会显得不合时宜。所有人都在心底慨叹，这将是宇宙中最奇绝的景象，这也是科学界最惊心动魄的一次想象，如果它能够实现，人类对于宇宙的认识和掌控会发生一次深刻改变。

放眼窗外，盘古星的天空仿佛因这个构想而改变了颜色，它的大片黯淡，令人忽觉金光闪闪，而它所在的碎星带，则成了一座能源取之不尽的银河宝库。

谭雅给了大家足够的时间畅想，等他们都适应了这个计划的思想高度之后，她才开了口：“在黑洞生出白洞之前，我们必须隔着它远远的，以免被吸进去。所以，如你所说，我们得找个锅炉工随时看着这堆熊熊烈火。”

李奥明白他的意思，不由得又扭头看向了大屏幕。

土佬。

土佬是他们此时此刻唯一的，也是最合适的人选。

屏幕上，土佬们已经将所有的青稻收割完毕，他们将其捆在身上，回身望着这里的山水，意欲远行。

茫茫黑暗，将向何方？

而更黑暗的，是在谭雅的“三洞”构想中他们的结局。

李奥静静地看着他们的一举一动，心思在变化，脸上却没什么表现。

其余人都不说话，谭雅在等着他。

如若他们成行，这座星球将完全报废，这些苟延残喘的生命，则将全部消失，连灰都不剩。

但星空之中，谁又不会化作它的黑色背景？中国史学家司马迁说，人固有一死。

但生死又似乎从来不该是由不够邪恶的人决定的。不过，生死分别很大吗？

李奥不想陷入有关生死的哲学思辨中，他一直都认为，讨论生死的意义是十分低级的，它令人高尚，也令人沮丧，尤其令人显得俗不可耐。

“猴子，着陆。”李奥下了令，并对谭雅说，“我来负责说服他们。”

他说的就好像他真是要说服他们一样，他是要欺骗他们。

谭雅沉默如刀。

舰船下降，李奥看着老人，面无表情。

十四

阴谋的开始

当神再次来临，没有一个土佬怀疑过他们的本事。土佬们背着厚重的青稻，如难民般扑通扑通地跪下，感激着神的赐予，就好像方才那场大战完全是神的旨意，他们本不知自己是胜是败，但神最终既然站在了他们眼前，他们就坚定地认为自己赢了。

“花蕊”着陆，田野无风。

李奥几人心怀着鬼胎从舰上下来，厚颜无耻地看着满地土佬，叫他们起来。

“神啊，你们是来带我们离开这凶险之地的吗？”

土佬们全部盯着神的“战车”，在思忖够不够载上他们。

李奥一时间竟无言以对，他环视着这几十个土佬，故意板起了脸，问：“刚才你们为什么还藏着？”

“神，原谅我们。”土佬们言简意赅。

李奥在等他们解释。

土佬们却全部直勾勾地看着他，一句话不说了，像耍赖也像发蒙，大概在他们的处事逻辑中，道完歉也就够了。

李奥真是被蠢得没办法，只得略过这一段往下问：“你们要干什么去？”

“这里的地已经不能种出足够的粮食了，为了活命，我们得换个地方。”土佬们很难过，他们不约而同地看向不远处，“我们将要穿过邪恶的黑暗，寻求新的生存之地。”

同是天涯沦落人，他们的失意令人感同身受，但李奥必须无视，他问：“刚才那些‘蓝鬼’是怎么回事？”

说到这里，土佬们脸上露出了胆怯的神情，但胆怯之中又暗含着勇敢，齐声说：“那些蓝鬼是恶魔之子！”

李奥脸上露出疑惑。

一个土佬告诉他们：“我们的星球遭到了流星的撞击，它带来了恶魔，恶魔笼罩了天空，灭绝了大量的生物，只留下了一点点光明之地。我们是星球的原住民，我们与家人失散，逃来了这里，这里有阳光，这里是仅存不多的能让植物生长的地方，我们在这里筚路蓝缕，耕种土地，也收获粮食。”

另一个土佬娴熟接上：“但我们的家人变了，他们有的去了别的光明之地，有的则留在了恶魔的笼罩中，被恶魔改换了样子，成了蓝鬼，恶魔给了他们‘恶魔之晶’，他们拿着它与我们为敌，争抢粮食，残害同胞。”

淳朴的人总是会想出极具灵气的故事，他们的科学观落后，甚至可以说是没有，但他们将发生的一切用另一种方式解释了出来，赋予了世界浪漫主义色彩。要不是知道真相，李奥等人还真挺想融入他们的想象世界中。

李奥听得懂，他们所说的“恶魔之晶”就是超燃石，他顺着问：

“这座星球上有多少‘光明之地’？”

土佬回答：“不知道，有饥饿的兄弟从远方颠沛而来，他们描绘的地方各不相同，却又大致一样，那都是恶魔来临前世界的样子。”

李奥点头，又问：“刚才你们烧着了的是什么？”

“那是赐予！”土佬们的眼神全部亮了一下，有人说：“那是‘沃土’，它是我们这座星球上独一无二的秘密，它的燃烧能驱散瘟疫，驱散蓝鬼，也能驱散一切。它是一把双刃剑，能狠狠伤害敌人，却也反噬自己，能让敌人消弭于无形之中，也能随之侵袭到我们自身，沾着即没。”

“它有多少？”李奥问。

“它遍布全球，与恒星同来，如银河般永在。恶魔未至之时，它让世界拥有千里沃野，恶魔来后，它大半沉寂，伏于黑暗。”土佬说。

猴子忍不住笑了：“舰长，我怎么感觉这帮土佬战斗过后，精神都出了点问题，爱念诗。”

“受了刺激后的典型症状。”谭雅说，“但好歹是讲明白了一切。”

李奥刚要再说话，土佬们齐声发问：“神，我们究竟是犯了什么错，惨遭恶魔统治，骨肉分离，兄弟反目，粮食匮乏，自相残杀！银河联邦也不管我们，沉舰更是视我们于无物，神，我们究竟是犯了什么错，需得受此惩戒？”

他们被自己带得群情激动，不住磕头，祈求明示。

李奥无语，自己这个“神”是被赶鸭子上架了，当也得当，不当也得当。

他思考了一下，这样也好，省了费口舌解释，将计就计吧，他止住他们的动作，说：“行吧，我说实话，我们不是什么联邦求救队，我们就是来救你们的。”

“呼啦啦！呼啦嘿！”土佬们发出了一片规模不算大的呼啸声，一点都不怀疑什么，他们身处水深火热之中，对于能为自己带来希望的事，哪怕是谎言也选择深信不疑。

李奥真是没办法，对方低劣的智商让他忍不住要陷入道德的自我拷问之中。

谭雅接过了话头，问土佬：“你们点燃‘沃土’的时候，是不是还放了别的东西？”

土佬们好似集体通了电流，僵化了半秒，一齐说：“没有。”神情坦白得如婴儿。

谭雅真是措手不及，她差点就问出“冰块在哪儿”了。

全场无声，土佬们一律若无其事地牙关紧闭。

谭雅看了李奥一眼，李奥也懂，他觉得很好笑，果然这世上就没有天生的傻帽，这帮龟孙子，还真不是面上看起来那么实诚，他们跟刚才一样，又留了一手。

李奥和谭雅达成了默契，都不点破，不爱说就先走着瞧。李奥故意转移了话题：“你们要换地方的话，穿过黑暗，恐怕不被蓝鬼杀死，也会被恶魔变成蓝鬼。”

土佬们像是又恢复了神志：“没有足够的沃土种粮食，没有阳光照耀青稻，我们终究也会饿死，神，你们能带我们寻找光明之地吗？”

“能，但是我更能帮你们永远消灭蓝鬼。”李奥说。

土佬们集体呆萌，他们看着李奥，发出弱智般的声音：“蓝鬼有恶魔之晶！”

李奥呼了口无奈的气。

谭雅继续跟土佬们说："我们能毁掉恶魔之晶。"

土佬们又兴奋了："那你们得毁掉晶矿！"

"这些都不是问题，我们有强大的火力。"李奥要引他们上道儿，"不过，还是需要一点你们的帮助，行不行？"

土佬们快速转头相互看了看，一齐回答他："行，我们就待在原地，为你们祈祷，为你们欢呼，迎接你们凯旋！"

一群傻帽。

李奥无语。

土佬们浑若无事，脸上全是仗义的表情。他们这种在艰难生存环境下磨砺出的狡黠，真是让人恨得牙根痒痒。

李奥懒得再跟他们废话，说："行吧，那你们就在此地，不要走动，我们去观察敌情就回来。"

土佬们仰着头做痴呆状，等李奥五人要重新回"花蕊"上时，他们又激动了："神，不要再度离开我们，不要抛弃我们！"

李奥故意不理会，命猴子关上了舱门，"花蕊"腾空而起。

土佬们留在地面开始窃窃私语，脸上蒙昧尽无，尽是小人物苟且钻营的模样，他们很谨慎地商量要不要听李奥的。这个群体历经的苦难太多了，脆弱得皆已如惊弓之鸟，不能再押错宝了。

猴子打开了侦测仪，让舰船在高空中停留一会儿。土佬们商量了许久，还不时抬头向上找找"神"的影子，足足过了半个多小时，才有了个大概结果。随后，他们就四面散开，隐没进了蒿草丛里。屏幕上显示，他们全部没走远，选择了等待。

"还是帮老狐狸。"李奥哼笑了一声。

"经历所至。"谭雅说，"但我分析，他们虽然一口一个'神'地叫着，可未必真相信咱们。"

李奥同意："他们所顾虑的，无非是会不会被我们给耍了。但是我们要清楚，我们的诱饵也很有吸引力，如果能让他们相信我们可以消灭蓝鬼，那么事情大概就成了。"

猴子说："那我们怎么办？"

李奥说："去活捉几只蓝鬼给他们看，顺便抢两块超燃石。"

没人反对，捉几个蓝鬼跟打几只野兔子没什么区别。

李奥朝着方才蓝鬼消失的黑暗处指了指，告诉猴子："我们进去看看吧，注意隐蔽。"

猴子启动舰船，飞向黑暗。

流云渐渐变为尘霾，阳光变淡，没飞多久，"花蕊"完全告别了光明，仿佛进入了另一个世界。

窗外黑得不见五指，盘古星外的任何星光都透不进来，越往里走，黑暗就越纯粹。

在李奥的指示下，猴子没开启舰船表面的灯光，他们好似进入深海执行秘密任务的潜艇。

李奥问谭雅："我们需要什么规模的超燃石爆炸，才能启动整个流程？"

谭雅说："凭这座子舰的火力，恐怕达不到需求。"

"那怎么办？"

"得有热核武器那样级别的威力。"谭雅说，"或许，我们要依靠蓝鬼。"

"我还得两头儿骗？"李奥蹙了下眉。

"看你的本事了。"谭雅说。

猴子示意大家看，屏幕上出现了亮点，那是些蓝鬼。

十五

蓝鬼群聚

蓝鬼在荒芜的土地上行走，土地如光明处一样布满裂纹。

盘古星没有地球大，但也不小，全是陆地，没有海洋，甚至连河流都是断断续续的，大部分的水源藏在地下。蓝鬼们虽已变异，却没摆脱碳基生物的本质，他们时而还是会躬身在河边渴饮。

这就是方才的那群蓝鬼，他们背上捆着青稻。“花蕊”在他们上方两千米处悄无声息地跟着，屏幕上显示着他们的动态，他们手中握着形状不一的蓝晶，蓝晶发出微光，可看起来，蓝鬼们并不需要光的指引，他们已经进化出了在黑暗中畅行的本事。

“他们像是要赶挺远的路。”猴子说。

“他们是要躲避虫洞。”谭雅说，“离土佬越远越好。”

孩子趴在曲面窗上往下看，什么也看不到。

猴子说：“他们为抢这点粮食翻山越岭来一趟，搭上的时间和性命也真有点不值当。”

“没什么不值当的，没有青稻就会饿死，他们只能这么做。”老人说，“并且，我觉得他们怕光。”

这话有道理，猴子补充说：“应该是无法在光照之下待得太久，否则他们没理由非得在黑暗里生活，又必须去光明处抢青稻。”

“怕光，与能碰‘超燃石’必然有一定联系。”谭雅说。

没人再吭声了，全在思考。

“是温度。”李奥说了一句。

众人看向他。

“我觉得和温度有关。”李奥没多解释，“继续跟着吧。”

夜凉如水。

夜空如果有表情，越向黑暗的远方，它越悲伤。

侦测仪传来了一些尸骨的图像，那是零散的冤魂。世事无常，也好似根本没有一个能主持公道的神，死去了的人只被知道如何而死，却说不上为何应死，宇宙浩瀚，无须理由。

“花蕊”中也被感染了一丝绝望气氛，李奥和猴子又不禁想起了桃花号。世间万物何尝不如这盘古星的生命一般，所作所为皆与大灾大喜无甚关系。桃花号在发生过的这些事件里，扮演的是正义还是邪恶的角色，是个孤胆英雄，还是个罪魁祸首，抑或只是个顽皮的小孩，都不该有定论，因为什么定论也解释不了今天的一切。抬头天外，那一连串他们再熟悉不过的名字，大副崔斯坦、侦测官坏狗、二副龙莉、战斗官莫冬、陈皮、当归……仿佛就在眼前，曲面窗上还有他们的温度，可不知他们是否已为护舰付出了生命，他们是化作了满天繁星吗？夜空黑得没有答案。

但这里根本不是真正意义上的黑夜，猴子能够侦测到，向上穿过厚重的沙尘层，这座星球的这一面正冲着恒星。也是，习惯了以光年为最小单位航行后，他们很久没有跟踪如此慢的目标了，这里与方才的光明处仍在一地，而对于那些微小的蓝鬼来说，即便是跨一个时区，恐怕都要走上三天三夜。

足足四个小时，李奥觉得“花蕊”仿佛是静止的。

蓝鬼们却已孜孜不倦地走了二十多公里，其间那条河断了三次，他们也喝了三次水。说实话，如果先不谈方才在光明处的那场激战，此时的他们，看起来更为可怜，更像一群勤勤恳恳地为生存而奔波的贱民，而不是飞扬跋扈的杀手团。

屏幕上出现了异样的闪烁。

猴子点开数据分析，前面六公里处，有大量氢元素符号。

“大陨石体，也就是土佬们口中的‘晶矿’。”谭雅不假思索地说。

但屏幕上的符号有些微妙，它们很多都呈微胀状，里面好像还有东西，李奥让猴子增强分辨率，却依然无法明确显示。

“我们飞过去看。”李奥说。

猴子使舰船加速，丢下眼前的蓝鬼，去向氢元素聚集处。

片刻之后，前方发出了亮光。一大片荧蓝之色出现在了大地上，像一个湖泊，湖面波光粼粼。同时，舰船的屏幕上出现了许多亮点，那是成百上千个蓝鬼，他们全部在围着亮光。

及至行进到跟前，屏幕上显示得越来越清楚，与其说这是一片湖，不如说是一座山，侦测设备已经探明，它绵延了十几公里，凭着肉眼根本望不到头。李奥等人看清楚了方才的元素符号为什么呈微胀状，因为就在这座蓝光熠熠的山峦之中，还有一丝红色闪烁。

红色好似山中的火焰，越往中心，越发显眼。

“到蓝鬼的老巢了，这就是那颗令盘古星灭亡的大陨石。”李奥问谭雅，“它里头是什么？”

谭雅显然也没想到，但她纠正李奥说：“撞在这颗星球上的大陨石体，可远不止这一块。”

“那再好不过。”李奥知道谭雅也不了解情况，他对猴子说，“放大检测功率，能知道红色的物质是什么吗？”

猴子让舰船下降了一千米，屏幕上却还是只有氢元素符号，他摇了摇头。

老人思考着说：“你们瞧瞧蓝鬼在做什么？”

“采集超燃石。”猴子接话。

老人却不太认同这个说法，他继续盯着那些蓝鬼看：“我觉得他们是在开山。”

猴子很疑惑。

老人又对李奥和谭雅说：“你们好好瞧瞧他们的举动，从陨石体上砸下超燃石之后，只是随意地丢在附近，并没多逗留，而是全部像在忙着找什么东西一样，重新爬在陨石体上向下开凿。我认为，他们跟我们一样，也不知道那晶矿中的红色物质是什么，他们是在探索。”

很有道理，李奥同意他的观点：“要么是这个陨石体砸中的地方有古怪的东西，要么就是这颗陨石体本身有问题。”

大家都在认真观察。

李奥又说：“你们猜猜，我们要是从这里降落下去，蓝鬼们的反应会跟土佬一样吗？”

猴子下意识地看了看屏幕中的蓝鬼，在相貌上，他们要比土佬难看得多，那种体色赋予了他们天生的狰狞感，无论从哪方面看，都不像善茬儿。

谭雅摇了摇头：“他们其实都不傻，土佬是因为怕咱们，蓝鬼可不像怕谁的样子。”

猴子说：“但我们的火力足够消灭他们任何一方，哪怕这座星球上再有十倍于此的人口。舰长，我有个想法，如果我们能全数灭掉这些蓝鬼，而后与土佬协商，共同在光明处建立文明，算不算是为已经毁灭了的银河联邦留了一把火种？”

“是个好主意，但特别困难，这座星球的状况，离‘科技’二字尚有一大截距离，即便我们什么都懂，也是巧妇难为无米之炊。”李奥的目标很明确，他又看了眼老人，“我们还是尽快去暗星，去那里重整旗鼓，或许会事半功倍。”

猴子明白，李奥心里其实十分着急，因为谁也不知道沉舰是不是正在紧锣密鼓地寻找他们，并且，没有桃花号，无论做什么，他们心里都没有底，尽快躲进暗星看起来是最好的出路。

“既然蓝鬼看起来不像怕谁的样子，那就先让他们学会害怕。”李奥又对猴子说，“打开所有舰体探照灯，用高密度射线朝陨石体开火，给他们把里面那个通红的东西劈出来看看。”

猴子听令，立即操弄控制台，盘古星的黑色夜空之中，忽地闪起了一颗璀璨的星，“花蕊”于离地五百米处现身。

地上的蓝鬼正专注地开凿着蓝晶矿，头顶忽被照亮，一齐看去，表情尽皆诧异。他们许久没看到星辰了，它竟如此美丽，在一瞬间唤起了他们对于从前的美好记忆。但紧接着，他们又条件反射般想起了灾难——记得最后一次看到的天空胜景，正是几颗砸落到地上的流星。

蓝鬼们开始号叫，并慌张地奔逃，他们的声音比土佬要难听数倍，动作也迅捷许多。而“花蕊”也不负期望地露出獠牙，它用仅有的光炮口射出了一道密度极高的射线，锐利地穿进了蓝色的陨石体，半秒过后，只听一声开山震石的响动，陨石体像冰山爆破，无数块碎裂的超燃石崩起，炸得周围几十个蓝鬼仰天呜嗷，大半都直接死在当中，血肉模糊。

“花蕊”的亮光，就像魔头的淡定微笑。

蓝鬼们开始你争我抢地苦逃，慌乱之中也不顾碰撞踩踏，伤残不断。

“花蕊”又射了一炮。

高密度射线横着甩向了蓝鬼的外围，划出一道圆弧，在地面切出了一个十几米深的沟，尘土飞扬，弥漫了夜空。

最前头儿的蓝鬼停下了，他们战栗着扭头看天，很明白那座“星辰”的意思，都吓得不敢动弹。

舰舱里，李奥一笑。但是，当下面的噪声平息，他又看了一眼陨石体的时候，却收住了笑容——陨石体没有被劈开，只是裂了一道浅浅的缝，仅仅五六米深。

“这是怎么回事？”李奥问。

“也许是它的密度太大。”猴子回答。

红色物质仍旧深深地藏在陨石体内部，未见真容。

“要不要再试试？”猴子问。

谭雅打断了他们，她问李奥：“你的高密度射线是冷的吗？”

“只有冷的，才能有这种密度。”李奥说。

“舰上还有没有别的炮了？”谭雅又问。

“没了，这只是一艘应急舰。”李奥说。

谭雅略微停顿了一下，说：“那就别痴心妄想要劈开陨石体了，不太可能。并且，现在最重要的问题是，你的射线本身是冷的，即便射中超燃石的时候能产生热量，也小得无济于事，根本不会引发任何聚变。”

问题忽地被拉回来了，现在不是怎么忽悠蓝鬼、驯服土佬的事了，大家刚发现，“花蕊”连最基本的令超燃石聚变都解决不了，还谈什么整个计划？

李奥忧上心头，他看着屏幕，蓝鬼们已被镇住，似乎正在原地颤抖，谁也不敢动。

可正如谭雅所言，这有什么用？

他纵然能靠“花蕊”的高密度射线灭了这整个星球的残留文明，也毫无意义，他现在要的不是这个。

舰舱里有些苦闷的味道，谁都感到绝望。大家不知道外界究竟如何了，这座星球孤独而无用，他们唯一的出路，可能就是去别处求援，借些火力再回来，但碎星带附近有可求援的行星吗？

李奥抬起头，夜空茫茫，他想了很久。

猴子懊恼地捶了一下腿：“但凡桃花号在，这点屁事，根本不足为虑。”

黑暗透进了李奥的双瞳，李奥深思着黑暗。紧接着，就像猴子捶的是他的腿，他的眼睛亮了一下，隔着空中的沙尘与外面的恒星对上了光，他说：“猴子，你那条路，说不定走得通。”

“什么？”猴子不解。

“但要换个走法，只留概念。”李奥说了句谁也摸不着头脑的话。

十六

险恶盟约

“花蕊”降落在了大陨石体上。

李奥带头走出舰舱，这里有些冷。那些蓝鬼战战兢兢地看着他们，不敢妄动，但离得近了，李奥分明又瞧得出，他们虽然都耸着肩，眼中却全是厉色，他们是既怕又恨。

李奥不怒自威地拿着通信器说：“都给老子滚过来。”

站在他后面的谭雅等人都愣了一下。

被喧宾夺主的蓝鬼们低声私语一阵，如同在咬着牙判断形势的恶狗，而后，决定且不违拗这人的命令，聚拢了过来。

李奥居高临下地看着他们，四面八方浩荡千人。

蓝鬼们在他脚下压抑地交流着，声音阴暗而恶心。

“闭上嘴。”李奥像在号令群狗，但他心里清楚，他根本没有取得什么实在的控制权，万一这帮蓝鬼突然神经质地造了反，他们都会被撕得粉碎。

蓝鬼们慢慢没了声音，齐刷刷地仰头看着李奥。

老人搂着孩子，孩子也不知道是害怕这群怪物还是冷，抱着双臂身子缩着。

谭雅则在认真地看着脚下的大型超燃石，也就是陨石体。

在这种过程中，李奥也看明白了一件事，他们当中没有什么领头人，与土佬一样，是完全的民主制，这是这座星球的特征。而从历史角度看，实行这种运行模式的社会，不是发达得已超越了银河系的文明范畴，就是原始得刚处在胚胎期，而他们显然不可能是前者。

李奥一点都不跟他们多绕弯子，指着远方开门见山："我能帮你们杀死那些人，青稻将永远属于你们。"

言语中颇有救世者的威严。

蓝鬼们久久无应答，他们幽深地盯着李奥。

李奥拿他们当兽类，继续说："只要你们能够……"

"我们不需要。"一个蓝鬼打断了他。

李奥以为自己听错了。

蓝鬼们又沉声说了一次："我们需要他们种植粮食。"

沧桑得像是哑了嗓子，但声音齐整。

李奥不让自己表现出分毫诧异，但他忽然弄懂了一个问题——平衡。

从数量上看，单就他们所见到的这两个区域而言，蓝鬼们完全可以灭掉土佬，哪怕仅用一个最简单的战术，分数次发起冲击都行。土佬们总不会任由零土燃烧生出虫洞，只要隐藏在光暗交界处的蓝鬼数量足够多，每次虫洞一消散，蓝鬼就接力而上，不消多久，土佬们必将全军覆没。

先前在光明处没见过蓝鬼的数量时，李奥没想到过这一点，可现在一齐想通了。当然，除非土佬的数量并未被"花蕊"的侦测器全部检测出来，难道土佬还有伏兵？李奥并不这么觉得。

“但你们去抢粮食的时候，总要付出惨重代价。”李奥说。

一个蓝鬼张开了嘴，还流着涎水：“这是我们自己的事，不需要你掺和。”

李奥竟一时无语。

蓝鬼们有秘密。

而这个秘密又很一目了然，他们还自以为这很值得保守，尤其是靠着引开话题的方式。

李奥戳穿了他们：“你们怕高温。”

蓝鬼们不答话，狠戾而冷酷。

“你们不能在高温下待得太久。”李奥继续说，“所以，你们无法在阳光下种植和看护青稻。”

蓝鬼们不作声，可这种沉默，分明又是在坦白着什么。

李奥还要往下讲，谭雅上前一步，她对李奥说：“土佬没有冰。”

“什么？”李奥回头问她，同时关掉了通信器。

谭雅指了指脚下的陨石体和已被凿下来的超燃石：“零土被点燃后同时进行的冷却，靠的是这些东西。”

谭雅弯腰捡起了一块超燃石，递给李奥，李奥一摸到它，都不用多说什么了，立即明白了过来，这超燃石的温度绝对在零度以下。

“我猜错了顺序，实际上，在那场激战中，被打死的蓝鬼遗落了超燃石，先使零土冷却，而后土佬乘势将零土再点着，正负能量一混合，才造出了虫洞。”谭雅说，“难怪虫洞很快就消散了，真实的原因，并不是土佬主动熄了火，而是超燃石先被化掉了。”

不仅仅是李奥，猴子和老人都懂了，猴子说：“也就是说，我们刚才问土佬他们是不是还放了别的东西，土佬们没说实话，并不是因为不想，而是不敢？”

“没错，他们不敢让我们知道，他们造出虫洞，一半靠的竟然是蓝鬼们带去的超燃石。”谭雅说，“他们害怕蓝鬼们知道，如果不拿超燃石去战斗，单凭人数优势，蓝鬼就可以灭了他们。”

“那他们知道蓝鬼其实还要依仗着他们种青稻吗？”猴子问。

谭雅摇头笑说：“这真是挺戏谑的。”

蓝鬼们在听他们讲话，什么也不懂，却不敢轻举妄动。他们的眼神时不时地扫向李奥五人身后的“花蕊”，在观察那是什么东西。

“这两方人的相处方式十分诡异，或许，他们自己也厘不清这当中的逻辑。”李奥掂了掂手中的超燃石，“并且，看起来，我们跟蓝鬼一样，不会为超燃石所伤。”

谭雅说：“它充其量不超过零下十摄氏度，银河系本就没什么人能为其所伤，我现在有个新想法，或许，真正变异的，不是蓝鬼，而是土佬。”

土佬在他们脑海里的形象越来越狡猾了，此时，在李奥的回忆中，土佬们那淳朴无知的样子，充满了做作。

“但这就更怪了，更多事情说不过去。”老人也插了句话，“难道这星球的动物本来就是昼伏夜出的，陨石没毁了这里之前，他们在夜间种田？”

“那不重要了，究其本质，这两帮人明明需要合作，却都选择了用互相欺瞒的方式，且土佬们很霸道。”李奥打断了老人，并对猴子说，“猴子，你那个建立文明的思路，我要用一半，给他们留着药，换换汤。”

大家终于懂了李奥在降落前说的话，停止了继续交流，重新看着蓝鬼。

蓝鬼们被晾得有些躁动了，他们见李奥重新打开了腰间那个能传声的东西，都瞪起了眼，他们不觉得这几个人商量出了什么慈悲的主意。

李奥说：“我想跟你们谈一笔交易。”

这句话让蓝鬼们的警惕度提高了，脸上的神情看起来更令人讨厌，猴子还发现仍然有几个家伙在目不转睛地看“花蕊”，他摸着枪，随时准备击毙突然来袭者。

李奥继续说：“你们跟那群人，其实有一种共生的关系，但你们都搞错了这一点，并且，想要调和你们之间的关系，非常困难。”

“他们变了异，是一群坏种。”一个蓝鬼愤恨地说，并没有任何类似于土佬嘴里那般神乎其神的描述，“自私得让我们无法沟通。”

果然是这么回事，李奥心里有数，他说：“但我可以消灭他们，而且我们的人，能够在阳光之下长久地待着，我们能为你们种植青稻。”

蓝鬼们并没多么领情，用一种严审的口吻问：“你们是谁？”

李奥说：“我们是银河联邦的残军，银河联邦遭到了沉舰的打击，目前已危在旦夕，我们需要在这里重建银河文明，如果你们愿意，我帮你们灭掉那些……坏种。”

蓝鬼们对银河联邦的破事并不感兴趣，离李奥最近的那个家伙吐着腥气说：“我们不同意，这座星球不属于你们。”

另一个蓝鬼也说，“你们能灭掉他们，恐怕也不会放过我们。”

“没错，我们对你们有什么用？”又一个蓝鬼问。

李奥早就想好了：“我们只有五个人和一艘舰船，战力虽强，可是对于文明的重建来讲，缺少人口，而你们恰恰在这方面有优势。再说，你们的星球，本来就是银河联邦的领地，我们重建银河文明，犯不上消灭你们，从银河角度来讲，我们是自己人，只要我们有一致的目标，那么应该消灭的，只有那些阻碍我们实现目标的人。”

“那是你的目标，不是我们的。”蓝鬼们说，“你看看这座星球，我们并不认为银河联邦曾把它视作一员。”

李奥的那套说辞看起来无法打动他们。

谭雅等人不太清楚，李奥为什么这么执着要跟蓝鬼合作？方才那两道高密度射线过后，已经很明白了，他们的当务之急不是要在这座星球上做什么，而是要想办法去别的地方找到能提供热量的武器，况且，虫洞该如何造出来的秘密已被看破，那么他究竟还在跟这些蓝鬼废什么话？

但李奥一点都没有想回“花蕊”上重新制定策略的意思，他只是远望了一下脚下延绵的陨石体，又看了看天，对蓝鬼们说了一句话：“我可以帮你们凿出这蓝晶矿中的红色物质，实话说，那是些红壤。”

这震住了蓝鬼，戳到了他们的心头肉。

李奥没等他们接话，继续说：“我告诉你们，这红壤里蕴藏的能量，于我来讲，可以作为重建银河文明的基础，而于你们来讲，则足以生出一种可在非阳光环境下生长的可食用菌类，它能让你们衣食无忧，所以，你们应该跟我合作。”

全是信口胡诌的假话，但显然超出了蓝鬼们的预料，他们都不出声，在认真思考。

谭雅还是不明白李奥要干什么，可猴子坚定地站在李奥身后，他了解自己的舰长，信赖他的智慧。

良久，一只蓝鬼的口气微微弱了一点，不再那么有攻击性：“你们能破除他们的食人黑雾吗？”

李奥笑了，原来他们管虫洞叫这个名字。这也暴露了一个问题，蓝鬼们并不知道怎样利用零土造出虫洞。其余人也更纳闷儿了，土佬们究竟是经历了一种什么样的奇怪进化，进化出了蓝鬼们口中的自私，或者说，是智力？的确，至少他们的状态看起来没有蓝鬼那么野蛮。

“能。”李奥说了一个字。

蓝鬼们低下头私语，半晌，又仰起了头，看着李奥，将信将疑。

李奥觉得时机到了，他说：“但是，我需要你们的合作，才能顺利完成这整套计划。”

一个蓝鬼小心地问了句：“做什么？”

李奥伸出一根手指头，平静地指向天空，说：“我的舰船上装载了高密度射线武器，它能射穿上头的沙尘，把阳光引进来。”

蓝鬼们没有反应，要继续听。

但谭雅却抬了抬头，她听懂了什么，蹙了下眉。

李奥又掂了一下手里的超燃石，说：“而你们需要做的，则是全员上阵，用这些半透明的石头，帮我做一次太阳聚光。”

瞬间，谭雅眉头舒展，她完全明白了李奥的所有意图，她极为欣喜，甚至不由得重新审视起这个男人的背影——李奥这是要借助恒星的热量，引发超燃石爆炸！

十七

天使与魔鬼

这是个胆大包天的设想。

而没有蓝鬼，简直就是妄想。

不消李奥多说了，谭雅在脑中构建出了那幅场景——“花蕊”的武器射入空中，在漫天的沙尘中打开一个洞，恒星的光芒照进来，同时，千百个蓝鬼每人持着一块超燃石，集结在一起，组成一个巨型放大镜，聚阳光于一点，令陨石体受热，引发聚变！

地球古神话中，光力之神阿基米德曾有一次壮举，当时罗马魔军来犯，风烛残年的他身披白袍站在希腊城头，指挥着几千妇孺手持宝镜，从容作法，凝聚太阳之光，并将其照射到魔军主船帆上。太阳神隔空施热，助其点燃了千艘战船，一时之间火神狂舞，风神助威，烧得地中海通红如血，一举将敌人送进了地狱。

如今李奥一定是受了这种启示，才有此灵感，难怪他在“花蕊”着陆之前仿佛看透了天空。

但神话里的故事，果真可信吗？且不说能否如愿调动起这众多的蓝鬼，并按照严格的秩序改变光的线路，使其聚到一个点上，单是太阳的热量究竟会不会达到引发陨石体爆炸，并使氢元素聚变的要求，就是个极大问题。

这无异于掏天拽雷。

谭雅仰望了一下天空深处的阴霾，心神游移不定。

但她不是决策者，此时此地的灵魂人物，是李奥，连蓝鬼们都露出了即将接受统御的神情，但他们还是先说出了自己的心声："我们会被阳光灼伤。"

这早就不是个秘密的秘密从他们嘴里说出来，真有种赤诚相见的感觉，他们算是坦白了自己的弱点，李奥知道，事情成了，他说："你们不会。阳光射进来，不会停留太久，我保证，不长过你们收青稻时在光明处所停留的时间。"

蓝鬼们息了声，却不给回应。

"况且，只是在天上开一个区区小孔，照射范围十分有限，你们受不了的话，随时可以找阴凉地方躲起来。"李奥又说了一句，且再强调了一遍核心利益，"红壤若出，我们将开启新生。"

蓝鬼们似集体松了口气，他们用再度的沉默，显示着自己的态度转变完毕。

李奥看得透彻，他脸上充满了自信，令任何人都无法质疑："对于盘古星来说，这是项浩大的工程，从现在起，你们所有人都要听我指挥。"

蓝鬼们静默无声，他们没有信心再问什么，良久，开始低语。

大陨石体中汇聚起了他们阴郁的声音，那是惶惑中的讨论，夹杂着些许争吵。渐渐地，争吵的内容越来越多，整个群体的野性都被调动了起来，嘶吼声由点及面散播开去，底下乱成了一锅粥。

李奥矗立如山，丝毫不为所乱，他用这种坚定的姿态对峙着蓝鬼们的躁动，强势压住局面。

蓝鬼与万物雷同，总势在一个可见的规律中发展，他们沸腾了许久，又开始找到秩序，争吵退出本色，激动的本质留下并越发显露了出来，欣喜接上了迷茫，发出了更加撕人耳膜的震天吼，各个龇牙咧嘴，手脚也忍不住在身上乱抠，有的甚至屁眼朝天。

李奥漠视这一切，像个巨人对着群热锅上的蚂蚁。

谭雅几人站在他身后，也强行忍受着这群疯癫之徒的丑态，不做任何动作，他们佩服并尽力学习着李奥的定力与心智。

长夜已喧，黎明将至。

蓝鬼们许久才停歇下来，一个无主的社会在初次迎来主人之时，两方对此通常都是无知的，蓝鬼很自然地走完了这个心路历程，他们完全搞不清楚自己为何会如此期待李奥再次发话。而李奥却看得很明白，或许那是因为，他根本就不是主人，而是在撒着弥天大谎的超级骗子。

“带我们挖出红壤，我们与你平分盘古！”他们喊出了自己家园的名字，声浪澎湃。

一点也不突兀，尽管这种转变看起来快得就像叛徒。

蓝鬼们群呼着这句话，一浪高过一浪，直至传彻八荒。

李奥适时转过身子，猴子领会他的意图，开启了“花蕊”舱门。李奥带头走了进去，舱门关闭，猴子故意启动了噪声巨大的聚气引擎，在轰鸣中升起了舰船，并打开了远程射灯。

蓝鬼们的情绪被感染到了最高峰，他们呼喊着无意义的象声词，气势磅礴地高举双臂。

李奥站在舱中，透过曲面窗，像个阅兵的元首。

骗局已成。

谭雅终于能躲开那些刺眼的目光，顺心地舒展笑容了。老人则搂着孩子，真的就像两个普普通通的旅客一样，等着驶向航路。

“花蕊”升至半空，李奥对猴子说：“以陨石体中心为原点，计算折射夹角，确定地面聚光点以及天空开口。”

对于舰船智能系统来说，这是种较为简单的几何运算，但还是有一点小障碍，地面聚光点要根据聚光镜的厚度确定，否则无法准确定位。

猴子没几秒钟就确定了十几套方案，关键点全部自动标注在了大屏幕上，就等李奥指示了。

李奥打开了舰外广播，对蓝鬼们说：“捡起你们身边的蓝晶，将最平整的那一面对向天空。”

蓝鬼们照办，弯腰捡拾那些散落在陨石体周边的超燃石，随后，全部举了起来。

李奥对猴子说：“打开千瓦探照灯。”

“花蕊”腹部又射出一道强光，宽阔且会甩动，它向着蓝鬼群中扫了一圈。很出乎猴子意料，灯光所过之处，全部有顺畅的反射，尽管那些蓝鬼有的间隔距离不小，可整体效果就如一面破碎后铺在了地上的镜子，虽散却平。

“集体主义的优越性体现出来了。”李奥笑说，“猴子，测定一下超燃石的透光率和平均厚度。”

蓝鬼们见了光有些怕，都在刻意地弯着腰。

“透光率为百分之七十五，平均厚度十四厘米。”猴子报上了两个数字，并点了一下屏幕，屏幕上的关键点骤然减少，十几套方案只留下了三条，“舰长，有三套方案可供选择。”

李奥点头："你把探照灯打到最佳方案处。"

灯光离开了蓝鬼聚集的地方，甩向了四百米外的一个高地，蓝鬼们站直了身子，顺着望过去。

李奥用舰外广播对他们说："你们全部到那里去。"

蓝鬼们只是迟疑了一会儿，并没有拒绝的理由，他们成群结队地向着那里前进，猴子又开了道光为他们引路。

蓝鬼对光是又怕又爱，他们紧随其后，又不敢跃进其中，畏惧而卑微地前行，扶老携幼，翻山而上。

两道光柱渐渐地向一起合并，等到上千个蓝鬼尽数攀上了高地，猴子关掉了探照灯，此地复归夜幕。

"花蕊"在空中独亮，宛如一轮孤月。李奥用广播对蓝鬼们说："举起你们手里的蓝晶。"

蓝鬼们循声而动，这回在高地之上，环境大概赋予了动作更重要的意义，他们像举起圣物一样举起了蓝晶，并尽量缩小了每一块间距。

李奥对猴子说："再次计算夹角。"

猴子默契照办，屏幕上线段缭乱，"花蕊"换了道弱光柱照向蓝鬼，蓝鬼们纹丝不动，严谨地配合着光线运动。等几何数据稳定之后，猴子跟李奥说了几句话，李奥向蓝鬼们广播："注意灯光，跟着它调整蓝晶的角度。"

"花蕊"放出的弱光像是断开了，在蓝鬼们头顶形成了一个带弧度的切面，他们看了一下，立即领会，都将手中的蓝晶贴了上去，角度完全一致，形成了一个凸透镜。同时，舱内屏幕显示，镜面与光面重合度达到了百分之九十以上。

猴子在屏幕上点了一下，弱光柱重新延伸开，照透了那一大块蓝晶组成的镜面。紧接着，光度增强，蓝鬼们在一阵突来的眩晕中看到，有道从自己眼前折射出去的光柱，正沿着远方的地平线冉冉升起。

血在沸腾。

如神在天地间横架了一个臂长千里的大圆规，“花蕊”高飞，使圆规夹角变大，蓝鬼们吃惊地看到，一道光柱已划向天空，另一道光柱则正奔着晶矿而去，等那舰船停止运动的时候，光柱已准确无误地照在了晶矿中心，透进了红壤！

光停了。

这是黎明前最后的黑暗片刻。

蓝鬼们一动都不敢动，他们躲在蓝晶镜面之下，怯懦地看着上方。

“花蕊”关掉了所有照明系统，死寂得像一颗黑陨石。

突然一个爆闪，它若白鸟翻身，旋转了过来，光炮放出，沿着方才光柱的方向，接连数十道高密度射线风驰电掣地向着高空的最黑暗处刺去，倏忽之间，雷响似要炸开天际！

那不是雷响，那分明是岩石碎裂的声音，它的轰隆声遮天而起，荡过“花蕊”，扑向了大地。

蓝鬼们惊恐地抬头寻觅，却全部闭着眼，痴相尽露。他们尚来不及想出堵住耳朵的办法，耳膜便遭受到了极大冲击，在冲击所带来的痛苦之中，一丝热感爬上了他们的脸颊。

那是光，带着初吻的温度。

蓝鬼们睁开了眼，他们看到了一条宇宙间最笔直的线，它来自几亿千米外的恒星！

那光细弱游丝，时隐时现。“花蕊”就悬浮在光降临的地方，上头是一团腾滚的浊气，那是一个尘土团，盘古星平流层破了一个口子，纯沙在引力的驱使下，向下洒落，破口越来越大，光也越来越强，在一片金色笼罩中，“花蕊”如菩萨凌空。

蓝鬼们看呆了，那个会飞的东西炸开了天。

他们意欲高呼，却又不敢放肆，他们屏气凝声，心中对李奥尽是崇拜。

李奥则无须听见什么，他身在光尘中，感觉不只看到了天花乱坠。他一言不发，心里却明白，这尚是刚刚开始。

天已洞开。光按既定轨迹准确无误地照在了蓝晶组成的大镜面上，一点都没停顿，直接发生折射，沿着那条看似神奇的路径，掉头奔向晶矿——也就是陨石体中心，那幅雄壮的场景，让人想起了白龙入海。

大陨石体被照亮，蓝色山体中映着一片潮红，“花蕊”的观测仪中显示，空气温度在上升。

谭雅面色欣喜，李奥则在遥看蓝鬼。

蓝鬼们此时展现出的纪律性不亚于一支训练有素的军队，纵使手中的蓝晶已有些发烫，却无人想要丢掉它，信念能战胜一切。

温度继续上升，舰舱屏幕显示，由于凸透镜的作用，热量正成倍聚集，很快，便使陨石体表面产生了轻微的状态变化，挥发出一些元素符号。

李奥让猴子调出实时图像，他看到蓝鬼们的表情极为痛苦，似将到达忍耐的极限。

“坚持住，我们即将迎来最后的胜利！”

庸俗的说教从广播里传出，却颇能激励愚蠢之人，蓝鬼们就像被打了一针强心剂，咬紧牙关，承受着光热的摧残。

观测仪的温度指数上了一个高峰，陨石体也如遭冶炼。谭雅将手放在了其上一厘米处，那指数仿佛也受到了激励，拼尽血汗，冲了上去。

谭雅冲李奥点了点头，温度达到。

李奥会意，对猴子下令：“锁定陨石体最中心，开炮！”

猴子手动操控，一指按下，“花蕊”射出数道光炮，正中目标，只听地震之声连贯而起。红蓝相映处，陨石体剧烈爆炸，排山倒海，一路向四方扩开！它震得四百米开外那些功不可没的蓝鬼手臂发麻，心理防线终于被击溃，迫不得已丢掉了手中的蓝晶，抱头鼠窜！

但他们已不重要了，舰舱中的谭雅没去理会消失了的折射光，她此刻笑若春风，透着妖冶。

李奥则笑得更加恶贯满盈，哀号的蓝鬼命如草芥，不足挂怀，他的目光正紧盯着身下爆炸中的大陨石体，那气势恢宏的一幕，只有一个最重要的意义——聚变开始，黑洞开端！

十八

世间最辉煌的灭亡

腾蛟起凤，气冲牛斗，原子核在聚变。

如一通战鼓传至远方，背负青稻行路的蓝鬼们纷纷驻足，迷茫地遥望着老巢的方向，他们不知道发生了什么。

而在更远的光明处，躲藏在蒿草丛中的土佬们探出了头，倾听着夜色中的虚幻声音，他们在猜想，那些臭神闯了大祸。

“花蕊”升向了深空，李奥扶在舱内，看着下方正茁壮成长的蘑菇云，颇为感慨。猴子请示，要不要利用舰船设备将现在不受控制的核聚变转为可控的核聚变，以保证盘古星的安全。李奥看着谭雅，谭雅摇了摇头，他便也没说什么。

善念似乎只与悠闲的人有关，连老人和孩子都不为此动半分声色。

且让核聚变如野火般肆意生长吧。

蓝鬼们的哀号已经听不见了，如果不出李奥所料，他们必然已死于其中，而实际上也正是如此，那些奔逃的蓝鬼尚未调节好步伐，就被气浪荡成了风烟。不光是他们，连远处那些背负着青稻的家伙，也在短暂的停歇之后，迎着冲击而来的能量化作了尘埃。这样的场景也曾无数次出现在地球的历史中——很久很久以前，在一个叫作“美苏核对峙”的时代，人类用原子弹制造过许许多多这样的惨剧，据说，它断断续续地存在了三百多年。

“是时候去搞定土佬了。”谭雅说，“不过你得另编个谎言糊弄他们。”

李奥早就想好了，他对猴子说：“释放失重射线，把周边那些零碎的超燃石收集起来，咱们带给土佬。”

猴子操作控制台，“花蕊”调整方向，飞到了大陨石体边缘地带。而后，在整个大区域的混乱聚变当中，舰体射出了十道紫光，围成圆圈，那些被罩在圆圈中的超燃石摆脱了重力，平地飞起，聚在了舰船的正下方。老人和孩子都不敢相信地看着眼中的奇迹，就像看到了时光倒流。

“这种极昂贵的设备都能装在子舰上，你的财力还真名不虚传。”谭雅也没想到这点。

“如果桃花号母舰在这里，我可以给你演示演示怎样拔起这整座山。”李奥不以为然。

失重射线的光圈扫过之处，超燃石已尽起，它们组成了一块比“花蕊”大得多的松散实体，稳稳地悬浮在空中，一点都不受周边激烈聚变的影响。

“舰长，‘花蕊’已经达到承载极限了。”猴子说。

“那就出发，去找土佬。”李奥说，“再朝着陨石体放两炮，给它加把劲。”

猴子点头，“花蕊”再度高升，那一大堆超燃石被紧紧地吸在下面。

大陨石体已经变了颜色，由氢转氦，似一团风暴搅动着乾坤，“花蕊”虽离它越来越远，但在李奥几人眼中，它并未缩小，而是剧烈地膨胀着，体积越来越大，眼见已过了可控的边界，达到了纯自然的爆发状态，像是要挣脱大地，爆入空中的破口，跳出天外。而那破口也似有感应，在大气的流动下，周边的纯沙重新聚拢而来，光圈急剧缩小，那是盘古这头老兽的糙皮在愈合。

“花蕊”略一停顿，拖着那许多超燃石就飞了出去，将愈演愈烈的聚变甩在了身后，带着闪电的尾音。

顷刻之间，天又变亮，他们到达了光明处。

蒿草丛里的土佬眼见神又归来，且还拖着一个不规则的“巨蛋”，十分惶惑。正当他们在考虑要不要站出来的当口儿，“巨蛋”裂开了，他们隐约看出来，那是无数块超燃石，正向着地面凌乱地砸下来！

土佬们恨不能找些地洞钻进去，可又并没那种本事，只能抱头匍匐，祈求不被砸中。他们并不知道，猴子早就运用舰船筛分系统对超燃石落点进行了设置，每一块下落的超燃石都会落到它该去的地方，绝对不会造成误伤。

李奥扶在曲面窗边，看着下面，如见冬日落雪。

也就是几秒钟的工夫，超燃石全部入了地，如果土佬们敢抬起头观察一下，会发现没有一块掉在他们的沃土外面。

远方的聚变甚嚣尘上，声势越来越大。

“花蕊”下降到了蒿草丛上方，李奥让猴子打开了曲面窗，他俯视着那些土佬。

土佬们战战兢兢地看着他，用上了很大的勇气问：“神啊，发生了什么？”

李奥故意不紧不慢地向外指了指：“蓝鬼又杀回来了。”

土佬们一惊，齐刷刷看过去。

李奥脑子转了一下，又轻淡地说了一句：“他们挖出了红火，红火烧起来了。”

土佬们再受惊，他们显然能听懂李奥说的是什么，可群体恶习难移，还是此地无银三百两地问了一句：“红火是什么？”

谭雅他们真是佩服李奥随口编瞎话的本事，先前还是“红壤”，这会儿又变成“红火”了，都默而不语，等着往下看。

李奥轻蔑地看了土佬们一眼，忽地倾下了身子，吼道：“就是蓝晶矿最里面的那些红色物质，它能烧掉一切！你们要是再装蒜，老子也救不了你们了！”

土佬们定住，不再装傻充愣，齐声问：“那是红火吗，真的是火？他们怎么挖出来的，神，我们该怎么办？”

谭雅忍不住笑了，她的脸向里转了转。

李奥反倒又不着急了，他平缓了下语气，说：“蓝晶能引火，蓝鬼们正举着它往这里冲，你们要是想活命，全部得听我的。”

土佬们扑通扑通地跪下，做了些古怪的受降动作：“神，原谅我们的不敬，救救我们，我们愿将盘古星拱手相让，你将成为我们之主！”

“这还像点话，早这么乖乖的不早好了吗？”李奥一点都不脸红，真跟个大善人一样指挥土佬，“我都知道了，没有蓝晶，你们的沃土也根本发挥不了作用，现在，我已经把蓝晶洒到上面了，你们去点吧，先试试烧沃土能不能吞得了红火。”

土佬们的重大秘密被李奥轻松道破，更觉得惭愧加恐惧，也终于认识到了这人究竟有多厉害。

恰在此时，黑暗处又传来一声巨响，土佬们不再迟疑，赶紧照李奥说的做，快速蹿出蒿草丛，扑入残存的青稻田里。

聚变已呈指数级增长，猴子从舰船屏幕上观测到，远方的聚变体已大如初升之日，影响范围逼近光明处，且最外层出现了很多铁元素的符号，他有些兴奋地对李奥说："舰长，照这么下去，黑洞马上就会形成。"

李奥沉定如石，命令他："升空。"

去面窗关闭，"花蕊"一跃而起。

青稻田里飘起了黑烟。

正紧盯着屏幕的谭雅说："你的花招奏效了。"

无数方程式如音符飘荡在了屏幕中，负能量在零土遇冷与受热的交相作用下滚滚生出，李奥的乐章即将奏响。

土佬们从最近处的青稻田撤退到了蒿草丛里，尽可能地往远里躲，尤其是在遥看到黑暗处发出了亮光后，恐惧感陡增，连仅存不多的青稻还能否保住都不管了，向着黑暗狼奔豕突而去。

李奥对他们广播："别害怕，就守住这片光明地，把所有能点着的沃土都点上，否则就算逃走了也免不了一死！"

土佬们听到广播，一个个止住了步伐，李奥坚定的语气很能蛊惑他们，既然怎么逃都是死，还不如拼上一切，搏一搏，管它沃土是不是双刃剑，大不了跟蓝鬼同归于尽！他们向着四周分散开，无论远近，凡是有超然土洒落的地方，全部不放过，一路点去，黑烟四起。

猴子看到，负能量的方程式在光明处遍地开花，且零土燃烧得最早、最充分的地方，方程式已演绎成熟，化出了虫洞！

虫洞在生长。

远方，聚变呈白热化，因体积剧增而发出的声音越来越密，渐渐地连成了一片，连“花蕊”的探测器都无法分清它们的平均分贝，每秒钟都在发生着成千上万次的爆炸，等到那团乱象由混沌转为橙红，巅峰的气质顿显，撕云裂雾的最后一响拔地而起，聚变停止！

天地忽地就归于平静。

李奥几人全神贯注地看着屏幕，铁元素符号弥漫在所能探测到的范围之中。

地下的土佬们并不知道发生了什么，他们以为，蓝鬼退却了。可他们明明看到，那天边的红火，方兴未艾。

铁元素的符号在变化，它们在离散。一股难以描述的力量透入其中，字母逐渐扭曲，并淡化无形，几大排横空出世的力学公式扫过屏幕，并化作数种形态，从物体层面看，除质量、角动量、电荷未变外，其余一切都在衰退甚至消失。

李奥看向曲面窗外，黑暗遭到了挑战，但挑战者并不是光，而是比黑暗更深的黑暗，颜色已丧失了意义，无色之争将见分晓，舰舱中的五个人都知道，目极之处的无声之物，正代表着坍塌的开始！

光明处的虫洞在望风而涨，从体积上看，它们与黑暗中正在坍缩的物质，犹如月亮与太阳，可这“月亮”在远大于自己的“太阳”面前，毫不显得弱小，它平静幽深的模样，仿佛在向对方宣示，纵然我似螳臂当车，也定杀得你血溅三尺。

坍缩令那一方地域产生了奇魅的风景，空间发生了扭曲，李奥不禁想起了染料入水，而这还不是一般的入水，这是把整个染坊的染料全部倒进了黄河之中，它们随着波涛相融相混，来回激荡。随着激荡的力度越来越大，正是引力场在生成！

地面上，土佬们都快把眼眶瞪裂了，他们边躲着虫洞，边仰头等待李奥的再一次发令。他们向来只能感受到重力，对引力场是什么一无所知，他们看不明白，无从发问。

“花蕊”的警报声响起，引力场已强到了能对它产生威胁的程度，这要比在谷地星自卫队那里遇到的情况严重得多，李奥下令，冲出大气层，离开盘古进入太空。

“花蕊”扬长而去，土佬们就这样看着承载着自己希望的神的战船消失，它只留给了他们一句话：“继续烧沃土！”

虫洞已成长为一个挺枪跃马的战士，引力场则疯狂地吸引着余下所有的超燃石，源源不断的新聚变与引力场升级同时进行。黑暗处已形成了一个绝对的中心，光明处的一切全部在向其靠拢。由于引力场范围也在持续扩大，这种靠拢并不显得多么被动，反而从土佬们的感受来说，更像是那个中心在向他们奔来，他们看起来并没危险，且也无计可施，只能按照李奥的吩咐继续点着沃土，就在他们浑然不知地将自己在这宇宙中所剩的最后时间，奉献出的某个节点，远在太空中的李奥几人看到，周围的陨石在动。

十九

黑洞无毛

“再飞远一点。”李奥对猴子下令。

“花蕊”高速引擎启动，向外两亿千米，盘古星已渺若沙砾，猴子打开实景探测器，屏幕显示，它在变慢。它的公转、自转，它的一切动态，都在变慢。李奥几人与它仿佛已在两个世界。

但它根本没有变慢，那只是空间被扭曲了。这座恒星系中的陨石就像被点醒了意识，只经过了短暂的挣扎，便全数飞向盘古星，掠过其大气层，擦着火花沿途便开始反应，等到达了引力场中心，直接就开始了聚变。聚变一层接着一层地发生着，铁元素源源不断地生成并转向物质坍缩，引力场的强度在短时间内就压过了盘古星本身的引力，自然而然地将其纳入自己的范围中。从“花蕊”上看，它们之间的界限模糊了，已可以算作一个整体。

土佬们身在庐山，难识面目，他们看到陨石再临，感觉自己又回到了末日，癫傻地以手抱头发出难过的声音，他们不知道这发生的一切还在不在神的掌控之中，他们眼中含泪，尽是弱者上当后令人心碎的哀伤。

但这灾难连一半都还没到，把他们推上绝路的、恶毒又冷酷的李奥正逍遥天外，看着面前的屏幕，等待更大的喜悦。

虫洞已接上了引力场，且立即与其交上了锋，它开始用那依旧沉重的杀气蚕食引力场，盘古星上出现了大片空洞，万物逐步没入虫洞之中，盘古星的一只脚已踏进了另一个宇宙。

渐渐地，随着陨石的汇集，引力场的范围已数倍于盘古星，果真按谭雅所预测的那样，干柴入火，火势滔天。盘古星已渺小得不值得再提起，从此时开始，在两亿千米之外的“花蕊”眼中，只有一个引力场。

行星也动了。李奥生平第一次见到这样的景象，他脑子里不禁产生了个比方，如果盘古星是地球，那么现在来看，水星、金星、火星、木星、土星全部在朝着地球靠拢，它们一边费力地挣脱着太阳控制，一边急不可耐地与地球亲近——这座星系里的行星，正是在做着这样的事，盘古引力场暴涨如第二恒星，那些叫不上名字的同级别行星与陨石一样，向着太空中这个新崛起的势力运行过去，这种在想象中不曾出现过的事，令李奥惊骇不已。

就连这整个计划的构想者谭雅都有些心悸了，她的呼吸改变了频率。

猴子、老人以及孩子也一样，并不太能接受这样的事实，他们这才发现，面对如此宏大的场景，他们并不比土佬高明到哪里，尤其是看到这个星系中的五大行星以及其卫星全部摆脱了恒星的控制，确定无疑地沿着新形成的轨道奔向盘古星引力场，他们几乎都要开始怀疑这一切到底是不是真实发生的，猴子甚至想到了一个叫作“缸中大脑”的古老假想，纵使眼前一切的理论基础都十分扎实，他也不相信世界能这样随意被颠覆。

五个巨大的行星带着它们的卫星撞上了盘古，跌入了引力场中。猴子观测，它们上面皆无文明迹象，所以，没谁因此而丧命，苦的依旧只是那些土佬。但令人有些难以接受的是，如此庞大、以各自的运行方式存在了几十亿年的行星，竟只是在碰撞之时发了寥寥数声巨响，便如同陷入泥淖，被引力场化成混沌，再无声息。

已没人知道土佬在干什么，他们或许在造化中泯灭了，也或仍在傻乎乎地烧着沃土。

虫洞还在涨。

等五大行星完全消失后，谭雅提醒李奥，命猴子再向外飞五亿千米，她指了指不远处那个亮点，意思很明白，恒星即将加入！

恒星在颤抖，引力已大大地影响了它。

但恒星并未立即就范，它正尽力地克制着自己，它是这个星系最后的一根硬骨头，它是老大，它是一切存在的根本。它昂头银河，并不想屈服于那群不速之客的伎俩，它要保持住自然界最后的尊严，证明法则不可侵犯。只可惜，恰恰是自然的法则令它难逃此劫，引力场将它笼罩，且一点都没停顿，迅速变化，如果顷刻之间成了这个星系中最重要的东西，恒星终于再也无法抗拒它的引力，兵败如山倒，拖着火焰飞驰而至，身后烧出一道光河，待到光河一灭，它与引力场融为一体，使引力场发生了宇宙级的快速演化，“花蕊”的舱内屏幕中赫然显示了一条令人窒息的信息——黑洞形成。

黑洞挖走了万物的心脏。

如果生命是宇宙的希望，黑洞便是绝望。

黑洞能令时光枯死，黑洞是岁月之魔。

李奥附在曲面窗上，看向那个陷落之地，他什么也看不到。

而什么也看不到，就是看到了黑洞！谭雅脸上浮现出了笑容。

“花蕊”感受到了黑洞的威胁，它不由自主地在摆动，李奥下令，再撤退十亿千米。

黑洞里有空缺，就像虫子在啃着苹果，那已茁壮成长的虫洞在以绵薄之力撕咬着它。但谁也看不见这个过程，它们如同一大一小两个影子在夜中斗舞。而只消稍久一点，黑洞就发现它面对的不是绵薄之力，而是一股摸不透深浅的怪力，不过，它本身并未残损，只是在慢慢进入另一个时空。周围的星系也受到了影响，所有的天体如万剑归宗，头也不回地离开故地，向着黑洞一涌而来，趋之若鹜。黑洞在急不可耐地进行着全新一轮的物质演化，这种演化快得连光速单位都无法形容，它已成了一个恣意妄为的宇宙新宠，它的任何举动都不受限制，它挥斥着几十万倍于太阳的能量，无视银河，笑傲一方。

最后的关键时刻即将到来，李奥对猴子下令：“驱动引擎，前进五亿千米。”

“花蕊”舰光亮起，朝着黑洞回飞。而仅仅是行至半途，引擎就失去了作用，形同摆设，因为他们进入了黑洞的引力范围内，那股有生以来所感受过最强大的引力，一把将他们带起，“花蕊”不可逆转地奔着黑洞中心而去！

“舰长，接下来该怎么办？”猴子问。

“定位虫洞，借助黑洞引力调整方向向其靠拢，掐准白洞形成的瞬间，一起进入虫洞！”李奥吼道。

“白洞”二字令人无比兴奋，谭雅仿佛看到了白洞的生成。“花蕊”感受到了黑洞的压力，黑洞在搅动他们，他们在其高密度的影响下近乎身体失控，但所有人都无比开怀，因为他们即将见证银河系历史上前所未有的一刻，一个人造白洞的形成！而至关重要的虫洞也一点都没令人失望，它已强如巨蟒，一口一口地将远大于自己的黑洞吞进体内，黑洞横跨了两个时空，它的演化无人可逆，未来已在既定的前方，白洞呼之欲出！

李奥忍不住闭上了眼，高压令“花蕊”发出怪声，五人的命运全看神的旨意。

谭雅心花怒放，她露出了如小女孩般纯美的微笑。

猴子死死地扶着操控台，老人和孩子则相扶一团，迎接着崭新时刻的到来！

黑洞在低吟。

黑洞露出了它最终的模样！黑洞仿佛在消散，实际上是在开始反演！

冥茫之中，黑洞变了样子！李奥睁开了眼。

他出现了幻觉，他看到了一队战舰自虚空而出，他正值盛年，却有些老眼昏花。

他意识飘忽，却又集中精神，再度定睛看去，那队战舰十分眼熟，那像……量子战团。

舰队越来越近，似乎完全不受黑洞影响，穿云裂光而来，“花蕊”舰内预警声大作，所有人都看清楚了，那就是量子战团！

那是鬼怪吗？

不是，那是凶神。量子战团闷声而来，那股气势，似连黑洞都没放在眼里。

而实际上，也正是如此，黑洞并不是在反演，它在消散。

一定是假的。

无论是谭雅还是李奥，常识告诉他们，黑洞一旦形成，除了反演，绝对不会消散。可为什么黑洞就是在减小？虫洞越来越大，黑洞是在穿越吗?

黑洞就是在减小。

老人惊恐地扶在了曲面窗前，看着那队让人闻风丧胆的幽灵，量子战团在释放着一种十分奇怪的射线，李奥下意识地问了一句：“他们怎么会出现在这里，那是什么？”

猴子启动观测设备，屏幕上只给了一个信息：“粒子镜像线。”

没有人知道这是什么，他们此刻进退无路，几被冻结。

但没人想到撤退，他们正陷入眼前的怪景中极度迷茫。

黑洞越来越小，虫洞无甚变化。

就像有人在火堆上浇水，黑洞竟渐渐回到了它初生时的样子。

量子战团持续地放着粒子镜像线，他们好像根本不在意“花蕊”会逃掉，并没关注它。

黑洞只有一个星球大小了，它成了微型黑洞，它即将消失，而虫洞就那么漂浮在那里，与此绝无干系。

“不可能，没有人能消掉黑洞。”谭雅难以置信。

李奥更是如遭雷击，梦想中的白洞不见踪影，黑洞却已小若微粒!

量子战团无声地停留在虚空中，神秘到了极点。

“量子……”老人想起了什么。

李奥几人扭头看向他，他又什么也不说了，他在想。

时间就像静止了。

良久，老人猛地抬头，惊惧地看着曲面窗外的量子战团，恍然大悟地说出了四个字：“霍金蒸发！”

二十

作孽即作死

黑洞消失无形。

它搬山覆海般来，轻烟飘散般去。

它湮灭了。

没人能操控黑洞，谁也不相信这一切是量子战团所为。

但它们就停在那里，像站在黑洞的尸体上，古老的机械外形洋溢着傲慢。

“花蕊”暴露在它们的正面，局促得就似衣不蔽体。

李奥却在这种性命攸关的时刻想起了一个古代成语——王八瞪绿豆，他也不知道是什么意思。

谭雅碰了碰他，李奥呼了口气，眼向四周看看，他们根本无处可逃。

就是量子战团消灭了黑洞，确定无疑。

如果照这么看，黑洞都能被他们操控，那世间万物还有什么逃得过他们的掌心？没必要逃了。

大家都在想着老人方才说出的那四个字，那究竟是什么意思？

量子战团的机械灯光亮了起来，那是一种信号，他们发出了广播并向着“花蕊”包围过来，他们勒令“花蕊”不许抵抗，这是在瓮中捉鳖。

“舰长……”猴子只叫了李奥一声就停了，他不知道自己该问什么。

李奥没有回答，现在没有任何指望，如果足够明智，他们想的确实不是应该怎么逃，而是被捉住后，怎样尽力将对方给予的伤害降到最低。

老人搂住了孩子，看表情已是接受了这种束手就擒的命运。李奥想要的什么秘密、什么宇宙的真相，再也等不到了，谭雅在猜测这个老人的身份究竟有多么重要，量子战团会因他而善待其余人吗？

量子战团已经围住了“花蕊”，他们古老的机械舰体上伸出数条通道，要开始强行对接。

通道如爪牙，狰狞而恶心。

“猴子。”李奥转过了头，他停顿了一下，握紧了拳头，“我们去虫洞。”

什么？

大家全部用不相信的眼光看着李奥。

李奥却十分冷静，他加重语气重复了一句：“我们去虫洞！”

猴子错愕一阵，但他不敢违拗李奥的命令，当即强令自己回过神，操作控制台。

“花蕊”引擎重新启动，谭雅拉住李奥：“你确定要这么做？”

量子战团的通道即将搭上“花蕊”的侧翼，李奥没理她，可那本身就是回答。

“花蕊”嗖地飞了出去，奔向下方不远的虫洞。

虫洞早已形成了一个可维持在稳定状态的规模，这个星系中万物皆灭，所有天体早就融入黑洞并随后消散掉，只剩它孤零零地飘浮在太空中。

量子战团并没想到他们竟还敢耍花招，他们将这种行为视为最后的作死，收回通道，迅捷地跟了上去。

“花蕊”身小体轻，舰体密度高，速度极快，几微秒后，虫洞近在眼前。

谭雅前后望望，对李奥说：“你可想清楚了，进去之后，可不知道什么时候能再出来了。”

“他们连银河联邦都灭了，会给我们活路？”李奥反问。

当然不会，其实谁都清楚。

“他们若跟进来，算是我们走到了绝路，那时候再投降也不迟，但他们只要不跟进来。”李奥看了看老人，说，“只要这两个人在我们这里，纵使量子战团有通天的本事，也会投鼠忌器，虫洞就不会像黑洞那样被消灭掉。”

只要还有一丝逃跑的缝隙，就绝对不在这样的强敌面前缴械投降，李奥的立场很坚定。

量子战团发出劝阻广播，并释放“刺客”光波。

猴子看看李奥，李奥表情坚毅。

黑暗已在咫尺，猴子点击高密度全速，几乎就在舰体表面被光波贴上的那一刻，“花蕊”飞进了虫洞！

就像水滴掉进了沙海……

量子战团群体急停，毫无惯性，静得就像一幅画。它们与虫洞对视，却并无面对黑洞时的强横，它们分明是忌惮此物，不敢越雷池一步。

虫洞是一道牢不可破的屏障，冷漠无言，以柔克刚。

量子战团甚至连在它身边停留都不敢，只一眨眼，便掉头撤走。

纷乱的星系不复存在，此地只剩凄凉，只留下一捧骨灰般的袅袅虫洞。

而虫洞之内，新的世界并不多么令人感到惊喜，几个人除了发现自己没死，再无可庆幸之事。

不对，不远之处，有团红色。

“花蕊”飘着，红色也飘着，那似曾相识，那是……盘古星？

不会，盘古星早已与黑洞融为一体，消散不见。

但那是什么？那分明是个天体，它与“花蕊”同样孤独，它是先前藏在晶矿下的“红火”或者“红壤”吗，它是什么物质，竟不死不灭？

猴子点开观测系统，却观测不出它的成分。“花蕊”无法前进，在方才挣入虫洞的时候，它耗尽了能量，这里什么都没有，它无法充能。

舱内是一片迷茫，李奥向曲面窗外四下环视，这里没有开端，也没有尽头，来路消失，去路无踪。他体会到了当年甲壳虫座考察队队员的感觉，这里确实能把人逼疯，这里或许是两个宇宙的连接点，但它本身也是一种宇宙形态，自成一体，人类乍入此中对其自然规律毫无认识，不知道该做什么。认识，是当下最大的问题。李奥真后悔没有读过甲壳虫座考察队如何走出虫洞的相关资料，他从来不觉得自己会与虫洞扯上关系，如今赶上，不胜唏嘘。

在穿越虫洞的那一刻，众人还都以为这里面是扭曲的，至少也是有着鲜明的时空模样，但他们没想到，这里竟无法认知。这里绝对不是什么都没有，这里或许恰恰是什么都有，只是这种状态的时空，他们完全不了解，这比历史上人类第一次接触暗星的时候还要怪诞，这个地方的构成物质他们从没接触过，也无人研究。

李奥凝视着远方的红色天体，良久，转过头打破沉默，问出了众人最挂心的那个问题："黑洞是怎么被变没的，他们用的又是在深渊地宫9号行星身上相同的伎俩？"

"完全不是，黑洞与一般的天体很不一样，经典的量子力学技术恐怕起不了作用。"老人说，"我刚才偶然想起来的，在量子力学中，有一种叫作'霍金蒸发'的巅峰级理论，好像能使黑洞消散并湮灭。只是年代久远，信息模糊，我并不确定量子战团用的是不是这种技术。"

又是量子力学，这四个字已令人谈虎色变。

"黑洞能被消散？"谭雅说，"我研究了它这么多年，从来都不知道。"

"但你既然是黑洞专家，至少应该听过霍金。"老人说。

"是听过，那只是一个历史先驱罢了，与当下的理论体系关系不大。"谭雅说。

"你错了。"老人说，"霍金不该被如此轻视，放在现在来讲，他至少应该获得大爱因斯坦时代，人们对过了时的开普勒一样的尊重。"

谭雅被他说得有些窘迫。

"我插一句。"猴子说，"霍金的名字，我也听过，但我记得，那不是一款手扶拖拉机吗？"

老人说："霍金是一个人，只是曾经瘫痪在轮椅上的形象，让他看起来像个手扶拖拉机。据说有人还真的据此开发了一款水星播种拖拉机，但那不是重点。我可以毫不夸张地说，霍金曾是他那个时代全太阳系最智慧的人，他准确预言了一次严重的小行星撞击地球事件，为人类提前争取到了将近三十年的针对性发展时间，避免了集体灭亡。我记得，史料记载，古中国为了尽最大可能保存人类火种，还实施了一个叫什么‘开放二胎’的计划。当然，对于我们来讲，霍金更重要的一个身份是黑洞学家，即便过往的黑洞研究与现在的黑洞理论不在一个体系上，但他仍然可以说是黑洞学的鼻祖之一。”

经过老人这么一解释，霍金的名字让人起敬，即便谁都不是特别了解这位听起来与亚里士多德、柏拉图相隔年代不远的神祇，可还是树起了应有的尊崇。

“那么，霍金蒸发到底是什么？”李奥问。

“确切说，那一直是一个孤零零的量子力学理论，并无实践，但亘古至今，人类历史上有关黑洞消解的办法，只出现过那么一条理论，我没听过别的。当然，沉舰跟我们毕竟不是一样的文明，我也不敢妄猜他们是不是将这条理论付诸了实践。”老人说。

“啰唆。”谭雅有些心急，“你只管把你了解的全部讲出来就行了。”

老人看着她，点头：“据我所知，霍金的理论是建立在他之前的很多量子力学大师的研究成果之上，可谓集大成者。其中，有一个叫狄拉克的人发现，每一种基本粒子都有一种对应的反粒子，二者质量相同，其他性质呈镜像对称，如果二者相遇，就会将质量转化为能量。另外，还有个叫海森堡的人提出了一个不确定性原理，说的是在宇宙中，会瞬间凭空产生一对正反虚粒子，但由于能量守恒定律，它们也会瞬间消失。”

李奥听得云里雾里：“这些都是什么人？”

老人解释：“据说这两个人都是大爱因斯坦时代前一百年里名震寰宇的科学家，说他们改变了当时的世界都不为过，只是如今几亿年过去了，没什么人知道，也属正常。”

李奥看看谭雅，谭雅显然也不太清楚，谭雅问他：“你是从哪里知道的？”

老人不说。

李奥却能猜得出来：“我看多半是家教，沉舰既然追他，说明他的家族与沉舰必有瓜葛，那么也就少不了接触沉舰的‘量子力学’。”

老人没否认，继续往下说：“基于狄拉克和海森堡的理论，霍金做出了一个重要的推想。他认为，如果在黑洞外产生虚粒子对时，其中一个被吸引至黑洞，另一个则发生逃逸，那么，逃逸的粒子就获得了能量，也不会跟相反的粒子接触而导致湮灭，它甚至可以逃逸到无限远。而这一切从外界看，就像是黑洞在发射粒子，并且，这个过程就是将能量向外带去，也就是说它吸收的是黑洞的能量。因此，黑洞的质量也就会渐渐变小，慢慢地‘蒸发’掉了，大体上，这就是所谓的‘霍金蒸发’理论，它确实能通过降低黑洞的质量最后将黑洞变没。”

没人听得懂。

其实连老人都不是特别懂。

大家很安静，李奥连问题都问不出来。

老人想起了一句话，说：“我记得，量子力学的奠基人之一玻尔曾说，如果谁不为量子力学而感到困惑，那他就根本不懂量子力学。所以，如果你们不懂，也不必太当回事，毕竟，连上古时期那些量子力学专家也不是特别懂它。”

李奥摇头：“两码事，我们的不懂，是一无所知，他们的不懂，却是学海无涯。”

猴子说："我好像明白为什么先前检测到的量子战团发出的那些射线叫'粒子镜像线'了。"

众皆沉默。

良久，谭雅说："他们用的就是'霍金蒸发'。"

没人有异议，这是他们对量子战团的集体承认。

量子战团恐怖如斯。量子力学的神奇，改变了他们的认知，而霍金也真是个运筹帷幄杀人于千里的高手，他死于几亿年前，他的一个理论却让量子战团轻易摧毁了他们引以为傲的远航计策，且几乎陷他们于死地。

李奥再次看向曲面窗外，这里就是死地了，"花蕊"一动也难动。远处那团漂浮于空的红色天体不知何物，它与漆黑的虫洞空间相映相显，组成了一幅辽阔又凄凉的景象，这让李奥不禁想起了一首悲情的古诗：落日楼头，断鸿声里，江南游子秋无际。

二十一

时空

世界上可能根本没有时间这回事。

与空间相比，时间极其虚无。譬如三维空间，有长、有宽、有高，它实实在在地存在，时间却没有。人能用手去抓住一个物体，能摸到它的长度，它代表空间，却无法抓住一个能代表时间的东西。哪怕握着的是一块精准到极致的怀表，本质上，那也只能代表空间，它只是被强行赋予了一个时间的概念而已。

如果一切停止，动作停止，周边的环境停止，人的心跳、血液流动、分子原子运动尽皆停止，那么，空间还在，可时间呢？再无任何东西证明时间存在。

将万物停止一段时间再开始，那么，停止过的那“一段时间”，并无意义，时间的长河并不会出现一片空洞，也无断流，它不受任何影响。所以没人能证明时间存在，时间本就是件无中生有的事。

或许时间只是一种记忆，人若记得上一秒，时间便在，人若没有记忆的能力，谈何时间。

或许，甚至连空间都是如此，空间也不存在，人脑就是宇宙。

人脑极其脆弱，简单到一杯烈酒就能令其混乱不堪，再复杂点，一场心理学阴谋，便能令其重建秩序，前后迥异到硅基生物与碳基生物的差别程度。

虫洞之中，一切尽不相熟，什么也不能做，除了思考。

猴子在想尽了一切能让“花蕊”动起来的办法之后，毫无希望，他颓然坐在位子上，觉得四大皆空。好久不见这种清闲时光了，也好久没有如此焦虑，这真是一种生命中不能承受之轻。他在怀疑“存在”这个问题，虫洞令他沉下心来思考世界。

可思考就像无根的浮萍，也像空中楼阁，它比时间都无意义。

其余人也都一样，李奥坐得像个空洞的躯壳。他甚至一度无法向自己证明自己存在，他深切地体会到了发疯前夕的感觉，他的意志渐渐敌不过虫洞了，虫洞无言，却以无招取胜。

他记得，他们在这里面并没待多长时间，如果他的记忆还算正常的话。

渐渐地，几个人都在沉默中被麻醉。

就像蹲地牢，你要做点什么，才不至于被“静止”相融，成为“静止”的一部分。

李奥开了口：“对于这种情况——我的意思是，面临这个谁都不了解的虫洞空间，如果要有个研究的思路，首先，我们要忘掉先前的宇宙经验。”

谭雅接了话：“其次，我们要像牛顿发现万有引力一样，发现点什么，建立一个对这片空间的理论认识。”

“但我们恐怕没有本事在短时间内建造一个虫洞空间的‘物理学大厦’。”李奥又说，“从牛顿到爱因斯坦，从理论到应用，可不是一日之功。”

猴子说：“但我们至少有牛顿和爱因斯坦都不具备的舰船智能系统，它或许能缩短这个过程。”

“那恐怕也不够，我们连一丝空气都抓不到。如果我们真像甲壳虫座考察队那样，在里面待上几十年，说不定能行。”李奥竟不由自主地把话题引向了一个丧气的氛围中。

谭雅回应他的眼神，分明是在说，我可不想待几十年。但是，他们只要一刻不想办法前行，就是实实在在耽误一刻。等待救不了他们，这里不存在历史以及社会的惯性，他们停止，世界就不会自己动。

老人和孩子都不发声。

又陷入空寂。

人类历史上，有一个叫“游戏时代”的历史时期。最早，它的雏形出现在一种叫“赛博朋克”的类型小说里，后来，随着人类的科技发展赶上了文学家的畅想，赛博朋克时代到来，整个人类社会进入了一种虚幻的模式当中。那时候，生活出现了新的玩法，人类可以像大爱因斯坦时代前期的电脑游戏那样，任意创造场景，并真实地生活在里面。

“游戏时代”存在了两千多年，最后因过分注重虚拟世界的开发，忽略了现实基础设施的跟进而毁灭。这就像之前的某个时代，人类过分注重科技和精神发展，而断然没料到的是粮食匮乏问题，全饿死了的情况。

李奥想起了那个史书上着重记载过的“游戏时代”，此时此地，他所处的虫洞空间，就是像“游戏时代”里，一些程序员编出的低端游戏程序，简陋又无趣。这就是个被半途而废的场景。

不过，他又依稀记得，史书上讲过，“游戏时代”里也有一部分奉行极简主义的推理类生存空间，看似简单，实际却暗藏玄机，一旦找到融入场景的路径，场景就算不变，人也会觉得妙趣横生。

如果这么想，他们眼中唯一能见到的物体——那团不真切的红色，可能就是打开一切的钥匙。

他们必须想办法接近那团红色。

李奥看向了老人："如果一直没有思路，我们一定会困死在这里。"

他的意思谁都懂。

老人却偏偏不接话。

谭雅对老人说："把你的秘密说出来吧，我们要知道宇宙的真相。"

老人听了这句话，看了眼谭雅，脸上有了顾虑之色。

谭雅这个女人，远比李奥冷血。

谭雅看了孩子一眼。

老人咬了咬后槽牙。

李奥脸上有了笑，他靠回椅背上，就像一个把家族大权交给了他那精明能干的老婆的阔佬。

谭雅只问了一次，再无赘言。

老人越发紧张了，他下意识地让身子靠前，想挡住孩子："宇宙的真相，恐怕与我们此刻的处境并没什么关系。"

谭雅又看了孩子一眼。

老人急了："你们不要中了虫洞的圈套，这种时候，怕的就是内斗！"

李奥交叉抱臂而笑。

孩子一直都低着头，浑然事外。

"如果这么下去，我们迟早会疯掉。"谭雅又看了眼孩子，"结果是一样的。"

“你们就不能再想想办法？”老人问。

“想别的办法，也得考虑从哪儿入手。”李奥用说风凉话的语气说，“我们从自己已知的事情里，想不出路子来了，逻辑上讲，只能试试不知道的东西了。”

“这话没毛病。”猴子也说。

“说你的那个宇宙真相。”

老人看着谭雅，他不太敢接触她那冷静的眼神，垂头说：“与死亡有关。”

“死亡？”猴子笑问，“是跟永生有关吗？”

老人摇头：“只跟死亡有关。”

如果把这看作一条提示，那么谁也想不出所谓“宇宙的真相”的秘密与死亡有什么关系，死后万事空，跟永生无关，那秘密的价值在哪儿？没人知道它的方向。

“接着讲。”李奥说。

老人很不情愿，却没办法不讲：“我们对宇宙的认识，十分局限，实际上，宇宙根本不是我们所认识的宇宙。”

老人故意说得啰唆。

可李奥和谭雅也故意不接话，让他没有更多的借口拖延。

老人顿了顿，他看着李奥，语气略有变化：“如果你想知道真相，你得死。”

谁都没想到他忽然说了这么句话，猴子都想抽他。

李奥却觉得很对胃口，他最喜欢无耻之徒了，简直有种惺惺相惜的感觉。

谭雅不动声色。

李奥问：“大家如今是一根绳上的蚂蚱，你怎么就这么狠得下心骗我去死，这对你有好处？”

“我不是这个意思，知道真相的结果，并不能引来什么悲剧。”老人说，“但你需要以悲剧的方式——死亡，才能知道真相。”

李奥说：“我觉得你应该尊重我一点，别用玩概念的方式耍我。”

“我一句概念也没有玩，一点废话都没有，不知真相，你永远不知道我这些话的含义。”

老人说这些话的时候一点惭愧之色都没有，就好像在说一个很真切的道理。

李奥觉得一定是哪儿出了问题，他们两个当中，必有一个白痴。他懒得说话了。

老人忽地又看向了谭雅，他搂住孩子：“我只能说到这里，你们自己选择。如果你觉得我在耍心机，干脆把我们两个一起杀了吧。”

“你倒是光脚不怕穿鞋。”猴子说。

李奥纠正了一句：“这叫耍光棍儿。”

谭雅轻笑了一声，跟苦笑差不多。

老人闭上了眼，像任凭处置，也像闭目养神。

李奥有意伸手拦了拦谭雅，他真怕她像之前杀那个洛克一样，出其不意地拧断孩子的脖子。他说：“假定他是真的，那么从目前看，这个秘密对虫洞大概没什么用，我们要是能死，还跑什么？”

谭雅说：“但我跟你一样，对它更感兴趣了。”

李奥又说：“看样子，不到暗星，他宁肯带着这个秘密闷死在这里。”

老人稳坐如钟。

李奥知道，他是油盐不进了。“宇宙的真相”，这个听着像个哲学命题的秘密，真是越来越令人牵肠挂肚，可他们深陷于此，知不知道又显得没那么重要。他甚至开始反思自己究竟为什么要开始这次星际航行，他的初衷是想知道那个秘密，可这一路走来，所经历的一切，难道还没大过秘密本身？他越来越无法想象那究竟是个什么级别的秘密。

虫洞中，思考这件事，令人生越发枯燥。

“花蕊”一动也不动，这里似乎没有任何引力。但这“不动”本身，也证明它无论如何都有一种力，那究竟是何等奇怪的一种力？

时间大概在流逝，可没人感受到时间，沉默令时间也沉默。

过了很久。

也可能只是过了瞬息。

“花蕊”仿佛是艘假的舰船，它若有思想，一定会自我怀疑。而在它不远处的那团红色，也虚幻得要命，它们形影相吊，李奥也一度怀疑它们是不是一回事，他蒙得要命。

“舰长。”猴子忽地抻起了脖子，他在朝着曲面窗外看，“你看那是什么？”

那是幻觉。

幻觉已将他们串联起来，五个人的大脑仿佛成了一个整体，相通又相离。

他们看到了桃花号，偌大的、久违了的桃花号，在虫洞空间中漂浮。

它就像是用激光打出来的，幻如影像。

据说，一个人疯掉之后，死掉之前，看到的是他最牵挂的东西。李奥不会错，如果有，他只能看到桃花号。

但其余人呢？

谭雅认为，那是真的桃花号。

二十二

空间之喜，时间之悲

桃花号在向着他们缓缓驶来。

它飞得苍幽寂寥，像一艘无人驾驶的鬼船。

李奥在费力地拨开脑中的迷雾，他认为，自己的意识正陷入模糊状态，他正无法控制地变糊涂。

直到猴子用兴奋的语气再次确认："是咱们的舰船，桃花号！"

李奥如遭棒喝，一下子被唤醒了，他定睛一看，那是他此生最熟悉的东西，他的舰船——桃花号。

那是真的，那不是幻影，那是一道注入这漆黑空间中的电光，振奋了人的精神。

谭雅站起，老人和孩子也探直了脖子。

可它怎么会出现在这里，它也进入了虫洞？还是也被沉舰追杀，逃进来的？这些似乎不重要，李奥和猴子全部在想的一件事是，它竟还在，它没有被毁，它完好无损，健步依旧，顾盼生风，绝世艳艳……这令他们欣喜若狂。

李奥忽地就热泪盈眶，猴子早已涕泗横流。古有赤兔随主死，今有桃花寻主来。它那庞大又雄壮的舰体，承载着希望，宛如救世主。

但是，随着它的渐渐靠近，几个人都发现了一个问题，它的外形似乎有所改变。尤其是在对舰船比对自己身体都熟悉的李奥眼里，桃花号的很多舰体组件都遭到了更换，即便已尽可能地做得跟先前一样，他还是能看出来。

猴子也是，他觉得不太对劲，也说不上是哪里，就像在地球上时，两辆相同的车停在超市门口，一般人都会一眼辨认出哪辆是自己的。猴子认为，桃花号的气质不对。

是假象？或者说，干脆就是假的？

他们又想起了量子战团，李奥看了眼老人，他想问一下，量子力学难道还能让人拥有“七十二变”的本事？这像是一艘伪装舰船。

但舰船动了，“花蕊”收到了信号，屏幕却并没跟着出现影像，猴子报告，桃花号在指示“花蕊”回归母舰。

李奥想停一停，但他控制不了任何东西，“花蕊”正被桃花号释放出的回收引力控制，慢慢地向它靠过去。

“怎么办？”谭雅也察觉到了异样。

李奥想了想，看着外面说：“你可以跳伞试试。”

从这句玩笑话，谭雅知道并没那么紧张。

“花蕊”离桃花号越来越近，李奥抬起了头，像个回归自己领土的国王，但表情很谨慎。

“花蕊”进入了母舰舱内轨道，顺利相接，停止运动，曲面窗自动打开。猴子环顾四周，这是他们离开的地方，舰舱别来无恙，只是，没有一个人出现。

几个人都记得他们离开这里时的情景，尤其是李奥，他永生难忘，可现在，这里的气质真的变了，不像桃花号。

谭雅在盯着前面的舱门，那里通向桃花号的上层舰舱。

猴子注意到，那道舱门也换了，用料十分简陋，他忍不住要上前摸摸它。

李奥拦住了猴子，他察觉到了什么，自己往前走了一步，挡在众人之前。

舱门在滑动。

除了李奥和猴子，其余三人不由得向后退了一步。

李奥安静地盯着那里，猴子则坚定地站在他身侧。

舱门徐徐打开，一个面容沧桑的老者出现了，十分陌生。他佝偻着身子，看到李奥几人，目光似在颤抖。

李奥不知道这是谁，在他看来，这位老者毫无攻击能力，但他还是不敢放松警惕。

“舰长……”佝偻的老者说了话。

李奥不知道他为什么会这样说，他习惯了被人叫舰长，刚要回答，却如被雷击，他看出来了！猴子也如同梦醒，他盯着这佝偻老者，极想说话，却只是嘴唇发颤。

“你是……坏狗？”李奥不敢相信自己的眼睛。

“舰长，是我。”佝偻老者竟举起了手，一边要敬礼，一边略有些费劲地往下走。

“坏狗？你真是坏狗！”猴子已按捺不住激动的心情，叫了出来。

李奥迎了过去，他一把握住了坏狗那只还在敬着礼的右手，使劲握住，待到从这张苍老的脸上看清了自己曾经熟识的眉眼，一下张开双臂，紧紧相拥。

“舰长！我总算找到你们了，我已经是只老狗了。”佝偻的坏狗泣不成声，抱着李奥动情大哭。

猴子也围了过去，嘴里不住地喊着“坏狗”，激动得泪流不已。

谭雅等人则站在原地，看着这奇怪的一幕，不知该干什么。

“坏狗，怎么回事，你怎么变成这样了？”李奥问。

“舰长，四十年了，我能不老吗？”坏狗擦着眼泪，看看李奥和猴子，“咱们在谷地星附近分开的时候，我刚二十五，现在已经六十五了……你们怎么一点没变化？”

李奥无比震惊。

猴子更是惊惧万分。

“四十年了？”李奥不禁想起了他们穿过引力场“奇点”后的经历，他惊觉道，“难道……跟虫洞有关？你是怎么找到这里来的？”

猴子往后看了看谭雅等人。

“我们就是进了虫洞。”坏狗说，“三十七年前，我们找到了虫洞，也探测到了‘花蕊’的信号，但是不敢进来，我们足足花了三十七年的时间，才做好了准备，敢进来了。”

李奥等人好像在听一个虚构的故事，李奥问：“你们到底遇到了什么事，其他人呢，还在吗？”

“说来话长，其他人……大都不在了，战斗官莫冬在与谷地行星的陆地白刃战中牺牲，二副龙莉被抓走后，也没了消息。后来，我们费了好大劲，终于能逃离谷地行星的时候，当归为了救陈皮，留在了那里……”

“谁还活着？”李奥急切地打断他，抓着他的双臂问，“有没有人活着？”

“有。”佝偻的坏狗擦着眼泪，“大副还活着，那个女人的同伴秋官尺也活着。”

"崔斯坦还在吗？"李奥忧中带喜，"他在哪儿？"

谭雅听说秋官尺还活着的消息，也颇为宽怀。

坏狗悲伤道："大副崔斯坦已经八十多岁了，三十七年前，他在带领我们逃离谷地星的时候，被榴弹片击中，半个身子就没法动弹了，他一直都住在高危护养室，情况很不好……"

"你带我去见他。"李奥十分激动，他搀起了坏狗，不由分说就往上层舰舱走。

坏狗边点着头边慢慢地调整着脚步，猴子见状，也搀住了他的另一边胳膊，谭雅等人跟在了后面。

李奥说不出话来，他一路看着自己再熟悉不过的舰舱，心头全是物是人非的落寞，以前舰上何等热闹。

很快，他们到了高危护养室，坏狗扫描虹膜打开了舱门，李奥快步走了进去，紧接着立住。

他看到一个风烛残年的老人躺在护养病床上，身上插满了纳米导管，十分衰颓。

他甚至不确定这个人还有没有呼吸。但他很快就认了出来，曾经的大副崔斯坦那老练坚毅的面容浮现在眼前，如今的白眉白发，令李奥想起了他强行命人把自己架上"花蕊"时的情形，过往历历在目。对李奥来说，那只是不久以前的事，可对于崔斯坦，已过四十载。

坏狗打开了生命控制系统，大副崔斯坦微弱地睁开了眼，李奥扶在了他的病床边。

崔斯坦看到了李奥，他那空洞的眼神亮了，他的情绪十分激动，却很难表达出来，李奥紧紧地握住了他的手。

再度相见，恍如隔世。

猴子又一次泪目，谭雅等人也悲上心头，他们都记得那个勇敢又健壮的崔斯坦的模样。

坏狗提高了生命控制系统的功率，崔斯坦的状态在慢慢复苏，但谁都能看出来，他气息奄奄，靠的全是科技外力。

“舰长……你回来了。”崔斯坦终于能说出话来，抬了抬右手，想敬礼。

李奥拉住他的手，哽咽难言。

“我以为……再也没机会见你了。”崔斯坦眼角流出浊泪。

李奥握着他的手，控制着自己的悲伤情绪，说：“老崔，你怎么把自己搞得跟八爪鱼似的？”

崔斯坦咧了咧嘴角，笑了笑。

李奥却笑不出来，他抹了抹眼睛。

“舰长，我是死了吗，你为什么还是四十年前的样子？”崔斯坦问。

“你没死，我也没死，是虫洞里的时空发生了错乱。”李奥解释，“这里时间很慢。”

崔斯坦很轻微地点了一下头：“舰长，我们当年被谷地星俘虏了……队员几乎……死光了。”

“我知道。”李奥说，“坏狗跟我说了些情况，你们到底经历了什么？”

“没什么……无非是打了几次仗。”崔斯坦说，“但我总算把桃花号又交还给你了，虽然……打了些补丁。”

李奥不知该说什么。

“舰长……我一直没有放弃寻找你的希望，我让坏狗给我接上了这些管子，不找到你，我不罢休。现在……我终于可以放心地死了，我要下去找兄弟们了，我听陈皮说……好人死后会去一个叫‘十八层地狱’的地方，那里风景很好……”崔斯坦一口气说了好多话，毫不保留力气，他觉得自己该到头了。

但李奥打断了他，痛心疾首：“我宁肯要你们都活着，老崔，你没有完成任务，你得带我去找莫冬，找龙莉，找陈皮和当归，你得继续当我的副官，不见到尸体，我不相信他们都死了！”

两个男人相拥而泣，旁人无不动容。

良久，崔斯坦对坏狗说：“老狗，带舰长出虫洞的任务就交给你了，请你帮我把生命维持系统关掉，我要死在桃花号上。”

“老崔，你不准死！”李奥叫道。

“舰长，我这样……太痛苦了。”崔斯坦央求，“我们已经找到了穿越虫洞的方法，还有……到达暗星的方法，坏狗会带你们去，你就成全我吧。”

崔斯坦发出了人在临死前想要挣脱一切的艰难喘息声。

猴子呜呜大哭，坏狗则悲伤地拭泪。

李奥握着崔斯坦的手，看着他那张布满褶皱的、扭曲的脸，不肯让一秒钟流逝。

坏狗关掉了生命维持系统。

崔斯坦的精神急遽萎缩，在生命的最后一刻，他将右手从李奥掌中抽出来，摇摇晃晃地举向耳边，他要敬礼。

他再不是那个肩宽臂阔、孔武有力的大副了，他不能再神情威严地接替李奥坐在首席指挥桃花号行进，也不会强行命人把李奥绑起来，更不会带领队员们在谷地星与敌人血战了……他此时绵绵无力，老而无用，礼到一半，他的手颓然垂了下去。

二十三

囚星怪客

悲伤让桃花号上的一切都黯然失色，重逢的喜悦被扫去，倘若还有一点值得宽慰的地方，只能说是残存之人尚能在舰上相濡以沫。

李奥带人归置好了崔斯坦的遗体，把他放进冷冻降解舱，实行了“冰葬”，在不久之后，按崔斯坦的愿望，他将化为无数最初阶的散粒子，成为桃花号的一部分。

李奥、猴子、坏狗都无比悲痛，连谭雅和孩子也心生哀伤，只有老人古井无波，他的眼中充满了久经人世的冷漠。

随后，坏狗带着众人走进了电梯，去往指挥舱，他告诉李奥，秋官尺在三十七年前接替了猴子，成了桃花号的临时驾驶员。

李奥没多说什么，猴子倒是问了一句：“他开得怎么样？”

“马马虎虎。”坏狗说，“但还算忠诚。”

谭雅听到“忠诚”这两个字，觉得有些诙谐。

舱门打开。

秋官尺迎了出来，他同样老掉了牙，看到李奥，恭敬地欠了欠身子。

谭雅走上前去，她不是没有心理准备，可看到昔日的同伴变成了这副样子，还是感慨良多，她甚至不知道该说什么。秋官尺向她笑了笑，她也回之以同侪的默契笑容，他们握了握手，寒暄数言后，秋官尺告诉她："我把黑洞研究出了一个新的高度。"

谭雅没想到他会立即跟自己讨论学术问题，并无准备，只好说："这么久了，我相信你能。"

"但你一定猜不到我是用什么方法研究出来的。"秋官尺饶有兴致。

李奥没打断他们，且先让秋官尺讲完。

谭雅摇了摇头。

"你还记得我爱看《红楼梦》吗？"秋官尺说。

"记得。"谭雅说，"一本上古奇书，你一直是个爱看小说的理工男。"

"我们被关在谷地星监狱里的时候，什么也不能做，但是，他们允许我们看书，我从他们给的目录里，发现了《红楼梦》，便给狱守要来看了。可意外的是，他们给我的竟然是《红楼梦》的全本，里面有原作者写的后二十八回，它失踪了几亿年了，没想到我竟能在谷地星找到它，这是个奇迹，是命运的恩赐！"秋官尺说到这里，十分激动。

旁人并不是特别了解这本书，所以，无法体会他的心情。

秋官尺继续说："在《红楼梦》的后二十八回里，我看透了一个道理，那只是一个普通的艳情描写细节，却在某个晚上的瞬间给了我一个灵感，我据它发现了一个利用黑洞进行星际远航的新办法——时空拖拽。"

文学小说、黑洞、星际远航，这三者能有什么关系？没有一个人知道他在说什么。

秋官尺本想详细地讲一下，但他看大家的反应，自己回过味来，笑了笑，对李奥说："我们还是先出了虫洞再说吧，舰船的主驾驶员回来了，我终于可以退岗了。"

李奥问坏狗："咱们怎么出去，你们怎么进来的？"

坏狗说："我正要跟你讲，舰长，我们的舰上有一个谷地星的俘虏，确切说，他是主动投诚的，因为他认为我们属于银河联邦。"

"投诚的话，就不能叫俘虏了，他在哪儿？"李奥问。

"他暂时被我关在二级客舱，因为我不确定他的忠诚度。"坏狗说，"当年我们被抓到谷地星不久，就接到了银河联邦被沉舰打败的消息。你别看谷地星自卫队对银河联邦那么忠诚，可他们一点骨气都没有，谷地政府当天就宣布改旗易帜，向沉舰效忠了。不过，那帮家伙也很有自己的一套小算盘，他们并没向沉舰报告抓到了桃花号的消息，而是把我们藏了起来。他们本身就地处偏僻，天高皇帝远的，沉舰也没有立即查到那里，我们暂时获得了相对安全。

"谷地政府是想把桃花号当成自己的私产，搞点什么。"李奥说。

"没错。"坏狗说，"他们背着沉舰，几乎快把桃花号拆散了，迫不及待地要学我们的科技，为此，还把技术人员一一绑起来拷问，残害了很多人。"

"但他们不知道，科技发展到我们这样的程度，每个人所掌握的知识范畴都相当有限，单个问是没有用的，除非全体投降。"李奥说。

"是，在大多数人不肯屈服的情况下，他们没取得什么实质性的东西。"坏狗点头，"我继续说，当我们在监狱里待了足足两年之后，有个新来的狱警忽然暗中告诉我们，他可以救我们出去，他虽然是谷地政府的公务员，但还有一个暗地里的身份——银河联邦反抗组织成员。他说，沉舰虽以强势的政治手腕统治了银河系，可银河联邦存在了那么久，支持者不会善罢甘休，在暗地里，很多人都在进行着各种反抗沉舰的革命活动，他就是其中一员。他不管当年我们是因为什么事被银河联邦通缉，只看在今日我们没有屈服于已叛变了的谷地政府的分儿上，就一定要把我们救出去，但他让我们答应他一个条件，也就是要我们加入银河联邦的反抗组织——骰子。”

“骰子，打麻将用的那个？怎么是这么奇怪的名字？”李奥问。

“我不太清楚，他说这取自爱因斯坦的话，爱因斯坦生前曾反对过量子力学。”坏狗接着说，“但是，我们并不确定这是不是谷地政府的反间计，那个预警为了证明他的诚意，先用了半年的时间安排人将已快被谷地政府弄废了的桃花号修复。时机成熟后，他打通了监狱的各个看守环节，带我们杀了出去，但在这个过程中，我们遇到了阻力，死伤惨重，没法完全相信他。即便后来真的抢回了桃花号并驾着它逃离了谷地星，我还是跟大副商量，先将他软禁起来。

“这一关就是三十多年，在这段岁月里，我们找到了盘古星域的虫洞，并用桃花号的探测系统探测到，‘花蕊’就在虫洞里。可由于技术限制，我们并不敢贸然进去，直到后来，那个人说，他默默为我们研究出了一个进入虫洞并能安全撤离的方法，叫‘量子纠缠术’，靠着这个法术，我们可以进虫洞把你们救了，再很快出去，我和大副还有秋官尺决定赌一把，而这也是我对那人最后的考验，如若真的实现了，就解除对他的软禁。”

“人家把你们捞了出来，你却反过头来把人家软禁了三十多年，这可不太地道。”李奥说。

“但这符合你的行事风格。”坏狗说。

众人都笑了。

“你做得很好。”李奥并没不好意思，“那个量子纠缠，听着很耳熟，沉舰用过，狱警难道也懂量子力学？”

“说来巧了，量子力学是门很古老的学问，本来早就被银河文明甩得远远的，但谷地星由于科技水平发展太低，离那个产生量子力学的时代反而要近一些，在那里，竟然还清楚地流传着很多和早期量子力学相关的理论，牢头便是其受众。只是，他们的量子力学与沉舰相比，差距很大，一个像是正统门派，但处在低幼阶段，另一个则像是歪门邪道，却已十分成熟。”

李奥思索片刻，问：“我们多久能出去？”

“一瞬间。”坏狗说，“只要你下令。”

李奥没想到这么快，他反而犹豫不决了。

谭雅见状，问秋官尺：“到底是什么原理？”

秋官尺说：“我也不是特别清楚，大体上，就是将一个什么‘粒子’留在虫洞外面，然后飞入虫洞中的舰船也是一个‘粒子’，两者是有关联的。利用这种关联性，在我们想要出虫洞的时候，将二者对调，外面的粒子会‘变’进来，舰船则可以出去，差不多是这样。”

谭雅又看向了老人，意思很明白。

老人在思考。过了一会儿，他点了头：“理论上有一定的可行性，但我不是专家，不敢妄言。”

“那就试试。”李奥下定了决心，“死马当活马医，留在这里也没有好下场，眼下来看，就算是上当，也比这强。”

没人反对。

李奥郑重地挺了挺身，走上首席，威严地说：“所有人听我指示，主驾驶员猴子，临时副驾秋官尺，侦测官坏狗，各就其位！其余人安守原地，不得胡乱走动，桃花号准备航行！”

大家严肃起来，全部按照他说的去做。猴子坐上了主驾驶席，抚摸着那套操控系统，心生澎湃，早对这一切驾轻就熟的他根本不必做任何调整，用洪亮的声音报告：“准备完毕，随时待命！”

其余人也都向李奥示意，李奥坐下，环视一周，指示道：“启动！”

猴子打开了引擎，秋官尺操控着系统并向猴子传达与量子纠缠相关的航行要求，两个人取长补短，协作顺畅。少顷，猴子向坏狗示意航向已确定，坏狗用老迈的语调作出最终报告：“环境无碍，可作超高速航行！”

“出发！”李奥一声令下。

桃花号在渐变，谭雅等人并没什么感觉，从大屏幕上大家都看得到舰船的状态，舰船未移动。这不是颜色上的渐变，确切说，这是在渐渐隐退。

李奥看着屏幕上显示的虫洞空间里的那团红色，它迷离了。在走上首席之前，他是想过要不要先开着桃花号接近那团红色看看，但好奇心是把双刃剑，为保险起见，他暂时压抑住了自己的欲望，选择稳妥地离开虫洞再说。

那团红色神秘莫测，越来越模糊，李奥忽地发现，好像不是桃花号在渐变，而是这个虫洞空间在渐变，不是桃花号在离开这个环境，而是这个环境在转换。

不光是李奥，其余人也注意到了这一点，还没等他们琢磨明白，屏幕中显示，桃花号已经出现在了另一个空间中，字幕提示，这是盘古星域。

他们出来了。

出得如此波澜不惊，又奥妙无穷。

众人第一次亲身经历了一场量子力学的应用，都在不停地回味，他们不知道这是什么感觉，那个粒子真的进去了吗，他们交换了？内中滋味，不可言喻。

“出来了？”猴子问。

“出来了。”坏狗确定，“这是盘古星域，已经空了。”

这里当然空了，他们向前飞了十万公里，随后回首一望，屏幕上出现了那个虫洞，那个困了他们“四十年”的虫洞，孤独地悬在太空之中，没有陨石环绕，没有星辰相伴，量子战团也不见踪影。

李奥等大家都回过神来，问坏狗：“那个牢头可以放出来了，他叫什么？”

“他叫‘道’。”坏狗说，“名字有些怪，但人更怪，你见了就会知道。”

李奥点头，坏狗独自离开了指挥舱。

没过多久，舱门再次打开，坏狗带着一个面容十分俊朗的年轻人走了进来，他扎着一条独特的辫子，皮肤有些泛蓝。

“舰长，这是道。”坏狗介绍，“谷地星人，‘骰子’成员。”

众人一眼就看明白了问题所在，李奥问：“他被关了三十多年，为什么看起来才二三十岁的样子？”

“因为谷地星人的寿命是太阳系人的五倍，衰老极慢。”道第一次开口。

众人有些不敢相信。

“你好，李奥舰长，久闻大名。”扎辫子的道第二次开口。

李奥没站起身：“谢谢你救我出来，代我的侦测官向你道歉，囚禁了你那么久。”

“你的队员屡遭磨难，不轻易相信别人也情有可原。”道笑了笑，又转了话风，“但不让人打电话可够过分的，我都失去跟组织的联系了。”

“打电话？”李奥不太明白这个词。

“无线通信。”坏狗解释，“谷地星的一种低端技术。”

李奥笑了，他问：“谷地星的人能活四五百岁？”

道也许是站累了，他无视旁人，找了个椅子坐下：“实际上，在两亿年前，你们也能，只不过后来由于人的寿命过长使社会发展动力不足，所以，银河联邦悄悄改变了你们的基因组，使你们的寿命变短了。谷地星地处偏远，大概是被漏掉了。”

“看来偏僻也有偏僻的好处。”李奥看着道，又说，“我欠你的人情，一定会还。但我现在有事要忙，要把一批货送到暗星，暂时没空帮你复兴银河联邦。”

道笑了笑，他的笑中带着锋芒：“说不定，你去暗星，也是复兴银河联邦的一部分。我们的组织苦于逃不出银河，一直都只在地下秘密地搞。但你的这艘战舰可以逃出去，只不过，你仍然需要我的帮助，没有我，你办不成事，没有你，我也一样。”

这话听着有点耳熟，李奥看了谭雅一眼。

谭雅心照不宣。

“我还能用到你什么？”李奥问。

道看了眼秋官尺：“他从那本古代小说里想出的办法，只是理论，如果没有我的支持，无法实现。”

李奥也看向秋官尺。

秋官尺给了一个“是”的眼神。

李奥问坏狗：“是吗？”

坏狗回答：“我不太懂，似乎秋官尺的理论，是要与道的知识相结合。”

“不光是知识，还有设备。”道说，“想要最终实现秋官尺所说的时空拖拽，必须先用到一个能化腐朽为神奇的设备——大量子纠缠发射器。”

李奥这回不像以前那样，听到“量子”就头大，而是有所希冀，他问：“设备在哪儿？”

“问到点儿上了。”道赞赏了李奥，他显得比李奥能掌握主动权，“在谷地星。”

二十四

有史以来最伟大的馊主意

李奥没说话。

坏狗则用怀疑的眼神看着道。

道头一扭："不信算了，老子正好懒得再伺候你们。"

秋官尺打趣儿般劝他："道，别那样。"

"算我遇人不淑。"道一脸很受伤的样子，跷起二郎腿说，"我反正日子还长，再当两百年地下工作者也能熬得住，你们随便吧。"

李奥看了他一会儿："按理说，你都帮我们帮到这份儿上了，再不相信你，太不仗义。"

"别客气。"道说，"你还是别相信我，看在我救出你们的分儿上，给我艘子舰，让我滚蛋。"

"那不是我们的待客之道。"李奥并不着急，他和道都清楚对方心里在想什么，"我答应你，我们加入'骰子'，并带你去暗星。"

"李舰长，你别蒙我，都是林子里的老家雀儿了，你的名声，我听过。"道说，"别跟我憋坏心眼。"

李奥就跟遇上了知己一样："我是有坏心眼，因为我也有个条件，我要当'骰子'的领袖。"

道干笑了一声，"你厉害。"

李奥说："我自然厉害，就凭我的舰船。沉舰这么强大，要是没猜错，你们的地下组织发展得不会太好，撑死有几辆星际播种拖拉机。"

"那是三十七年前。"道说，"我估计这三十多年的发展怎么也添置了一两台光能后八轮了。"

所有人都笑出了声。

道放下二郎腿，坐正了身子："不废话，你既然想合作，那就先干，当不当领袖这种事，我又不是领袖，说了也不算，但我会投你一票。"

"谢谢。"李奥问猴子，"还能锁定谷地星吗？"

"没问题。"猴子已经调出了谷地星的实时图像。

"那就出发。"李奥说，"到达之前五光年处停一下，免得又让他们当草鱼给网起来。"

猴子锁定了航向，桃花号进行穿维航行。

指挥舱里，所有人都坐下了，但道、谭雅、老人以及孩子都不被允许接近控制台。

李奥看着秋官尺，又瞧瞧道："说说你们的方案。"

道示意秋官尺先说。

秋官尺没拒绝："还得从《红楼梦》说起。伟大的文学作品往往都有一个特质，称为'草蛇灰线，伏脉千里'，而这八个字最早就是形容《红楼梦》的。这本书的作者把生命中最精华的部分贯注到了文章里，无论是遣词造句还是谋篇布局，全可谓殚精竭虑，呕心沥血，再加上其人本身就才高八斗，促使整本书最终高明得神仙难料。起先，在流传最广的前八十回本里，作者留下的很多伏笔都被人百般琢磨，有千万种解读，可也有一些声音，说他是故弄玄虚，像后世的很多类型小说作者一样，志大才疏，只为赚钱，挖坑不填。”

秋官尺说到这里看了大家一眼，他并不在意他们爱不爱听，稍作停顿，继续往下讲：“最早，我也差点误入歧途，因为自己的本行是研究黑洞，而非文学从业者，所以，兴趣虽大，所学却不精。我一度被那些伏笔勾得心急火燎、抓耳挠腮，可自己又实在学识浅薄，时间久了，个人见解上仍然没有一星半点突破。

“渐渐地，我有些放弃了，我觉得作者可能就是在故弄玄虚。但是，当我在谷地星看到后二十八回故事的时候，那些隐藏中的情节一点点被揭开，伏笔显露，就如一夜之间春风吹来，千树万树的梨花纷繁绽开，令我顿时感到世界灿烂无比，在我的内心引发了极大震颤，我终于明白了作者的良苦用心，也领会并膜拜了他的绝世天才。

“他与那些沽名钓誉欺骗时代的作家绝不一样，他不愧为傲立世界数百代的文坛宗师，误解在他面前如蚊蝇搅扰，微不足道，他用最唯美又浩荡的故事，讲出了万千气象，与天地相接，深入宇宙深处，焕发出无穷的奥意。整整三天三夜，我茶饭不思，难以入眠，深深地陶醉于《红楼梦》全本所带来的巨大心灵震荡之中。

“说来也巧，就像小提琴给了爱因斯坦灵感，我清楚地记得，就在第四天的凌晨时分，我于半昏半醒之间，脑子里还在想着宝黛钗三人前前后后几十万字间的纠缠，想着前文一个小细节、一句小诗，引发的后文天翻地覆的情节转折，一个看起来毫不相干的词语进入了我的脑子，就是‘引力波’。”

众人都听得有些入迷，也不知道是真的为《红楼梦》所打动，还是单纯因为秋官尺讲得动情，久久没人接话。

直到“引力波”三个字把他们拉回了现实。

李奥记得，这是一个与《红楼梦》几乎同样古老的词语，它属于历史，他问：“什么是‘引力波’？”

“真的没人记得？”秋官尺看了看大家，目光停留在了谭雅身上。

谭雅想了一会儿，说：“我记得，‘引力波’这个概念，就是在大爱因斯坦时代前期提出来的。据说，不久以后就有个叫NASA的机构宣称，他们发现了引力波。”

秋官尺点头：“不错，简单来说，引力波就是宇宙中移动的物体所造成的空间和时间的结构中的波纹，来自时空扭曲。如果我们把宇宙比作一个平静的水面，那么，大家可以想象，水中的游鱼游动，而引力波就是水面发生变化时泛起的涟漪。”

引力波能传输能量，那个叫NASA的机构首次发现引力波，是赖于两颗中子星的合并，那是一次宇宙级碰撞，十分剧烈，碰撞后产生超密物质，形成火球，荡起了时空的“涟漪”。当然，这个“涟漪”传到地球的时候，已经小得快探测不到了。人类花了很长的时间，用了尖端的设备，才捕捉到了它的一点点影子，但是，就这一点点，重要得几乎要改变全世界。

原本，那时的人类想借着引力波的发现寻求新的发展，将它进行更广泛的宇宙研究和应用，但没想到，世事无常，小行星撞击地球以及人工智能的崛起使这一计划搁浅。从那以后，人类就无暇关注引力波了，而且，人工智能带来的技术革命，将人类文明一下子提升了好几百个量级，迅速进入了超维时代，引力波也就作为一门尚未开发就落伍了的技术被尘封，而引力波的来源——时空扭曲，也因超维技术而遭冷落。但是，我今天要讲的，恰恰就是这个催生了引力波的时空扭曲，人类其实并没看明白，时空扭曲，才是一门潜力更为惊人、发展成熟后对人类的宇宙生活改变更大的技术。

众人都在消化秋官尺的话，好在他的比方让引力波听起来并没那么难理解，而大家也明白了那部文学小说是如何影响了他，细究起来，显然是夸大了，那不过只是一种缘分。

“也不能说是人类没看明白，只是人类选择了另一条路罢了。”李奥问，“但你回头来走时空扭曲这条路，如果真有能改变人类历史的成就，你可能就是时空扭曲时代的牛顿了，是那个所谓的时空拖拽吗？”

“牛顿不牛顿的，不太重要，能帮助我们逃出沉舰的统治范围活下去就可以了。”秋官尺虽这样说，但眼里还是闪着光，他知道自己的理论到底有多么厉害，“我所推导出来的时空拖拽，说白了，就是一种大幅度的时空扭曲，试想，如果我们不将宇宙比作一个平静的水面，而是把它比作一张毛毯，那么，我们完全可以用手一把将它的中段提起来，将它折叠。而这种折叠状态对于毛毯的两个宽边意义，则是它们的位置，由线段的两端，变为了合并，换句话说，就是毛毯的两头被拖拽到了一起。”

这个不难理解。

秋官尺又说：“宇宙就是这样，试想，银河系在左边，沉舰的无人区在中间，而暗星在右边，那么，有没有可能，我们通过合并，也就是时空扭曲，直接将银河系与暗星拖拽到一起，如果那样的话，我们不就是瞬间到达了暗星吗？”

“那就得把沉舰的无人区给提起来，折叠了，这有点意思。”李奥说，“不过，那只手在哪儿，宇宙毕竟不是一张毛毯，你用什么拖拽这百亿光年的宇宙时空？”

“这就是关键的地方。”秋官尺笑了，他同时看着谭雅说，“我和谭雅是黑洞专家，对我来说，这就是一次黑洞理论的顶级应用，如果能实现，它可以说是史诗级的，甚至连史诗都不足以比喻它。谭雅，你能想到利用黑洞拖拽宇宙时空的方法吗？”

谭雅在思考，她似乎想出了点眉目，但不够清晰。

秋官尺说：“我提示你一点，别忘了引力波。”

谭雅蹙眉，又眼前一亮，她几乎要脱口而出，却不敢相信，她吞了口气，问秋官尺：“你……不会是疯狂到了那种程度吧？”

秋官尺目露智慧之光，他点了点头，莫名地给人一种权威力。

谭雅的反应让大家觉得，事情不小。连李奥都不由得直了直身子，只有道还是一副不在乎的样子。

两个人良久没有再说话，李奥忍不住问：“他要干什么？”

谭雅看着秋官尺，又看着李奥，竟有些结巴了：“他……他是要炸掉整个银河系，确切说，是银河系的四千亿颗恒星。”

谭雅说得深沉，她在刻意压住自己狂跳的心。

一开始没人跟得上节奏。

等到反应过来，众皆骇然！

如同在听痴人说梦。

炸掉整个银河系……四千亿颗行星？！

这荒唐得宛如要操翻整个宇宙。

李奥觉得这有可能是在开玩笑，他问秋官尺：“怎么回事，你要干什么？”

秋官尺毫不掩饰自己的得意，他脸上的光辉，像极了量子战团毁灭深渊地宫9号行星时发出的光芒。他慢慢地说：“我刚才讲了，最早，两颗中子星的合并，让人类探测到了引力波，我告诉你们，那两颗中子星的质量在太阳的1.1倍到1.6倍之间，它们在离地球1.3亿光年的地方合并，引发了时空扭曲，引力波才传至地球。但实际上，那并不是人类第一次尝试探测引力波，早在此之前，人类曾探测过一种更为剧烈的宇宙碰撞，它产生的效果要远大于两颗中子星的那次，那种碰撞，就是黑洞碰撞。众所周知，黑洞的质量远远比中子星要大，设想两个黑洞如果碰撞到一起，所引发的时空扭曲，所造成的波纹，一定会是前者的数倍乃至数万倍。但是，由于黑洞不发光，那时的人类科技又远不够发达，黑洞碰撞带来的效果难以检测，因此，这种引力波迟迟没有发现。好了，我说到这里，你们不要嫌我说得乱，最起码，有一个事实你们听懂了：黑洞的碰撞，更为剧烈。”

这不难理解，众人继续往下听。

秋官尺说：“那么我设想，如果尽可能地让更多的黑洞进行碰撞，那么所引发的空间扭曲，是不是会更严重？答案一目了然，一定会的。但有一个问题，黑洞虽然厉害，可在浩瀚的宇宙中，它仍然只不过是沧海一粟，不要说宇宙了，就连在沉舰统治的百亿光年的无人区面前，它都算不上什么。我粗略计算了一下，就现有的银河系黑洞的数量和总质量而言，即便是它们全部碰撞到一起，也无法达到足够的空间扭曲效果。

“银河系与暗星相距百亿光年，想要完全扭曲掉中间这么大的一个空间，让宇宙这条毛毯折叠起来，那是个惊人的工程，需要更多的黑洞级碰撞。那么，去哪里找到足够多的黑洞？自然而然地，我想到了一种制造黑洞的办法，想必你们在盘古星已经用过了，那就是使恒星演化。而作为黑洞专家，连谭雅都一估算就懂，银河系的直径加起来只有十几万光年，相对于无人区百亿光年这个数值对比来说，如果想要折叠它，必须尽可能地用上银河系所有的恒星，使它们全部演化成黑洞，而后，在它们相互间的引力作用下，自动地砰然一撞，让时空扭曲，或许才能折叠起百亿光年的无人区。如此，我们所探测到的宇宙会完成拖拽，我们将舰船尽最大可能地控制在航行轨道中不被影响，最后，应该就能顺利到达暗星。”

秋官尺说得十分冷静，就像一个理工男在做一道物理题。尤其是最后这句“应该就能顺利到达暗星”，理智得就像丝毫没理会前提的疯狂。

基于常识，所有人都明白他在说什么，就是谭雅刚才讲过的东西——四千亿颗恒星，变为四千亿个黑洞！整个银河系，化为乌有！

这是疯话，可连疯子都不会说。

何况秋官尺还是个科学家，是个资深的黑洞专家！

李奥难以接受，那是个神话中的神话，连神都不会认为它是真的，李奥甚至听到了众人心脏狂跳的声音！

秋官尺竟还补充了一句：“我知道，这听起来很不切实际，可它是最好的办法。”

“你们要毁灭银河系？”李奥体会到了谭雅方才的震惊。

“如果表达准确一点，是炸掉，再合并。”秋官尺说话的语气毫无人性。

李奥久久不能平静，他有些愠怒，他看了一眼谭雅，又对秋官尺说：“你们这些黑洞专家，怎么想出的全是些毁灭性这么强的主意，我看，你们真是把黑洞专家做到了极致，你们本身就是宇宙的黑洞。”

“但与秋官尺的魄力相比，我自愧不如。”谭雅说。

“那不是魄力的问题，说白了，是知识。只能说，我如今掌握的知识量要高于你了，我才能想到这样的方案。”秋官尺说。

李奥极讨厌他的沾沾自喜：“但知识和智慧不是用来毁灭人类的。”

“人类几乎已经被毁灭了。”秋官尺并不相让。

“人类是在被沉舰统治，可它还存在着，说不定，过得还很好。”李奥说。

李奥现在的思想境界提升到了一个更高的层面，他是被秋官尺逼成了这样，越想越愤慨，他已无暇理会那个惊天地泣鬼神的理论了，不得不将注意力全部集中在了那个计划所带来的结局上，那不容忽视，那才是首当其冲该想的。他想，对于全人类来说，统治者的更换，到底是不是一件大事，在谁统治下，重要吗？生存才重要。

其实，他也一直都没觉得统治者是什么障碍，银河联邦时代，他不服管，沉舰接管银河，他也无所谓，他从不关心那些冠冕堂皇的、唬人的、没有实际意义的大事，他记得古代有一首诗，“兴，百姓苦，亡，百姓苦”，他虽没那么悲观，倒也觉得一个政权的兴亡于人类的生活来说，影响并没书上所写的那么大。他只想干好自己的事，他走到今天，做这一切，不是为了拥护或者反对谁，他仅仅是想把老人和孩子送到暗星，换取一点报酬——得知秘密罢了。

他是个心狠的人，先前灭了盘古星，他觉得没什么问题，哪个星系不会被灭呢？但是，现在是要他灭了银河系，灭了四千亿个恒星系！他不可能再无动于衷！他很踌躇！银河系存在了几亿年了，它发展到今天，各大恒星系都被开发出来，许许多多的行星上住满了人，它可从来没被全盘毁灭过，它在李奥的世界观里就是永生的，它能毁灭吗？绝对不能。

二十五

“绣花针”计划

李奥沉默。

道不屑一顾于李奥的呆滞。

李奥的沉默，是在自我暴露。

道、秋官尺、谭雅、老人，全部对李奥看得越来越清晰了，李奥用这几分钟的沉默，将软肋展现在了他们面前，了解了一个人的软肋，也就了解了这个人。

秋官尺不再与李奥分辩。

道却把身子对向了李奥，当然，他还是一副吊儿郎当的样子。与之相比，李奥真更像是个一没见过世面，二没魄力的乡巴佬。

道等了一会儿，对李奥说：“人类被沉舰统治，人类作为人类的意义，就变了，不值得怜惜。”

“人类作为人类的意义，不是因被谁统治而决定的。”李奥说。

“那是被什么？”道问。

“什么也不被，活着就是意义。”李奥说，“况且，沉舰难道不是古人类的一员？”

猴子、坏狗全部站在李奥这边。甚至一向冷傲的谭雅都拿不定主意，这件事，大得任何比喻都无力，如果还有一件事能超过它，只能是这整个宇宙的灭亡。可对于人类来讲，银河与宇宙有什么分别？

道说：“人类不会被毁灭，就算是银河系没了，暗星不也是人类的一部分？用半壁江山，换来人类崛起，没什么不行的。”

“血缘上讲，暗星比沉舰近多少吗？归根结底，这是人与人之间的厮杀，不是什么人类对付沉舰！”

“好，你说得对，我承认行了吧，那你就跟着你的‘同类’沉舰去吧，你投降去，希望他们能像你对他们一样，对你宽容以待。”道说。

李奥没接这句话。

道玩味地看了会儿李奥，他身子微微一探，忽然问：“但你知不知道，沉舰想干什么？”

李奥不知道。

道轻笑一声，告诉他：“你应当了解一点沉舰的历史。沉舰的重生和崛起，几乎是凭空而来的，这对于银河联邦来说，一直都是个谜。他们这一切都是靠的量子力学，那么，量子力学是什么？量子力学是魔术师吗，能凭空造一切？像，但不是。本质上，它还是需要吸取物质和能量。只不过，靠着量子力学，沉舰可以预支能量和物质，它们从虚空中来，本身就是欠了大自然能量，它们必须还回去，否则，到了某个临界点，一切都会崩塌。所以，他们接管银河系，发展到最后，并不是任银河系继续存在，而是要用银河系的所有物质，填补他们欠下的那个亏空！你醒醒吧，人类若在沉舰手里，早晚就是一死，而一旦沉舰最后目的达到，它只会越来越强大，继续发掘并祸害别的宇宙生命，到那个时候，再去遏制，可就太晚了，愚蠢的银河联邦已经错失了良机，如果你再让人类错失第二次也就是最后一次机会，你才会是全人类的祸害！”

“你休想骗我。”李奥说，“一派胡言，毫无逻辑。”

道不说话了，他的表情让人什么都看不出来。

气氛压抑得如乌云盖顶。

但道的最后这番话对李奥触动很大，李奥在想，如果是真的呢？沉舰会如此恐怖吗？沉舰何其恐怖！他看向了老人。

老人是除了道之外，唯一懂得量子力学的人，李奥向他发出了求助的目光，那不是李奥一个人的求助，那大概能代表全人类。

老人站了出来：“生死，并无所谓。另外，根据我对量子力学的了解，是这样的，道说得没错。即便其他东西你再听不懂，难道‘物质守恒’也听不懂？这可是全宇宙最坚挺的一条真理了。回想一下沉舰兴起的历史，是那么奇怪，它就是凭空变出了那样庞大的母舰，又分散出数目极多的子舰，它的物质和能量从哪里来？这一直都是个悬案，我认为，道并没有欺骗我们，沉舰恐怕就是要做这样的事——拿银河系物质填补它们欠大自然的亏空。李奥，我记得，古中国有句话，‘慈不掌兵’。我们都知道，你是为了人类着想，但实际上，如若沉舰对银河系心怀不轨，那这么下去，你的一时善意，你的那点不忍心，对人类只是有弊无益，你甚至会成为人类历史上最大的罪人。任何一个人，仔细想想，沉舰怎么可能对银河系心怀善意？”

李奥从来都不是个在乎名誉的人，是不是人类的罪人，他真不在乎，可他在乎的是人类本身。历史上，宇宙社会学创始人罗辑和心灵史学创始人哈里·谢顿曾向公众阐述过宇宙的生存法则，从更高的层面看，沉舰灭掉银河系，与他李奥亲手灭掉银河系，有区别吗？那就是一个哲学问题。李奥更不愿多想了，他觉得作为一个小人物，或者说当事人，他应该做的，不是站在谁的角度上，而是把自己的角度站好，他应该莫想太多，做好自己这一摊事。

他绝对想不到，自己有朝一日竟能为人类的存活而花这么大的心思思考、争辩。

老人的话，在渐渐地渗透进他的思想，慢慢击中了他。

李奥不甘心，他问老人："你的终极秘密——宇宙的真相，允许我们这么做吗？"

老人停顿一下，说："我向你保证，就宇宙的真相而言，你这么做了，不是一件坏事。甚至可以说，它毫无影响，它根本无所谓。"

李奥觉得这是痴话，他不知道老人的逻辑在哪儿，他加重语气又问了一遍："炸了银河系，炸了这个直径十万光年、有几千亿个太阳那么重、有根本无法统计的人口生活的地方，无所谓？"

"无所谓。"老人静若枯木。

李奥出现了剥离感，与世界的剥离感。

就像你是个孩子，你对世界的认识已经有了一套不清晰却很稳固的感觉，忽然，一群大人围了过来——其实也只有道、秋官尺和老人，他们的所作所言完全颠覆了你对世界的看法，你会不由自主地感到自己似乎来错了世界。新的逻辑让你害怕，让你不知所措。但鉴于大人的权威，你又不得不接受它，你自己也认为，这个逻辑可能才是正确的。

李奥久久不愿说话。

所有人都陪着他。

李奥看看年轻的猴子、老迈的坏狗，这是他最忠诚的队员，他想找一些答案，可他们脸上是跟他一样的迷茫，他不定，他们也不定。

谭雅低着头，她几乎想弃权，李奥觉得她这样看起来可能更像个女人。

老人脸上不再有立场的痕迹，他与孩子一样不参言。

道和秋官尺则也不再露出咄咄逼人的神情，他们也不似先前那样坚定，他们或许更愿意让李奥作出抉择。

李奥知道，自己在溃败。

可他觉得，似乎还有最后一根稻草，那根稻草，或许能救命，也或许能压垮他。他看着道和秋官尺，问："如果……事情如你们猜想的那么坏，那么，你们要怎样炸掉银河系？引爆恒星听起来是可行，但你们能不被沉舰察觉，去一个一个引爆银河系四千亿颗恒星？这需要的时间和人力、物力，连在理论层面都很可笑，这是天方夜谭。"

道笑了，他看透了李奥的溃败，看透了李奥的妥协，他说："所以，接下来，就要用上我的理论了，我给你讲一讲量子纠缠的'魔力'。所谓量子纠缠，用通俗点的语言来讲，就是两个未知的纠缠粒子会保持一种特殊的关联，一旦我们测量其中一个粒子的状态，就能瞬间知道另一个粒子的状态，无论它们之间的距离有多远，量子纠缠不需要时间，它们发生于瞬息，这种感应曾经被爱因斯坦惊奇地称为'鬼魅般的超距作用'。"

这听着并不通俗，李奥不太明白他在说什么。不过他好歹知道什么是超距作用。他记得，这条理论说的是相隔一定距离的两个物体之间存在着直接、瞬时的相互作用，不需要任何媒质传递，也不需要任何传递时间。

道可能不在乎他们听不听得懂，他继续说："基于这个最早的量子纠缠基础理论，经过许多代人的研究，以前的谷地星曾建起了一个大量子纠缠发射器。只是，由于银河联邦的大科技环境限制，它在尚未得到广泛开发应用的情况下，就遭到了废弃，在很长一段时间里，它只是一个大古董罢了。不过在沉舰接手银河系后，它焕发了生机，因为它的基本理论与沉舰目前所掌握的量子力学相似，谷地政府为了谄媚沉舰，重新开始了对它的研究，我在被贬去看监狱前，就是其中的一个工作人员。”

“你的这段经历，倒没对我们说过。”坏狗说。

“因为我觉得没必要。”道说，“在重新开启的研究中，我们发现，利用大量子纠缠发射器，可以发射许多对偏振方向相反的纠缠光子，使其中一个精准地到达某个地点，而另一个则留在大量子纠缠发射器的存储仓中，我们可以通过对存储仓中的粒子注入强行观测，从而改变已发射出去的光子的状态，将它应用到我们想要做的事中。说明白点，就是一个光子发射到一个恒星上，我们通过强行观测存储仓中的光子，使其变成我们想要的状态，而另一个光子则会相应地在瞬间作出改变。这种改变，就是充分利用它的作用，使其灌注进恒星并产生变化，尽其全力，让恒星加速演化，成为黑洞。”

道的这一席话就像揭开了银河系的丧钟，等待有人将它敲响。

李奥问：“如果我理解得没错，你的大量子纠缠发射器，就是个发光器。”

“李舰长的理解能力很不错，那从本质上来讲，那就是个巨型手电筒。”道说，“对于这项计划来说，它十分可靠，因为一束普通的激光里就会有数万亿个光子，何况是一束‘巨型激光’。光子通过大量子纠缠发射器内部的晶体时，就算不全部被分裂，可按概率算下，达到能影响四千亿颗恒星的量级，也完全能凑够数。我告诉你们，赖于量子纠缠的基础理论，甚至连发射都不需要时间，只要打开大量子纠缠发射器，对它进行精准定位，那么，引爆整个银河系的过程，比桃花号从虫洞逃出来都要快。其实，自从沉舰统治了银河系后，全

‘骰子’上下早就想这么做了，我们想用这种方法毁掉沉舰的阴谋，只不过先前没见到秋官尺，不知道竟还能引发时空拖拽，实现超远途星际航行。而且，确如你所猜，我们连艘能飞的舰船都没有，如果引爆了银河系，固然能对沉舰进行沉重打击，可也会毁灭掉革命的火种，没有一个人能逃出去。因此，把我跟秋官尺的观点相结合，一个事实就在眼前，从哪方面讲，我们都需要一艘能尽最大化地将‘骰子’的有识之士转移出银河系的战舰，而桃花号再合适不过。它是一艘超弦战舰，可以以最小的物质构成单位溶解在空间中不受到伤害，这是最关键的，我希望你能认清大局，带我们实现这一壮举，这完全可以成为你加入‘骰子’的投名状。”

道说完了，整个理论听来无懈可击，理由也充足得让人无法回绝。

李奥默不作声。

他感受得到，那最后一根稻草被道轻飘飘地放在了他心头，他喘不过气来。

可他又必须呼吸，他的呼吸，似不再是他个人存活的证据，而是人类文明的依赖。

真的要炸掉银河系吗？

李奥不知道该说什么，他竟六神无主。自他记事以来，就不曾有过这样的时刻，连听说他父亲死时他都坚强得像块铁。他想象不出银河系被引爆会是什么样的景象，他也不愿去想，那已超越了“景象”二字本身。有人说，数学能描述一切，它宁肯整个宇宙不过是个数学公式，枯燥且没有生命。

他强令自己回归了一点本色，说了个此时看起来小得不能再小的问题：“看来，离开的时候，还要拉上很多货，你们‘骰子’里的‘有识之士’，我这舰船能装得了吗？”

道笑了，他说：“不需要太多，如果你不愿意，可以不拉，只要能到暗星，‘骰子’哪怕只剩下三五个人，也必会再度发展壮大。”

李奥说：“那我倒是可以顺理成章地当上领袖了。”

“问题不大。”道说。

李奥又说：“看来‘骰子’成员之间关系并不怎么样。”

道说：“冷漠方能战胜邪恶。”

过了片刻，李奥换了种语气：“必须全数引爆吗，留一些不行吗？”

道并没想到他会这么问，他看了看秋官尺。

秋官尺说：“如果想要造成时空拖拽效果，全数引爆都未必敢说够，所以，不能留。”

李奥闷然。

秋官尺说：“你听过孙悟空的故事吗？”

这话题转得太快，众人都没反应过来，李奥问：“什么？”

“孙悟空，古中国的早期人工智能，他有一个武器，叫‘如意金箍棒’，可大可小，大能通天搅地，小能变作绣花针，而无论大小，它的重量都是不变的。史料记载，它很重，当它成为一个绣花针大小的时候，密度十分大，而我这个计划。”秋官尺面色得意，“当银河系所有的恒星变成黑洞，它们会向一起聚集，最终，整个银河系会不断坍缩，与先前相比，体积要小很多，但密度空前地大，相比于以前，它就是一个由黑洞构成的绣花针。并且，它与孙悟空的武器功能也很相似，‘绣花针’只需在宇宙中轻轻一放，便能搅得时空变色，天翻地覆。我觉得，这势必会是一个震烁历史的事件，它应该有一个能让后世记住的名字，就叫‘绣花针计划’。”

李奥冷笑了一声：“我看叫断子绝孙丧门棍更合适，不得不说，你的文学想象力，真是比你的黑洞研究要让人欢乐得多。”

秋官尺不介意什么。

众人都在等李奥做决定。

李奥不得不做，他觉得自己被道和秋官尺绑架了，或者说，他是被形势所绑架，看起来他别无选择。

他看着屏幕，屏幕上显示的空虚，是银河的一部分，空无一物，此刻却那么生动，风流婉转，他露出了生平罕见的怜悯神色。

猴子说：“舰长，还有十光年到达谷地星。”

李奥木讷地点了点头，随后，他压了压扶手，讲了五个字：“愿计划失败。”

而后，他就不说话了。

道和秋官尺看到了成功，欣喜之色溢于眼中。

二十六

寂静谷地星

我写到这一章的时候，史蒂芬·霍金去世，这本书献给他。

谷地星在望。

坏狗开启了全息观测，三光年的范围里，全无人烟。

猴子得到李奥的指示，继续保持最快速度，这样的话，凭谷地星自卫队的科技水平，就算发现了他们，也无可奈何。

按照道的建议，大量子纠缠发射器被隐藏在谷地星南半球的一个热带山地中，在它的东南不远处，有一个无人的峡谷，桃花号可以停在那里，而后他们乘坐“花蕊”子舰去启动发射器。

李奥没否决这个方案，但他不允许使用“花蕊”，而是让猴子解锁了另一条稍微小点的速战型子舰——芒刺。此外，他还做了安排，谭雅、老人、孩子都留在桃花号上，不参与行动。坏狗负责全面监控并保持联络，准舰船队员秋官尺接替猴子坐上驾驶席，猴子则独立驾驶着另一艘叫“大戟”的轰炸型子舰随时进行策应，李奥亲自驾驶

"芒刺"，只载着道，速去速回。

李奥告诉道，"芒刺"上只有三个座位，也就是说，他们顶多能在回来的时候多载上一个"骰子"的同志，其余的，只能让他们自求多福。

道却更洒脱，他告诉李奥，如果多载一个人会使计划成功率降低，他可以一个也不带。

在离谷地星还有一光年的时候，坏狗带李奥例行公事，检查桃花号所有舰舱，他们出了指挥舱不久，坏狗停住了脚步，回过身问李奥："舰长，为什么不让我跟你一起去启动发射器？我自信这把老骨头还能抗点事。"

李奥摇了摇头。

坏狗目光哀愁，泄了气："我真是老了。"

李奥扶了扶他的肩膀："坏狗，咱们的舰船不能随意交给别人。"

坏狗回看李奥。

"我不相信秋官尺，尤其谭雅还在一旁。你要是也跟着我离开了桃花号，这几个人，可真说不好会不会反水。"李奥又笑着揶揄了坏狗一句，"你这条坏狗是老了，但看家的话，大概还勉强用得上。"

坏狗明白了李奥的心思，他说："秋官尺应该禁得起考验，我们共患难过，他要是想反水早反了。"

李奥摇了摇头："我跟谭雅那几个人也共患难过，可我到现在都不敢完全相信他们。再者，你不想想，自古以来的反水者，不全是当初的好哥们儿？"

坏狗也笑了："那看来我跟猴子的嫌疑才最大。"

李奥大笑："你们俩要是有那个本事，我甘当阶下囚。"

两个人不再多说，继续刚才的检查。坏狗带着李奥挨个舰舱看过去，并没什么特别的状况，没多久，他们又回到了指挥舱。

猴子报告，即将进入谷地星大气层，李奥坐上首席，桃花号开始减速着陆。

通过屏幕，众人渐渐看清了谷地星的地表。李奥和猴子等人并没料到，这里竟是一片白色。不是因为有雪，而是那些建筑物——无数小圆包错落有致地遍布地面，外头全包着铁皮，刷着一层匀称的白浆，乍一看去，就像个低端机甲文明世界。

李奥对坏狗说："这些房子看着像机器。"

"这就是机器人，它们随时可以变形，当然，全是有人操控的。"道接了话，又说，"你不觉得他们跟当年捕杀你们的谷地星自卫队很像吗？"

李奥看出来了，谭雅和猴子等人也恍悟，猴子说："是有些像，但谷地星自卫队不是白色的。"

"新改进的，刷的白浆都是特殊物质，为了防止星际辐射。"秋官尺也说，"我们被抓的那年，这项工程已经在全球展开了，谷地政府称它为'白面郎君计划'。"

李奥点头，不再发问。

桃花号像高空流星般越过文明聚集处，根据定位，到达南半球一个叫"机壳"的大陆板块上，在无人处盘旋几秒后，一头扎进了道所说的无人峡谷。

峡谷中并没有"热带"的感觉，这里到处都是些像白桦一样的树木，与谷地星的整体氛围很搭。

坏狗把李奥、道、猴子二人送到了子舰舱，李奥和道进入"芒刺"，猴子则启动了"大戟"。母舰舱门打开，两艘战舰一前一后飞了出去。

离开峡谷后，猴子直接升上深空，锁定“芒刺”，与它始终保持着垂直距离，充当起了人造卫星。

“芒刺”则在贴地飞行，它甚至没有高过那些白色树木。

李奥专心驾着舰在林中穿梭，他似乎很久没有亲自当驾驶员了，但也不是，他明明记得，在兰州沙漠将老人载上舰之前，他还跟大副和莫冬一人驾着一艘子舰比赛过围猎沙虫。但那又像是过了很久的事。

一路上，道专心地观察着周围的环境，他面前是战斗操控台，随时准备着打掉突然冒出来的敌人。

十几分钟过去，除了变幻无常的地形还不至让人觉得乏味，其余的，连个会飞的虫子都没有见到。

“很寂静。”李奥说了一句。

“希望一直如此。”道接话。

李奥没再说什么。

又过了一会儿，子舰屏幕上显示，前方出现机械建筑群。猴子通过通信器对李奥说：“舰长，到了，我检测了一下，周围百里之内什么也没有，这应该是个秘密项目。”

“收到。”李奥又按了一个键，问留在桃花号上的坏狗，“能确定看守人数吗？”

坏狗报告：“检测不出来，像是没有人。”

道在一旁提醒说：“当然没有人，因为守在这里的全是机器人，包括大量子纠缠发射器本身都是。”

“真是够落后的。”李奥说。

道却摇头：“这在谷地星来看，十分超前。”

“文化差异。”李奥说。

道说：“这对于我们来说其实是件好事，我们只需要切断这个地方的电源就可以长驱直入了。只是，有个难点，在启动大量子纠缠发射器之前，要重新把电源接通，那个时候，无论咱们怎么小心，都躲不过这些老机械的眼睛了，它们会疯狂地攻击我们。”

“没有别的解决办法？”李奥问。

“没有。”道摇了摇头，“你不能太贪心，咱们做这么大一件事，怎么可能从头顺利到尾？有危险才是正常的，这次行动，说白了考验的就是你的驾驶技术，能不能在那群疯狂机器人的炮火里逃出去，直接决定咱们两个有没有资格跟桃花号去暗星。”

大量子纠缠发射器近在咫尺，它让李奥想起了地球上的悉尼歌剧院，不一样的是，它通体白色，且在屋顶多了一个巨型雷达状的东西对着天空。

李奥用通信器对猴子下令：“找出总电源位置，将它切断。”

猴子驾着“大戟”下降了一点，开始扫描这个巨大的白色建筑物。荒凉的“机壳”大地上，它的存在显得有些突兀。

“舰长，它的电路是多向开合的，给我四十秒。”猴子说。

李奥和道静静地等着，道在心里默数时间。

二十秒后，猴子的“大戟”又下降了几十公里。

李奥问：“怎么了？”

猴子用通信器回复：“有点棘手，一会儿你们可能要加紧行动了。”

说话间，只见大量子纠缠发射器整体突然变了点形态，原本光滑的表面生出无数尖刺，李奥隐约看得清，那是些光炮口，呼啦啦地全部对向了空中的“大戟”！

“把它惊醒了！”道喊了一声，“赶紧跑！”

猴子并未回信，那些光炮口瞬间亮起，毫无停顿地射出万道利光，天空中就像开出一朵金菊，“大戟”插翅难逃！

一声波响，只见“大戟”自身罩起了一团蓝色光圈，舰身翻转，那团蓝色光圈向着大量子纠缠发射器笼罩而去，透过光炮口的万道利光，如水灭火般将其灭掉，原本热闹欲起的场面立即化为宁静，光炮口全部僵了，一动不动。

“舰长，完事了，你们赶紧进去。”猴子回信，“我没办法，只能把它唤醒找到所有的电路开合口再切断，我们来到这儿的信息一定传出去了，你们需要速战速决。”

李奥和道都明白他的意思，他们迅速将“芒刺”开进大量子纠缠发射器内部入口，一炮轰出了个洞，而后打开舱门拿着光能枪就往下冲，道在前面带头，李奥跟在后面，他问：“最近的上级基地离这里有多远？”

道边带他向门洞里跑边回答：“三百多公里，如果他们反应不迟钝，三分钟就能到！”

李奥听后不假思索，对猴子传信：“猴子，你先把那些炮筒子给炸了。”

猴子听令，没有返回高空，一边监视着周边环境，一边开始朝那些光炮口散射，他打得很精准，没有伤及周边设备。

李奥和道进入了大量子纠缠发射器的内部，这里像个工厂，设施看起来很老，可表面的涂料为它们遮住了羞，新旧相融，倒是有点蒸汽朋克的感觉。道对这里很熟悉，他一步错路都没走，带着李奥越来越深入。

李奥一边集中精力记着两个人走过的复杂路径，一边又打开了通信器，对坏狗传信：“坏狗，你升起桃花号，以这个发射器为圆心，监控周边两百公里，有情况立即汇报。”

坏狗听命，十几秒后回复李奥：“舰长，暂时什么都没发现。”

李奥没说话，继续跟着道前行。很快，两个人来到一道大门前，道用光能枪对准了它，连续射击，打出一个不小的裂洞，他告诉李奥：“就是这里了。”

李奥低头看进去，里面是个控制大厅，有个极大的屏幕。

道跟他说：“你让猴子准备启动电源吧，咱们得快着点。”

李奥却没动，他扶了扶耳边的通信器，问：“坏狗，你还在吗？”

“在，舰长。”坏狗的声音传来，“没有异常。”

李奥的枪口对向了道。

二十七

反杀

道拉下了脸。

“把枪扔了。”李奥说。

道叹气，照做了。

两个人都不动。

猴子的声音从通信器里传来：“舰长，需要启动电源吗？”

“等会儿。”李奥看着道。

“我就知道你会卸磨杀驴。”道说。

李奥笑了笑：“你怎么还能恶人先告状？”

道说：“你说你想当‘骰子’的领袖，果然也是假话。”

“你这头驴，挺会耍猫腻儿。”李奥又笑。

道装作听不懂。

“三百公里，两分钟到的话，我让坏狗检测了方圆两百公里的区域，咱们进来也快两分钟了，怎么，他们连一百公里都没开到？”李奥戳穿了道。

道停了会儿，不以为然："谁知道呢，可能是没收到信号，也可能是反应迟钝。"

李奥冷笑了一声。

道两手摊了摊："欲加之罪，何患无辞。"

"我看根本就没人会来。"李奥说。

道不说话。

"要是没猜错，我已经进入了圈套。"李奥说。

道还是不理他。

"只是，我好奇为什么我们还没被捉，他们在等什么？"李奥又说。

道终于肯回话，他先问李奥："你什么时候有这种想法的？"

"一直都有，但我抱有愚昧的侥幸心理，直到刚才才确定。"李奥没说是因为什么事。

道轻笑："从你对计划执行的安排来看，你早就确定了。"

"那只是想防患于未然。"李奥说，"当我发现你对此根本没有任何异议的时候，我意识到，我在白费心机，你其实魔高一丈。"

道没话了，他转头瞧了裂洞中的控制大厅一眼。

李奥说："我相信里面的东西我会操作。"

"我也相信。"道点了一下头，问李奥，"看来，你不打算知道我'魔高一丈'高在哪儿了。"

李奥给了个确定的表情，他的光能枪往上抬了抬："我没兴致等你出招。"

"你太自负了。"道还真的有些急了，"一切都是你的想象，我根本没耍任何心机，你要……"

一枪，正中脑心，道的话戛然而止。

快得连李奥自己都于心不忍。

道呆滞地倒下，血从他双眉间汩汩流了出来。

如果这是冤案，那么其实还好，世上不缺冤案。李奥想到这句话，也想起了谭雅。随后，他一点都没耽搁，稍微看了看裂洞里头，直接钻了进去。

“猴子，启动电源。”李奥按了下通信器，又对坏狗传信，“坏狗，有任何东西进入方圆两公里内，立即击毙。”

猴子和坏狗回复确认，随后，“大戟”停止摧毁所剩不多的光炮口，而是释放了一道散点网波罩住了大量子纠缠发射器，精准地接通了每一道电路。

大量子纠缠发射器再度觉醒，剩余的光炮口连半秒都没耽搁，继续朝着“大戟”发射，大戟快速飞向深空，摆脱掉了威胁。

“舰长，你抓紧了，咱们可不知道这里头还会出什么幺蛾子。”猴子给李奥传信说。

已经进入控制大厅的李奥面对的是一套看起来相当复杂的设备，中央的巨型屏幕亮了，显示的是银河全图，照得整个大厅蓝莹莹的，灿若星空。李奥走到操控台前，看了几秒钟，对着通信器说：“好像把那小子杀早了点。”

猴子也不多问，随时保持警戒，坏狗则对李奥说：“舰长，你把现场图像传过来，我和秋官尺研究研究怎么操作。”

李奥打开身上的图像扫描设备，往后退了两步，正要对准操控台，却不料身后响起了一个声音：“不早，还有机会。”

“嗖”一声光响，李奥下意识地就地一滚，他的左锁骨被射穿了。但他没有往后看，敏捷地又打了两个滚，躲过了紧随其后的两击，奔着地上的一个开口就蹬过去，也不管那通向什么地方，直接钻了进去，快得像条电鳗。

是道。

他没死。

李奥无论如何也想不出来发生了什么，刚才明明已经射穿了他的脑子。

“舰长，怎么了？”猴子的声音从通信器里传来。

李奥没回话，他跌入了一个竖井，里面有许多扶手与按钮，分布得很凌乱，他让自己自由落体几秒，又踢腿伸手刹住，再自由落体，磕磕碰碰地往下落，痛苦得像跌进了绞肉机。但他没法，道就趴在上面的开口里朝下射，李奥甚至能听清楚他的呼吸，只能胡乱地躲避着那些能致命的光线，锁骨疼得喘不过气来。忽地，下方出现了一个透亮的口子，是个横着的甬道，李奥想都没想就钻了进去。

射击声持续了足足半分钟，道确定再也看不到李奥才停了手。

眉心的裂洞还在流血，道看起来却浑然无事。

他走向了操控台，手脚麻利地按了一通，快得毫无停顿，就像两台设定好的程序机器在行云流水地对接。

十几秒后，道停了手，他跑出了控制大厅。

李奥躲在甬道当中，百思不得其解，他忍受着剧痛，终于能回猴子的话了，小声说：“我没打死道，他在追杀我。”

“我切断电源就下去。”猴子语气着急。

“等着，你注意隐蔽，小心桃花号。”李奥说，“坏狗那边肯定出事了。”

坏狗半天没有信息传过来了，李奥被击中的那一刻，心里明镜似的，而时间越长，那边越没动静，他就越确定，桃花号遭遇了不测！

他们真是完完全全地掉进了局里，道与秋官尺绝对勾结了。

“舰长，天上好像有了点动静。”猴子又报告。

“什么？”

“我是说，‘大戟’的侦测器显示，恒星异常！”猴子说。

李奥原以为是有敌人来了，他听明白猴子的解释后说：“你躲得远远的，探明这个大量子纠缠发射器到底发生了什么！”

猴子听令，再次放出光圈罩住大量子纠缠发射器，切断了它的电源，而与此同时，他看到了道！那家伙正从方才的门口钻出来，要进入“芒刺”子舰！

猴子不顾危险，没有立即高飞，而是驾着“大戟”俯冲下来，向着道就开了火，他以为会将道杀死，却不料道听到他的声音后，一蹿三丈高逃了出去，确切地说，那是在飞！

人工智能。

猴子脑子中一个闪念，他明白了道是个什么东西，他对李奥传信：“这是个人工智能！”

甬道中的李奥也愣了一下，恍然大悟，那厮是个机器人！这家伙一直在伪装低能，实际上它强大得跟他们不在一个量级上。但是，人工智能这种东西不是在很久以前一次文明濒临灭亡的时代被封禁了吗，怎么还会出现在这里？李奥自然而然地联想到了谷地星，顿时觉得，这个地方，可能远非看起来那么简单！

远空在变得喧嚣。

“舰长，来人了。”猴子报告，“你那里怎么样？”

“先不用管我，你躲远点别被抓了！”李奥说。

猴子已经探明了远方的来客是谁，老朋友了，他们向他发出了谷地星自卫队的警示语，让他投降。而仍在逃跑的道竟冲入了云霄，舰船屏幕上只能追到点不连贯的踪迹，猴子不得不放弃救李奥，也驾着

“大戟”向外飞奔，但他仍不死心地联系着桃花号：“坏狗，收到立即回复，收到立即回复！”

坏狗那边没有任何回应，猴子都找不到桃花号的舰船信号了，他们将自己隐匿了吗？

天在变亮。

“时隔多年”，再次遇到谷地星自卫队，他们的外形有所变化，可技术水平并没提高多少，他们根本追不上猴子。当那一群古旧的机械战舰飞到大量子纠缠发射器跟前的时候，猴子早已逃到了他们无法搜索的高处。

猴子利用“大戟”上的设备紧密地观测着恒星的变化，屏幕上显示着它的亮度在成两倍速增长，而且，他懊恼地发现，道已消失在了可观测的范围内。

道绝不是飞得太高，而是飞远了，猴子心里很乱，他对李奥传信：“舰长，看头顶这颗恒星的样子，道应该是成功开启了他那个量子纠缠的计划，银河系……大概在毁灭！”

李奥在甬道中歇过了气来，他竟啰唆地问了一句：“恒星真的在变化？”

“我确定，恒星在变化！”猴子的声音再次传来。

李奥有了一种泰山压顶般的窒息感，“银河系……毁灭”，种种迹象真实地降临，他方领略到了那份无法摆脱的沉重。甚至就在他刚才想要自己研究怎样启动大量子纠缠发射器的时候，也都只像活在理论当中，道与秋官尺向他描绘过的图景，还虚幻得让他感到毫无压力，但此时此刻，他毫无某件事被验证了的透彻感，心底生出了一股悲凉。

“舰长，有四十二架谷地星自卫队的战舰盘旋在你的上空，他们像是要对大量子纠缠发射器做什么。”猴子报告。

他们有办法终止这一切？李奥心想。而猛然间，就像自己的身体通了一道电流，李奥感到整个大量子纠缠发射器又活了，猴子的话紧跟着传了进来：“他们重新接通了电路！”

他们究竟是要干什么？李奥无暇多想了，他要爬回去，他不确定自己想干什么，大概是要终止银河系的灭亡！他是怎么了？

震颤。李奥的身子摇晃了一下，他紧紧抓住了扶手，问猴子：“怎么回事？”

猴子在天上看得清清楚楚，屏幕里显示的景象让他惊愕：“大量子纠缠发射器在……变形！”

“变形？”这是个极为古老的词语，李奥一边理解着它，一边在更为剧烈的摇晃中用脊梁扛住甬道壁，他在往上爬。

“谷地星自卫队唤醒了这个巨型机器人！”猴子解释了一遍。

震荡越来越猛，李奥感觉自己就像是在奔跑中的巨大怪物的胃里，他越发清醒了，心想，事变得更复杂了，恒星既然在变化，那么，也只有两条路，一是让它停，二是赶紧逃，但它能停吗？当初听道说的意思，根本停不了，那么，也就只有一条路了，如果不及时逃出去，他们将与众恒星死于银河系！

“猴子，找到桃花号，想尽一切办法跟坏狗取得联系！”李奥的目标十分明确。

但是，高空中的猴子刚想回答他，警报系统竟惊悚地发出了响声，他从屏幕中看到，自己最熟悉不过的桃花号竟悄然出现在了后面，像个悬浮的幽灵。

二十八

杀神面目

猴子觉得脊背一凉。李奥的指示深印在他脑子里，他的右手刚想按下链接母舰的按钮，意识却否决了这个主意，指头一歪，选择了逃离，“大戟”全速飞了出去。

桃花号并未去追，而是下降了一点，在它的舰舱中，屏幕上只显示着一种东西——大量子纠缠发射器。

这个巨型机器正在山崩般变化，它像头一直趴在地上的机械猛兽，如今在站起来。它背上的棱角在扩成巨翅，关节处的活塞拉长，长梁立起，四臂破铁而生。下方的地面裂出了数道鸿沟，泥石俱开，整个过程于缓慢中带着杀气。渐渐地，一个像来自史前的巨大机械怪物成了型，它威武雄壮地挺在白色旷野中，仰头向天，猖狂不已，而将它唤醒的那几十艘谷地星自卫队战舰则围绕在它鼻翼两侧，像群苍蝇。

相形之下，桃花号充其量也就算是一只蝴蝶。

但桃花号丝毫没有惧色，从外到里，都冷静得非同寻常。

舰舱中已易主。

道就坐在操控台前，他逃了回来。或者说，他只是按照原定计划飞了回来。他两只手已变了样子，像插座一样贴合在操控台上，全身一动不动，身体里的程序却与桃花号在进行着急速对接，他已与它融为了一体。

秋官尺则在首席之侧，拿着一把光能枪，冷漠地对着那些“战俘”——坏狗重伤在地，他的肺叶被打穿了，正陷入昏迷，谭雅、老人、孩子则被勒令扶在门侧，掌心贴着墙壁。他们大概什么都想过了，唯独没想到道是机器人。

当秋官尺默默地掏出光能枪偷袭了坏狗的时候，谭雅还没有多么吃惊，她早就料到这个有着诸多不堪经历的同伴没安好心，只是形势一直很复杂，她没在李奥面前点出来罢了。但当道像电光般飞进桃花号，她还是觉得自己幼稚了，人形人工智能，这古老的怪种、能让人类一切消失殆尽的邪物，竟在这天高皇帝远的地方延续了下来。

“秋官尺，你控制住他们两个就是了。”谭雅看了眼老人和孩子，“不至于连我也信不过。”

秋官尺笑了一声：“我最信不过的恰恰是你。”

情理之中，谭雅不跟他分辩。

秋官尺说：“当年，你跟李奥驾着‘花蕊’逃走，我听人说，是你决定不带我的？”

“座位不够，我有什么办法？”谭雅说。

秋官尺冷笑了一声，竟走上前，拍了一下谭雅的翘臀。

谭雅脸上羞红。

老人和孩子都没料到秋官尺竟做了这么个动作，孩子转过了头。

秋官尺没再说什么，他退了回去，用眼角的余光瞥着道：“怎么样了？”

道的音调有所变化，增加了股电感：“就等那怪物出手了。”

屏幕上，大量子纠缠发射器变成的巨型机械怪张开了双臂，上半身裂出数条钢筋，胸前那块约略可见旧貌的巨型雷达就像挨了一记碎心掌，化成无数正六边形小块，底座支起来，对向了深空。

道露出了笑容：“它要开始了，咱们上太空。”

说话间，桃花号蹿入云霄，而后用了不到三秒钟便摆脱了谷地星的引力，跃进了太空之中。

桃花号从来没有这么快过，道恨不能拍掌大笑：“古时候有句话，‘人中吕布，马中赤兔’，这么好的舰船，让那群废物驾着真是可惜了，它天生就该是我的。”

他说完之后，屏幕上不再显示机械怪的图像，而是换成了银河全景。道将其回缩，锁定在了谷地星域的唯一一颗恒星上，它与方才全景图中其余的恒星很不一样，亮度异常。

谭雅等人则也回头看去，到现在，他们完全不明白这两个家伙到底在干什么。

谭雅问秋官尺：“你们要去哪儿？”

秋官尺没说话。

道说：“你怎么还不把他们杀了？”

“因为我觉得他们全部有用。”秋官尺扫了谭雅等人一眼，又很有深意地看了看老人，“我也挺想知道，宇宙的真相到底是什么。”

“贪念令人类灭亡。”道冷冰冰地说了一句。他不再管秋官尺，只盯着屏幕来回切换图像，从银河全景到最近的那颗恒星，再到谷地大陆上的巨型机械怪。

“毫无逻辑的屁话。”秋官尺不太服气，回了一嘴，“你们这些机器人比人类贪多了，我最早可没想成为宇宙之王。”

“宇宙之王？”谭雅问。

“哦，那是吹牛逼罢了。”秋官尺说，“但他最早跟我谈合作的时候，确实是想统治宇宙来着。”

屏幕上的图像再次切换到了银河全景，此时恒星上单独显示的异常数值特别突兀，谭雅忽然明白了什么，她问秋官尺：“刚才，李奥和道根本没启动大量子纠缠发射器？”

秋官尺本不想理她：“把头转过去，不关你的事。”

谭雅却不听他的，继续问：“实际上，银河系还没开始灭亡？”

“是没开始，但马上就要开始了。”秋官尺并不是特别介意谭雅的不听话，他又对道说，“记得照我说的做。”

屏幕图像切换到了巨型机械怪，它已全无了大量子纠缠发射器的模样，它像一艘张开了所有风帆的古船，无数个元素符号及方程式开在了它蜂巢般的前胸，那是舰船屏幕的自动分析系统在运作，机械怪于这乱象之中发出耀眼的光辉，巨响也随即传来，它在嘶吼天地，一时间旷野中风云变色！

“发射了。”道喜不自禁地喊了一句。

屏幕切换到了太空俯瞰模式，只见谷地星中一道强光冲天而起，射入太空之后立即消散，随后无数方程式指数爆炸般骤然增多，漫空开花，但颜色越来越淡，正在此时，道在操控台上打了一连串的复杂字符，那些方程式重新亮了，集体一闪，遁于无形。

屏幕切换到了银河全景图。

秋官尺忍不住回了一下头，全景图里，整个银河微妙地闪烁了一下，几乎看不清楚。

道露出了开怀的笑容，他的头扭到了一百八十度，看着秋官尺：“成了。”

秋官尺也回之以弹冠相庆的表情，他像个指挥官一样发令：“下面，开启桃花号的超弦模式，正式迎接银河四千亿颗恒星爆炸与时空扭曲！”

银河系又亮了一下，这回已十分明显，谁都看得到。

“到底发生了什么？”谭雅问。

秋官尺看着屏幕中越来越异样的银河图景，终于肯对谭雅说了：“显而易见，我们算是真正地炸了银河。”

谭雅看看老人，老人也并无了然之色。

“你猜对了。”秋官尺对她笑，“刚才，道和李奥并没有开启量子纠缠计划，实际上，他们去大量子纠缠发射器里，只有两个作用。”

秋官尺故意说一句停一段，享受着谭雅的焦灼目光。

谭雅意识到了这一点，她有意满足秋官尺的卑劣心思，接着问：“什么作用？”

“第一，制造一个量子纠缠计划已经开启的假象，诱导真正有能力将其引发的谷地星自卫队来将它启动。第二，则是顺手杀了李奥，掌控桃花号。”秋官尺颇为得意地说，他又歪头问了问在盯着屏幕的道，“一时半会儿应该不着急逃离银河系吧？给我点时间，看看能不能用坦诚唤回这个蛇蝎女人对我的一点良知。”

道没理他。

秋官尺笑了笑，对谭雅说：“那我就从头给你讲起。我告诉你，最早，李奥和道进入大量子纠缠发射器，道骗了李奥和猴子之后，启动了某个东西，根本不是能笼罩全银河系的量子纠缠，而仅仅是启动了离谷地星最近的恒星的量子纠缠，使这颗照在我们头顶的恒星开始了高速演化而已。而之所以这么做，想必你也猜得到，因为，这个大量子纠缠发射器是个星球级的项目，靠一两个人耍耍雕虫小技，根本不可能启动，谷地星虽然落后，也不至于落后到这个程度，要真正启动大量子纠缠发射器，让它唤醒全银河的粒子，说白了，它要有‘星球密钥’。”

谭雅、老人和孩子都听得很认真。

“当我们惊动了这个怪物之后，立即就引来了谷地星自卫队，并且，他们从自己头顶这颗恒星的亮度也完全判断得出来我们做了什么。可惜，他们在观测系统不够发达的情况下，永远只能往坏处想，他们误以为，我们真的用什么更高阶的科技，去启动了全银河系的量子纠缠计划，他们慌了。对于他们来说，这个计划最终将毁灭他们，因此，他们要阻止它，他们紧急开启了量子回收系统，也就是方才机械怪那一系列变形，还有最后那一道强光。但是，殊不知，我和道等的就是这一刻。本质上，量子回收与量子启动在最初用的是同样的能量与运作方式，只不过那股能量进入太空之后，发散方式会使结果不同。所以我们一刻也没耽搁，立即开着桃花号上了太空，稳稳当当地接住了那股能量，道方才进行的那一系列操作，正是我在当桃花号‘实习驾驶员’的时候发现并研究出来的，桃花号本身作为一艘科技含量极高的战舰，完全具备干涉能量发散方式的能力，而最后也如你所见，我们的确成功干涉了那股能量，使大量子纠缠发射器运作的结果由量子回收变为了量子启动，最后，银河系亮了。”

秋官尺说完最后一句话，脸上得意的神情比屏幕中的银河系全景图都亮。

这一通硬理论在老人和孩子听来，像天书，但谭雅都听得懂。不过，重要的不是理论，而是他们全部明白了，秋官尺和道究竟设下了一个什么样的圈套。李奥、猴子、他们所有人，在这个圈套里，最初看似是主角，但实际上只是小角色，是一个顺手越过的小门槛，秋官尺和道真正要套住的，是谷地星自卫队，或者说准确点，是谷地星政府。

谭雅还有一件事不太明白，她问秋官尺："谷地星自卫队也知道这个量子纠缠计划？"

"那你以为他们是傻子？他们建这个东西干什么，凑巧给盖出来了却不知道怎么用？你也真是天真得让我蒙羞。"秋官尺嘲笑谭雅，"无论银河系被谁统治，各个星球的政府始终都有着自己的小算盘，我想，谷地星政府最早建造这个大量子纠缠发射器，一方面是运气好，碰巧弄出了这么个高科技玩意儿。另一方面，他们也不敢轻举妄动，或者说，他们是'匹夫怀璧'，根本驾驭不了这个东西，不敢用。但又知道它有很大的用处，因此也就暂时对它进行了半荒废式处理，否则，你以为他们为什么把它藏在这种荒无人烟的地方？"

全明白了，道先前对李奥说的那些话，一半真，一半假，他可真会编故事。

"从被丢给谷地星自卫队的那一刻，我就在期待再度与你相见。"秋官尺像是出了口大恶气，他还特地看了道一眼，"只是，我没料到，上天竟还送了我这么一份大礼。"

指挥舱内安静了。

道还在来回切换着屏幕，观察着银河系的恒星变化。

而没多久，一直趴在地上的坏狗发出了痛苦的喘息声，他苏醒了一点，隐约听进去了方才的对话，声音极为虚弱地问了一句："王八……你和道……是什么时候勾结在一起的？"

二十九

妖孽之舞

银河系在散发一种味道，这种味道幽幽而起，透着不祥。

如果银河本身是个生命，连它自己都不知道身体里发生了什么。它只感到自己体内好像出现了一些状况，就像病魔来袭。它感到兴奋，又觉得虚弱，它时而阳气暴涨，又觉阴气绵绵，它不知这病从何起，更不知病将如何。

但它的每一个细胞都知道。透视进它体内，微观到它的基本构成单位——千亿颗恒星，它们全部在变化。它们种类繁多，变化方式也不尽相同，有淡蓝色，有蓝白色，有黄色、橙色、金色，还有金白色和红色，它们也可分为白矮星、主序星、巨星、超巨星……它们样貌各异，温度不一，位置和动态更是乱得说不清楚，可它们此时此刻都在发生着同一件事——演化。

除了悬于宇宙、亮了几十上百亿年之久，它们从未有过第二个如此一致的共同点。这是历史性时刻，它们正全部越来越躁动，发出的光由柔和变为刺眼，它们的璀璨，有些令人不安了。而这仍然只是远观，如果将视线再度拉近，进入到这些恒星的体内，谁都会发现，外表的渐变，竟是无数区域沧海桑田的结果。实际上，那种变化极为剧烈，那里正火海破碎，一片狼藉，所有的黑子莫名其妙地爆发了，喷流与对流紊乱，射线缭乱得几乎违背了宇宙规律，那里万物漫然，光热滔天。

这直接影响到了行星上的人，他们才是银河系的主人，他们是银河系存在的意义，他们的数量，远比银河系的恒星要庞大得多。凡是受到恒星引力影响的地方，无不瞩目这种变化。他们并不比银河系本身聪明多少，除了能探测到自己星域的恒星异常，别的一无所知。银河系内几万亿个星球政府都在焦急地研究这是发生了什么，引力异常，电磁波异常，甚至空气密度都发生了异常，自然法则发生大乱，连真理都露出了破绽……

谁也想不到，这磅礴的一切，皆源于那点小得无法描述的粒子。

而始作俑者正准备离开。

桃花号以一种虚离的形态浮在谷地星域，指挥舱内，秋官尺没有回答坏狗的问话，他对道说："是时候找个更隐蔽的地方了。"

道却说："他们迟早会来的。"

"他们……"坏狗孱弱地问。

"沉舰。"谭雅回答了他。

太久不曾见过沉舰了，坏狗已把他们放在了第一反应之外。但对于谭雅和老人来说，沉舰一直都在他们的心头。

"你们还有秘密。"谭雅看着秋官尺说。

秋官尺不回答他。

"你不必心怀期盼了。"道又转过了他那能扭一百八十度的头，"纵使沉舰，也已无力改变什么，我们所不敢确定的只不过是他们会不会置银河毁灭于不顾，来抓我们。”

“我觉得概率不大。”谭雅说，“相比于银河系毁灭，抓一个人，不算什么了。”

秋官尺却摇了摇头，他看着老人：“未必。这完全取决于他到底是谁、他有什么用。”

老人和孩子往一起靠了靠。

秋官尺把枪口对向了老人：“你是不是不想说？”

老人回答他：“登上这艘战舰的时候，我就说过，不到暗星，绝对不会说出来，李奥答应过我，这是我的船票。”

“哪怕这艘船已经被海盗打劫了，是吧？”秋官尺冷笑一声，手指一抖，一道电光射到了老人的腿上。

老人苦哼着倒了地，孩子见状惊恐地搂住了他的胳膊。

“你到不了暗星的。”秋官尺说，他又给了老人一枪，击在同一条腿上。

老人痛得浑身打战，叫声大了。

“你等等。”谭雅阻止秋官尺，“看这样子，他是不会跟你讲的，你打死他也没用，再说，他不过是要到暗星，你何不先满足他？”

“谁知道他肚子里憋着什么坏水，真到了暗星，怕是迟了。”秋官尺枪口一歪，对准了孩子的头，“我再给你一次机会。”

孩子盯着光能枪口，没有表情，像被吓呆了。

老人却并没有表现出应有的急躁，就仿佛秋官尺指的是一面墙。

秋官尺阴狠地笑了一下，刚要动作，道却说了话：“谷地星自卫队先上来了。”

屏幕切换了画面，只见谷地星的云层中，那几十艘谷地星自卫队的战舰正向太空飞驰而来，明显是锁定了桃花号。

道再次娴熟地切换屏幕，看了看地面上的机械怪，它没跟上来，显然，它没有飞行的功能。

“李奥还在里面吧？”秋官尺看着机械怪问。

“在，不过没什么用。”道说，“他将与银河一起死掉。”

趴在地上的坏狗听到这句话，怒火中烧，却无力喊出什么。

屏幕切换回了谷地星自卫队的画面，他们已越来越近，指挥舱里响起了他们传来的广播：“桃花号战舰，我们以‘沉舰’之名，勒令你们放弃反抗，立即停止量子纠缠行动。”

道笑得开怀，他直接拿起通信器大咧咧地回应：“认贼作父的小杂种们，看看新主子还有空管你们吗？有种就上来比画比画！”

他话音刚落，几十枚太空巡航导弹放出，裹着重钢甲带着腾腾杀气，凶猛地射了过来。

桃花号却一动都没动，正面迎上，只见那些导弹接近后，竟似什么都没碰到，直接穿了过去，飞向远处！

谭雅看着大屏幕，惊奇地问：“这是怎么回事？”

道和秋官尺都不回答。

坏狗趴在地上气息奄奄地告诉她：“超弦战舰……能以最小的物质构成单位存在，超弦模式……相当于……溶解在了空间中。”

谭雅立即懂了，她示意坏狗不必再说话，并问秋官尺：“你们能不能帮他治疗一下？”

“治疗？”秋官尺觉得十分可笑，反问她，“那我当初打他干什么？”

“看看。”道说，“他们要放大招了。”

舰舱屏幕上显示，谷地星自卫队的四十多艘战舰开始重排阵形，他们将桃花号围了起来，纷纷撑开了腮帮子——伞状电子吸盘。

这个场景，除了道之外，指挥舱内的所有人都相当熟悉，秋官尺轻蔑地说："几十年了，一点进步都没有。"

"超弦模式能逃脱他们的引力场？"谭雅问。

"逃脱不了，但我们有新招儿。"秋官尺看了看地上的坏狗，又对道说，"准备去牵那头机械怪。"

道没有回话，屏幕显示，谷地星自卫队的引力场已经建起，桃花号正被缚住，但由于它们自带的引力不够强，桃花号尚有移动的余地。

道在操控台操动，桃花号以平常的一半速度向外飞，谭雅从大屏幕上看到，这是要重新回到谷地星的大陆。

谷地星自卫队紧紧跟上，桃花号就像拖了个降落伞，略有些吃力。而在进入谷地星大气层后，道说了句"准备了！"输入了一连串指令，桃花号射出一大片刺啦作响的光网，坏狗吃力地看了眼屏幕，他轻易就认出来了，那是丁肇中正电子高能网！他痛呼："你们这是……作死！"

秋官尺和道却毫不理会他。

谷地星自卫队太期盼这东西了，他们就是在等它，丁肇中电子高能网释放后，立即被那些伞状电子吸盘扯开，引力场强度骤然增大。谷地星自卫队所有战舰全速启动，企图趁势追上桃花号将其围拢住，却不料桃花号这回先行了一步，再度充能，使出全力往下降，就像是一头死命挣脱着缰绳的公牛！

指挥舱内，道转头得意地对着坏狗说："让你们看看高手是怎么驾舰的！"

桃花号奔向了大地，速度越来越慢，谷地星自卫队一直都紧紧地跟在后面，但是，现在来看，好像并不是谷地星自卫队在用网子兜它，而是它在把谷地星自卫队拖下水！谷地星自卫队内部已经感到了一点不妙，却不肯放过机会收起伞状吸盘，况且，桃花号奔向之处是他们的地盘，没什么好怕的，且看看它要干什么。

桃花号舰内屏幕切换，巨型机械怪映入众人眼中，它们离得越来越近。桃花号拖着一条沉重的“尾巴”，速度成倍地减小，就在即将化为零被谷地星自卫队追上之时，道又输入了一串指令，桃花号放出了一道半径极长的紫色光柱，坏狗从屏幕上清晰地辨认了出来，那是“失重射线”。

“你们在干什么？”谭雅问。

没人回答她，道继续着自己的操作。那道失重射线精准地射向了地面的巨型机械怪，它所及之处，所有的物体都飘了起来，那机械怪被罩进其半径范围内后，竟也似进入了太空，晃晃悠悠地离地而起，轻得像根风中的鹅毛！

谭雅、老人、孩子都看愣了，坏狗叹了口气，他明白了道要干什么。

道笑了笑，就在所有人都看着这虚幻的画面陷入思考中时，他猛地拉了一把操控器，桃花号舰体“呼”地一歪，那道粗重的失重射线如铁索挥向了天空，被其笼罩在当中的巨型机械怪身子急转飞起，就像被投石器狠狠地甩了出去，顷刻间掠过山巅，进入了谷地星自卫队的引力场中！

数秒之中，情势遭遇了突变！桃花号偷梁换柱地摆脱了引力场的控制，谷地星自卫队对这种变故猝不及防，紧急决定，收起伞状电子吸盘！但桃花号再次启动，如一只灵巧的黄雀，仅用了几微秒就斜飞至谷地星自卫队右翼，连放了数十张丁肇中正电子高能网，将谷地星自卫队连同巨型机械怪全部罩在了其中，强大到超出公平战斗界限的能量网，让谷地星自卫队束手无策，再也没法控制伞状电子吸盘，只能任由其疯狂地吸收能量并增强引力场，他们就像一团被狂风卷起的蚕茧，无依无靠又愁肠百结地荡在空中。

坏狗讶异不已，谭雅等人也都惊叹于道的这种操作。

以彼之道，还之彼身!

桃花号从未有过这样的想象力，坏狗觉得，恐怕连猴子也未必能做出来。他捂着自己正往外溢血的胸膛，突突的心跳令肺越来越痛了。

做完了这一切的道并没显得多么得意，他只是回了回头，对秋官尺说："龙战于野，其血玄黄，犬咬于市，鸡飞粪扬。剩下的，就让他们自己玩去吧。"

三十

腹中挣扎

李奥在挣扎。

他已经撕开衣服勒住了自己的膀子，可血还在流，他觉得，这么下去，自己的意识要出问题。

他好半天没跟猴子联系了，他几乎是一寸一寸地沿着竖井往上爬，当再次回到控制大厅，已累得浑身松软。

大量子纠缠发射器到底发生了什么，他不太清楚，只知道它在来回晃荡，像遭遇了地震，并且，就在刚才还发生了一次强烈的翻滚，他差点没抓稳把手跌回去。

他抬起头，眼前的屏幕里，依然只有银河系全景图。上面清楚地显示着，银河系在变化。之前他刚进来的时候，这图景还是宝蓝色的，可现在，那些恒星已越来越亮，控制大厅被映得发白了。

银河系的众多恒星在演化，甚至连“众多”二字都太拘谨，不足以形容这个规模。李奥依稀能辨认出一些星座，猎户、白船、奥本海默、归零、玉夫……全部与以往不同了，像是有股力量在撕扯它们，也像是自身的内力令它们收缩，它们的形态像交替的变幻线，又像忽冷忽热的气体，它们有的已经多了几个超新星，有的则出现了黑洞。李奥知道，银河系在走向灭亡，他无法想象那些有文明物种生存的行星是怎样了，他心头竟有些慌乱，带着忧伤。

“舰长！你还好吗？”猴子的声音传了进来。

李奥立即就回过了神，按了按耳边：“猴子，现在是怎么了，你在哪儿？”

“舰长，道和秋官尺劫持了桃花号，你所在的大量子纠缠发射器变形成了机械怪，现在在空中。”

“在空中？”

“没错，谷地星自卫队又造了个引力场，跟当年困住桃花号一样，你现在就在里面。”猴子向他解释道，“道使了个奸计，让谷地星自卫队作茧自缚了，现在，丁肇中正电子高能网已经把谷地星自卫队和你所在的机械怪都罩进了引力场。道是个人工智能，目前已经与桃花号全程序对接，融为一体了！”

“你现在在哪儿？”李奥斟酌着猴子的话，他捂着锁骨强撑着站了起来，“你看看，我现在有没有办法出去？”

“我躲在深空，他们暂时发现不了我。”猴子说，“但你现在很危险，引力场只会越来越强，道他们分明就是要将谷地星自卫队和你一起困死在引力场中！”

李奥很明白现在的情况了，他思考片刻，说：“猴子，咱们得自救。”

“舰长，我明白。”

李奥盯着控制大厅的屏幕看了片刻，又说：“看样子，银河系的恒星已经开始全线演化了，用不了多久，时空就会无限扭曲，逃不出去是必死无疑。”

猴子停顿了一会儿：“但是，有办法吗？我们现在根本撼动不了他们。”

李奥也不回话了，他蹙着眉头，只剩了因受伤引发的粗重喘息。

“我开着‘大戟’全速撞过去，跟他们同归于尽。”

“等等，不要鲁莽。我想到了一个主意，但不知道能不能成。”李奥问猴子，“你还记得那个老头说，量子战团当初是怎么把盘古星的黑洞化解了的吗？”

猴子琢磨了一下：“霍金蒸发？”

“没错。”

“这……跟咱们有什么关系？”

“黑洞，本质上也是一个引力场，只不过大一些罢了。”

“它算是引力场的终极形态。”猴子想了想又改口，“可能我这么说不太准确。”

“差不多。”李奥说，“那么，试想霍金蒸发既然能让黑洞湮灭，那我们有没有可能，用同样的方式，消解掉引力场？”

猴子在琢磨李奥的话。

李奥又说：“我记得你侦测过，量子战团当时是释放了一种‘粒子镜像线’，那老头说，这是在黑洞外弄了许多粒子对，一个被吸进了黑洞，另一个则逃逸……好像最后是因为逃逸的粒子带走了能量，把黑洞质量降低了？”

“嗯，好像是叫什么海洋城堡的理论？”猴子说，“但咱们也没有那种粒子镜像线啊。”

李奥说：“既然那是量子力学领域的东西，我想这个大量子纠缠发射器，或许会有一点作用。”

猴子一听，恨不能隔空拍打自己的脑门："是这么回事！我怎么没想到，咱们这不是骑驴找驴吗？"

李奥很沉稳："也别急着高兴，对于量子力学，咱们两个都形同幼儿，即便有把利剑在手，也未必能真正用得上。"

"要是那个女人站在咱们一头就好了。"猴子说。

李奥也想到了谭雅，但显然并无意义，他说："你启动'大戟'的智能分析系统，远程扫描这个大量子纠缠发射器，看看有没有什么咱们能弄明白的功能。"

猴子听命，隔了好半天，他惊喜地回复："舰长，我把舰船记忆联网了，智能分析系统显示，机械怪……哦，是大量子纠缠发射器里，好像有一种类似'粒子镜像线'的装置，叫什么'粒子分离器'？"

李奥理解了一下这五个字，觉得在理论上有相似性，又对猴子说："扫描大量子纠缠发射器的记忆，看看之前道是怎么启动量子纠缠计划的。"

猴子照做，悬于深空的"大戟"再次扫描相隔一万多千米的机械怪。很快，猴子面前的屏幕上显示出了它最近一次的人工操作痕迹图。

"舰长，有了。"

李奥吃力地扶在操控台前："你告诉我怎么操作。"

猴子听命，他调整了一下音调，十分谨慎地将指令输入程式发给了李奥，李奥照着他说的一板一眼地在操控台上操作。少顷，猴子说了句确认，李奥按下了启动键。

谷地星的低空中，谷地星自卫队与机械怪共同组成的引力场仿佛震动了一下，用肉眼看不出什么来。但是，猴子从"大戟"的显示屏中看到，它已经发生了一种相当明显的变化——许多元素符号和方程式显现了出来。

“舰长，你好像放出了一些粒子！”猴子说。

李奥很冷静：“锁定它们，立即告诉我怎样启动粒子分离器。”

猴子再次向李奥传输指令，李奥照做。很快，在机械怪的脖颈处探出了几个锥状管，造型老旧得像是古代打酱油的漏斗，猴子发现，它们很快发挥了作用，刚才发射出来的粒子对正在被强行分离！

“舰长，有效果了！”猴子欣喜地说，并及时开始了引力强度观测，他对李奥汇报，“引力场的强度在以最小单位降低！”

李奥脸上的表情终于变得轻松了一点，他喘了口粗气，重新输入指令，再次启动量子纠缠程序，向外发射粒子对。

几分钟之后，猴子已十分兴奋，他看得明明白白，引力场的强度减小得越来越快，照这么下去，它会像之前的黑洞一样消散于无形，他们正在摆脱死亡！

但接下来呢？猴子很清楚，没有桃花号，最终他们还是无法逃出银河系，恐怕李奥在不在引力场当中，并无分别。

“怎么样了？”李奥问猴子。

“系统估算，最多再过二十分钟，引力场会完全消解。”猴子说。

李奥很满意，他喘息着对猴子说：“下面，该提前进行下一步了。”

“什么？”

“夺回桃花号。”

猴子心头一抖：“靠大量子纠缠发射器？”

李奥说：“靠你。”

“我该怎么做？”猴子并无信心。

“你能控制它。”李奥说。

“谁？”

“道和桃花号。”李奥又说，“你别忘了，道是个机器人。”

猴子还是不太明白。

李奥停了停，继续说：“古书上记载过，在机器人诞生之前，人类曾经建立过一个信息时代，在信息时代里，生产力发展迅猛，它与机器人世界的建立——也就是人工智能时代，是有着紧密联系的。”

“信息时代？”猴子在思索李奥的话，“你是说那个骗子时代？所有人都是骗子，明星、商人、总统、作家、网红，全部口是心非，招摇撞骗的大骗子时代？”

“没错，一个黄钟毁弃，瓦釜雷鸣的时代。”李奥接着说，“而有一种东西，自信息时代到来之后不久，就出现了，而后就再也不曾消失，它直接贯穿了之后的两个时代，它曾是它们的恶魔，并且，你应该记得，机器人时代就是因为那种东西而走向的灭亡！”

“你是说——病毒？！”

“你能操控道。”

三十一

漏洞

道在准备撤离。

他已感受到了漫天的皱纹。

恒星在极速演化，它的引力已经发生了变化。谷地星的一切都不正常了，文明濒临崩溃的边缘，此地荒凉，虽看不到星球居民们的反应，可用脚后跟都想得出来，天下已大乱。

而实际情况也正是如此，谷地星各个大陆都在暴动，清一色的洁白建筑上已站满了人，他们迎风狂呼，跌足顿首，似要以这微弱的力量抚平时空的扭曲，却无济于事。政府并没有通告全球现在发生了什么，可谁都感受得出来，因为空气的燥热是隐瞒不住的，而抬头看天——那片几能刺瞎人眼的天，就算没有常识的人也能猜到，恒星在爆炸。

绝望在揉捏着整颗星球，也快揉碎了银河。

被包裹在引力场中的谷地星自卫队早就无人关注了，政府和军队都已瘫痪，他们只能自生自灭。可他们注意到，引力场的强度似乎在减小。一开始，他们以为是高压下产生的幻觉，但那些舰船侦测官经过了十几分钟的认真观察之后，确认无疑，只是在减小。所有舰船都不知道是怎么回事，它们随着引力不停晃动，似在摇头四顾，却云里雾里。

道也发现了异常，他把桃花号的屏幕锁定在了引力场上。

秋官尺见他迟迟不驶向高空，问："你在干什么？"

"不太对劲。"道说。

谭雅等人也注意到了变化，屏幕上，压力数值在降低。

道启动了一套侦测程序，等待良久，终于，屏幕上清晰地显示出了引力场中所发生的变化。机械怪脖颈上的锥状管像是在吹泡泡，那是些粒子。粒子出来之后，迅速被分离，逃逸出引力场的粒子带走了能量。

"这是……粒子对分离？"道看明白了。

秋官尺也盯着屏幕说："看来，有人在控制大量子纠缠发射器。"

"李奥没死。"道说。

他话音未落，老迈无力的坏狗好似被打了一针兴奋剂，边咳着血边笑了。

谭雅大概明白了李奥在做什么，她看向了老人，老人的目光中，透着赞赏。

道也回过头："那厮真的聪明。"

但他和秋官尺都不知道李奥为何能如此聪明，尤其是秋官尺，在道给他简单地讲了一下李奥所用的理论之后，他根本不能理解一个完全不懂量子力学的人是怎么想出这种办法的。

"但是，量子力学不属于人类，那是神的技能。"道对指挥舱里的所有人说，"我让你们看看，他是怎样作法自毙的。"

老人目光一凛，道的话让他意识到了什么，他禁不住问："你是要用……”

“闭上嘴，老东西。”道怕他泄露天机，粗鲁地将其打断。

“你最好快点，银河系看起来可没多少时间了。”秋官尺催促他。

道回过了头，专心看着操控台，他凝视片刻，极快地输入了一串指令，随后，再次抬起头，露出了生硬的笑颜。

所有人都盯着屏幕，上面显示着引力场。

暂无变化，压力数值在有条不紊地下降。

道再次低下了头，输入一串指令，又抬起了头。

屏幕仍然没有变化，除了数值下降。

道再次低下了头，他的动作很机械。

他又抬起了头。

“你在干什么？”秋官尺问他。

道慢慢地回过头：“我在……我在做事。”

没人听得懂。

道的眼中电流激荡。

“事将勿去，去从如令，令向合当启……”

道说着些咒语般的话，似是得了失心疯，他的声音越来越大，身子却端坐如钟，这怪异的举动令所有人感到不安，他高声吼叫了一句：“明开流路！”

大屏幕一闪，一个人影取代了先前的图像。

猴子。

所有人陡然一惊。

但一惊之后，悲喜各异，趴在地上的坏狗率先叫出了猴子的名字，谭雅、老人和孩子情愫难辨，秋官尺则瞪圆了眼。

屏幕回缩，露出了“大戟”原貌，它在深空之中，正向下俯冲，短短一瞬，盘旋在桃花号的上方。这两艘舰船外形一小一大，小的分明有种王者的气质。

猴子按了按耳边的通信器："舰长，搞定了。"

他的声音也同时传进了桃花号的指挥舱。

随后，李奥的回答也传了进来："嗯。"

仅仅是一个字，却令所有人为之一振，坏狗咧开了嘴，秋官尺却肝胆一寒。

"你们在干什么？道，你是怎么了？"秋官尺用光能枪指着屏幕急叫。

道不回答他，呆若木鸡。

屏幕再次切换回了猴子的脸，他不紧不慢地说："别瞎着急，他中病毒了。"

"病毒？"秋官尺对这个词虽算不上陌生，可也许久未接触了。

猴子眼珠歪了一下，很快又正了，似能看到秋官尺一样，凝视他良久。就在秋官尺感到惶惶然的时候，猴子忽地喊了一声："缴枪不杀！"

就像敲响了破锣，震慑中带着顽皮，这击穿了秋官尺颤抖的心，他怒吼着说："你死到临头了还……"

"别动。"一个轻柔的声音绕到了他脖子后面，是谭雅。她锁住了他的喉咙，就像当初锁洛克一样，"你才是死到临头了。"

情势大变。

秋官尺手里的枪瞬间被谭雅卸了下来，连老人都瘸着腿爬过来将枪丢开，孩子则直接把它捡起来扔向了更远的地方。

"首席座位底下有光束绳，你们最好先把这两个叛徒绑起来。"猴子通过大屏幕说。

老人和孩子立即行动，按猴子所说的打开了首席座位下的暗格，果然有些应急品，他们打开光束绳，将秋官尺捆起后，又去操控台前把身体已僵直的道五花大绑，鉴于他人工智能的身份，谭雅还特地给予了一点特殊照顾，把他的头扭了下来。

道的内部竟也会喷血，且从中看去，五脏俱全，跟人类没什么差别。

“你现在能控制桃花号？”谭雅问猴子。

“不能，我只是通过子母舰链接为道输入了程序病毒，现在，我要暂时切断通信，驾着‘大戟’归舰，你们且先不要乱动。”猴子说。

谭雅点头，猴子的身影在大屏幕上消失了，图像切换回了引力场。引力场中的数值已减得相当小了，谷地星自卫队和机械怪正在慢慢地向地面跌落。

“谭雅，你要是现在驾着桃花号进太空，这艘舰船将永远是咱们的！”秋官尺说。

谭雅回头看了他一眼，并没说话。

老人和孩子则都看着谭雅，不知她将作何选择。

坏狗已被扶起靠在了墙边，他见此情状，喘息着对谭雅说：“不要受他怂恿，那对你没好处。”

“我们原本就是一伙儿的，谈不上怂恿。”秋官尺倒是临危不乱，他冲坏狗轻蔑地笑了笑，又对谭雅说，“你可想好了，机会稍纵即逝，咱们最初可就是为了劫持这艘战舰才上来的！”

原来如此，坏狗用他不再有精神的双眼恶狠狠地瞪着秋官尺：“你们要干什么？！”

秋官尺说：“告诉你，我们……”

“都闭上嘴！”谭雅打断了他们，她走向了操控台。

老人和孩子都很木讷地看着她，坏狗则急不可耐地想要起身，却无能为力。

舰外，猴子驾驶的“大戟”正向着桃花号底座靠拢。

但是，猴子刚要打开子舰接轨板，他的身子猛震了一下，“大戟”受到攻击，警报四起！

猴子一定神，屏幕自动锁定了引力场。只见一艘谷地星自卫队战舰已经脱离了引力场束缚，它正掉转舰体，冲着桃花号的方向发起攻击！

“舰长，引力场消解了！”猴子立即向李奥汇报，并收起子舰接轨板，迅速地飞了出去。

那艘谷地战舰紧紧跟上。

他们的科技水平虽然有差距，可猴子不敢懈怠，他知道，不用多久，所有的谷地战舰都将起死回生。

“谭雅，趁现在你先把那些谷地战舰干掉，待会儿就麻烦了！”猴子重新接通了桃花号。

可谭雅没有回话。

李奥也不出动静。

猴子无奈之下只得继续奔逃，但这一回飞得很吃力，时空在扭曲，他的位置总是在不由自主地变换，有时向前飞一百公里，忽地滑向了左方，有时则出现在了后面，那艘谷地战舰也是如此，位置变幻无常，根本无法实现有效追击，两者的关系显得十分混乱。

引力场完全消失了。

机械怪向着地面快速坠落，余下的四十多艘谷地战舰如惊弓之鸟，全部振翅而起，它们的目标是桃花号。

桃花号却无动于衷。

猴子边甩脱着一名追击者边观察后面的形势，他忽然明白桃花号为何不动了，谭雅根本不会驾驶舰船！他急忙再次接通桃花号：“谭雅，坐到驾驶席，我告诉你怎么控制！”

却仍然没有一点回应。

李奥的声音传来：“猴子，重新扫描大量子纠缠发射器，看看怎样能对谷地战舰发起攻击！”

猴子只能先撇下桃花号，再次扫描机械怪，没过多久，他对李奥说：“舰长，它浑身上下只有些防御性光炮能用了，我指挥，你操作。”

李奥忍着疼痛坐在了战斗操控台前，猴子打通了连接程序，“大戟”取代了银河系全景，出现在了李奥面前的屏幕上，随后，猴子又将其切换成了谷地星自卫队。

李奥全神贯注地接收着猴子的指令，一丝不苟地进行操作，很快，机械怪所剩不多的光炮口对向了正在离它远去的谷地星自卫队，猴子说了一声“攻击”，李奥按下了发射键。

几十道光柱射向了谷地星自卫队，趁着它们没有提防，击中了十几艘战舰的尾翼，五艘瞬间寥落，其余的则冒起了黑烟，这暴露了他们设备的老旧。

受后坐力影响，机械怪加快了下坠速度，数秒之后，轰然跌落在地，扬起滚滚尘沙。

谷地星自卫队于冲锋途中紧急勒马，掉头对向机械怪，他们绝没想到会遭到这样的偷袭，尤其还是被自家机械给打了，皆燃起了面对叛徒般的怒火，重新排列阵形，上百艘导弹跟着就射了过去。

李奥被震得东倒西歪，好不容易稳定下来，刚要重新锁定谷地战舰，机械怪却已被导弹集中，爆炸四起，控制大厅内震耳欲聋。

天上的桃花号仍没有任何动静，既不飞走也没开火，僵得像块悬冰。

“舰长，你怎么样？”猴子问李奥。

“暂时没事，桃花号在干什么？”李奥说。

“它停着没动，我在被一艘谷地战舰追。”猴子说，“你要被谷地星自卫队包围了，我马上干掉他下去救你。”

“你打不过那么多战舰。”李奥说，“你拿我作掩护，趁他们还没围上你，想办法回到桃花号！”

猴子别无选择，他翻动尾翼，舰身一个快速回转，一道高能射光准确地击中了追他的那艘谷地战舰，随后他向下疾飞，试图再次链接桃花号。

桃花号动了，速度远超猴子，正向着深空而去。

“舰长，不太对劲，桃花号好像要逃！”猴子对李奥喊。

几十艘谷地战舰已经开始了对机械怪的狂轰滥炸，李奥在其腹中忍受着颠簸，他思索了几秒钟，对猴子说：“‘大戟’上有重型轰炸射线，你去追桃花号，如果确定情况不对……直接给老子开火，能炸它多少就炸多少！”

三十二

魔头之舞

银河在颤抖。

太阳系的古中国人曾对银河有过诸多浪漫幻想，晴天夜晚，他们每当仰头看到的那条明亮光带，常会诗意滔滔，他们写过无数金句，有的讴歌爱情，有的赞美上苍，有的则单纯地在描绘银河本身，其中最有名的，出自一位与李奥同姓的诗人——“疑是银河落九天”。

此时，你若站在地球上，远看银河，它恰如处在此诗描绘之景来临的前夕，那幅越来越亮、快要决堤的画面，伤透了多少人的心。

而那只是银河的一小部分罢了，所有的星球，其实都在河中，银河不是谁的风景，谁都是银河的风景。现在，这道风景正变得更加绚烂，可背后的意义一点都不美好，打个不好听的比方，从远处看去，它就像得了癫痫。

所有的恒星都在发光变热，它们狂躁地释放着能量，犹如末日的洪水滔天，很多行星上的生命系统已经被损坏，有的在煎熬中想办法抵抗，有的则瞬间灭亡。

谷地星快被烤化了，那些星球居民已放弃了挣扎，瘫软在各处，房顶、地面、河里、海上……他们全部像泄了气的硅胶娃娃，也像某些有三个恒星围绕的行星上的脱水人。他们可能还在期盼着有救世主现身，但他们那干瞪着的死鱼眼恐怕再也看不到那一幕了。

当年，沉舰与银河联邦的战争几乎使所有的高科技战舰毁于一旦，如今，侥幸保存了下来的桃花号具有非凡的意义，好比诺亚方舟。

可方舟在远去。

舰舱里，谭雅一手拿着光束绳，一手用光能枪顶着秋官尺的后脑勺，秋官尺坐在驾驶席上。

桃花号飞向了天空的最高处。

猴子的“大戟”跟了许久，已尽了自己所能，按照李奥的指示，现在该开火了。

“大戟”腹部伸出了一根极粗的光炮筒，猴子即将按下重型轰炸射线启动键。

桃花号回了身。

就像艳妇的回眸一笑，毒似蛇蝎，它放出了几十道纤细的射线。

猴子认得，那是“蜂针”，他情急之下慌忙翻转舰身要躲避，却只见“蜂针”越他而过，全数射向了低空处的谷地星自卫队，电光石火间，炸开了花。

随后，桃花号再次向着深空飞去，谷地星自卫队则立即停止轰炸机械怪，掉头回追，并迅速排好了阵形，散得极有秩序。

猴子看得很明白，他们这是要故技重施造引力场了。

他立即又懂了为什么桃花号要飞得那么高，它不是要逃，而是想尽可能地离谷地星自卫队远点，以免被引力场吸过去。

“舰长，你稍等会儿，我配合谭雅干掉他们！”猴子对李奥说。

"注意隐蔽自己，另外，也提防着点谭雅！"李奥回复他。

猴子驾着"大戟"掉头加速，直冲向了谷地星自卫队，他重新接通桃花号，也不管谭雅是否会回应，快速说道："我下去牵制他们，你们在深空继续用'蜂针'逐个击破！"

谷地星自卫队群拥而来，猴子如飞蛾扑火般进入了它们的引力范围内，放了一道能量光波，立即被吸收转化为引力，它困在了里面。

但以"大戟"的量级还远远填不够谷地星自卫队的胃口，它们拖着它继续高飞，一心只要将桃花号捕获。猴子胡乱地放着各种攻击光波，企图加大谷地星自卫队的压力，那些光波也不负所望地被伞状电子吸盘均匀吸收，并转化为引力。然而渐渐地，猴子发现，时空中有了一种神奇的变化，越来越明显——"大戟"发出的光波不再按照固定的形态被吸收，而是错乱了，有的甚至能跑到引力场之外，以光团的方式凝结不散，飘在空中，位置还不固定，忽远忽近。他知道，这是时空的扭曲在加剧！

桃花号上，秋官尺也检测到了这种状况，他将飞船调入了超弦模式，再次溶解在空间之中，几乎不受时空扭曲的影响，继续发射"蜂针"，那些谷地战舰如星辰般寥落，没过多久，只剩一半不到。

谷地星自卫队陷入了巨大的恐慌，他们清楚，自己再也追不上桃花号了，他们想找地方躲避，也知道躲避无用，只能将怒火发泄在已捕获的这只"小飞蛾"身上。他们忽然缩回了伞状电子吸盘，所有导弹口全部对准了"大戟"，疯狂发射！

"猴子，怎么样了？"李奥的声音传到了猴子耳边。

"舰长，谷地星自卫队放弃了桃花号，他们在合力攻击我！"猴子边吼着边利用比对方只先进一点的科技优势闪躲着那些导弹，但寡不敌众，侧翼被打出了窟窿。

“大戟”像个折翼的天使，朝着地面坠落。猴子尚能实现对舰船百分之五十的控制，他尽可能地保持着相对平衡，并寻找着安全的着陆方式。

桃花号依然悬于空中射击，由于它的位置不跟着移动，那些射线打下来的时候，谷地星自卫队有了一定的闪躲时间，因此命中率有所下降，但十几秒过后，仍有些成效，追击猴子的谷地战舰只剩下了十二艘。

桃花号停止了攻击。

此时，地面发出了一声响动，时空扭曲得太厉害，猴子无暇去看那响声的来源。

李奥的声音传来：“猴子，你把他们往我这边引，我知道怎么动了。”

猴子虽没太听明白李奥的话，却毫不迟疑地按他说的做，他强按着舰船操控台，将舰船航向锁定到机械怪那里，随后，“大戟”像只没头的苍蝇，左摇右摆地飞向了自己的十一点钟方向。

谷地星自卫队紧追不舍，桃花号则成了高空中的看客，它不再参与这场战斗，就像是在泡温泉，全身心地溶解进了时空。

“大戟”越过一座山峦，屏幕中显示出了机械怪的身形，机械巨怪犹如一头垂死的老兽，佝偻着身子趴在地上，猴子看到，它的手臂在动，那响声正是来自那里，它的手臂撑了起来。

“舰长，你在做什么？”猴子问李奥。

李奥迟迟没动静，好半天，他的声音才从通信器传进来：“那些杂碎离你多远？说时间！”

猴子当即领会，估算了一下：“四秒钟！”

“很吉利。”李奥停顿片刻，“你离我头部还有四秒的时候，立即汇报！”

“明白！”猴子不知李奥要干什么，只知道唯令是从！

谷地星自卫队的攻击一直未停，在时空扭曲之下，它们的导弹已经很难有效击中“大戟”了，略作调整后，导弹口回缩并变窄，它们射出了低端光能射线。与桃花号和“大戟”的武器装备相比，这些光能射线相当落后，但由于质量小、速度快等优势，能有效地避免时空扭曲的影响，尽管追上“大戟”的时候已是强弩之末，可对付这样一艘残舰也足够了，“大戟”被穿出几道致命的口子，它颓然一坠，再没了飞行的动力，只靠惯性向前下疾扑。

猴子心慌意乱中刚要向李奥汇报，机械怪的头适时地出现在了视线内，猴子逼着自己提起最后一口气，向斜后方放射了两道高能光波，舰身靠着那点有限的反作用力又腾跃了一下，屏幕显示出了舰身与机械怪的距离，猴子立即汇报：“舰长，还有四秒！我坚持不住了！”

“准备着陆！”

李奥一声暴喝传入猴子耳中，紧接着，猴子听到了前方一阵刚硬的机器响动，眨眼之间，原本匍匐着的机械怪如海啸般撑了起来，身如高浪，伴着沙石的激荡两腿一蹬，做出了一个翻转，整个身子悬崖般竖起，以壁立万仞之势倒立于天地间！

猴子心中骇然，他不由得抬头向曲面窗外看去，根本看不到顶，眼前只有巨大的阴影，那阴影越来越浓，机械怪在向他后侧倒盖了过去！

猴子瞬间明白了李奥在干什么，他精神紧绷，倾尽能量再度向斜后方射出高能光波，“大戟”全力一冲，与机械怪倒悬的头颅错身而过，仿佛离开了死神的杀域，而后再也无力挣扎地落向了地面。

但死神并没离开，它扑向了猴子身后四秒航程内的十二艘谷地战舰，若垂天之云，只给它们留下了那一片虚无的阳光！谷地星自卫队一直都以为自己在追一只苍蝇，却从没想过，自己才是苍蝇。现在，那片巨大的苍蝇拍毫不留情地朝他们拍了下来，他们连反应的时间都没有，阴影的加重宣告了他们的最终结局，他们再也飞不到阳光中了，他们眼睁睁地看着倒立的机械怪躺下，随着最后一线光明的消失，他们被无情地压在了地里，垫背一样，在根本没人听得到的咔啦声中，被碾作了齑粉！

沙尘浩荡，“大戟”也随之滑翔着轻撞在了地面上，额头上渗满汗水的猴子回头看去，机械怪躺成了群山，宽腰阔背，延绵不绝，他脑中不禁想起了一句古话，不知其几千里也……

一切都停止了，世界仿佛回到了祸乱之前。

“舰长，你怎么样了？”猴子从已破如蜂窝的“大戟”上下来，急问李奥。

李奥却没有动静。

猴子跑向了机械怪。

他跑起来之后，才意识到，空气热得烫人，天上的恒星已亮得让他无法抬头，之前由于舰船的保护，他并没感受到这些，可现在，他十分痛苦。

足足用了三分钟，猴子才到了机械怪跟前，他寻找李奥心切，却不知该从哪里入手，之前的门早已变了模样，他用通信器呼喊着李奥的名字，却没有任何回应。

天上的桃花号已经不是用肉眼就能看得到的了，猴子燥热难当，他拍打着机械怪的铁皮，越拍越无力，最后，他伏在了地上，泪眼婆娑。

一阵轻微的响动。

猴子急转身，只见机械怪脖颈处的一块小铁皮掉落，李奥的头从中探了出来。

“舰长！”猴子一蹿而起，跌跌撞撞地跑了过去，拉住了李奥。

李奥的锁骨还渗着血，他借着猴子的力道，慢慢地爬了出来，猴子恨不能与其抱头痛哭，李奥却冷静异常，他虽瘫在地上，并不显得委顿，他问猴子：“桃花号呢？”

猴子眯着眼向天上看了看，又摸了摸耳边的通信器：“联系不上他们。”

李奥终于发出了一声短叹，但很快就收住。

猴子坐在他旁边，也不再说话。

时空的扭曲已越来越剧烈，眼前景象变得迷离，他们好像不是坐在地上，而是躺在海上，涌动的海波让他们感到身无所依。

猴子望向远方，看不到“大戟”，况且他也知道，“大戟”已经无法再飞，就算是能飞，也无济于事。

李奥痛苦无言，他历来谁都不愿相信，而事实证明，他并没有错，谭雅抛弃了他们。他人生中少有这种无力的时刻，他记不起来了，但这将是刻骨铭心的最后一回，过不了多久，它会像正在毁灭中的银河一样，烟消云散。

这就叫自作孽，不可活。

他在决定任由道毁灭银河的时候，只是对众生感到怜悯，但那时他的自信影响了他对前途的判断，他并没充分意识到，他将是这众生的一部分，他最后将自我怜悯，且无人问津。

此时再回看刚才的挣扎，真是可笑。现在死跟刚才死有区别吗？人真是愚蠢。不过，本质上，现在死跟未来死又有什么区别？人不是愚蠢，人只是无知。

天越来越热，热得人头昏脑涨，李奥心想，如果就这么热死，也算上天赐予他的最后安乐，他的锁骨早已不疼了，他已经超越了肉体，他像很多人临死前一样，想了一点家族过往的荣耀，而后狂想自己这一生。

一生，只是个宽泛的概念，他记不起任何细节，他驾驭了时间，拥有了神识，像是从更高的维度，理解了一生。

他微微闭上了眼，他年少时候，曾调皮捣蛋、古灵精怪，可在某个时期之后，他不曾如此窝囊过。眼睑让他觉得窝囊，眼睑闭合的过程，令他十分恼火，也或许还有惭愧，他生如刚强之铁，死如无波之水。

呼啸起了。

呼啸是阴阳两界的交流方式，他在经历这一过程，在通过那个中间带。

呼啸更大。

李奥有些惬意了，却感到猴子在摇动他。

桃花号降临在了他们面前。

三十三

银河已逝

李奥再次醒来的时候，首先感到了疼痛。

他不在天堂地狱，也不在某张安稳的床上，他就坐在指挥舱的首席，是谭雅强行弄醒了他。

指挥舱已成了一个多功能大厅：猴子精神抖擞地坐在驾驶席上，坏狗横躺于他右侧十来米处一张临时架起的病床，老人和孩子坐在一旁。秋官尺则被光束绳锁着，蹲在角落，就在他旁边，还有道的一堆被拆得七零八落的破落零件。

李奥看着面前的谭雅，谭雅竟对他露出了情人般的微笑，他全力让自己恢复意识，因为他觉得自己一定是看错了。

他确实看错了，那种微笑一闪即逝，或许压根儿就没有发生过。等他想起自己是桃花号舰长的时候，谭雅已换了副面孔，冷静得像个舰长夫人。

李奥一时语塞，直到谭雅示意他看大屏幕，并说："你是不是该引领我们驶向伟大航路了？"

李奥挺了挺身子，锁骨的剧痛袭来，更清晰了。

大屏幕上，是银河全景图。

银河已完全变了模样，它的四千亿颗恒星，至少有一半已演变到了极致，塌缩为黑洞。黑洞与黑洞产生碰撞，形成更大的黑洞，在某些区域，已一无所有，他们知道，那是因为连光都逃不出来了。

这是何等恐怖的景象。

李奥强令自己镇定，他先说了一句十分无关紧要的话："你好像憔悴了几分。"

谭雅脸上一羞，随即被自己遮掩掉："你也烎了不少。"

李奥有气无力地笑了笑。

其余人并没什么反应，他们习惯了这两个人的对话方式。

李奥看向了坏狗，坏狗比他更虚弱，闭着眼，只剩呼吸。他又看向秋官尺，顺便扫了一眼旁边那堆破铜烂铁，感慨良多，倒不知该从何说起了。

秋官尺阴沉地望着他，眼神中再没了伪装，全是功败垂成的懊恨。

李奥且转过了头，不去理会这些事情，他问猴子："汇报现在的情况。"

"银河系大面积坍缩，引力波已经产生，但是，时空扭曲还不够剧烈，侦测显示，再过一个小时，大概能达到百亿光年拖拽所需的扭曲度。"猴子说完之后，回过头加了句，"舰长，谷地星已经毁灭了。"

大屏幕同时切换了一个场景，那里的恒星正在剧烈爆发，周围几光年内，所有的行星都不存在了，李奥大体还能认得出谷地星的位置，那里只剩些凌乱的碎石，毫无往日文明的痕迹。

李奥对猴子说："保持超弦模式，向银河边界继续航行。"

猴子听令。

实际上，李奥说不说关系都不大，因为桃花号原本就是在驶向唯一的一条路。

谭雅坐下了。

李奥看着她，终于问出了那句话："你为什么不自己走？"

他原本是想用"逃走"这个词的。

"因为我不会驾驶这艘舰。"谭雅说得很直白，又转头看了眼秋官尺，"并且，我也怕被他再次暗算了。"

李奥其实是满怀感激之情的，可既然谭雅给了如此"充分"的理由，他也实在不知道说什么好，只能调侃了一句："我还以为，你是怕孤单。"

但毋庸置疑的是，他与谭雅之间，已有了一种无法言说的联系。李奥当然还是那个李奥，他不会轻信任何共患难的人，但是，哪怕理智再冰冷，也敌不过强大事实带来的温暖改变，他确实已将谭雅当作了自己人，即便他再发挥想象力，不惮以最坏的恶意揣摩此事，猜这背后或许还有更险恶、布得更深的局，那也只是一种强行剥离情感的举动。换句话说，对于与谭雅保持距离这件事，以前他是主动的、充满人生追求和激情的，如今却是被动的、需要自我强迫。

谭雅完全能看得透李奥，世界上有很多男人看不透的女人，但几乎不存在女人看不透的男人。谭雅在心里温馨又故作睿智地想，李奥也不过如此，救了一命，他的冰山就从内心深处崩塌了，这样的意志力，当不了君王，最多是个舰长。

李奥站了起来，尽量不去扶座椅扶手，让自己显得威严。他走到了坏狗床边，看着那些插满胸腹的管子，握了握那皮干肉皱的手，没有将其摇醒。

老人和孩子露出了复杂的眼神，半是怯弱，半是事不关己的游离。

“你可能还有一个多小时可以活，也可能还有几十年。”李奥对老人说。

老人很明白他的意思。

不远处的秋官尺却说了一句话：“你这场偷渡，可真是赔了个精光。”

李奥转过头来，眼里烧火，他再也不去压抑什么，阴狠地对秋官尺说：“我现在就杀了你。”

老人叹了口气。

李奥又回过头问他：“你怎么了？”

老人不回答。

李奥又说：“我还从来没有做过赔本买卖，你是第一次。”

老人看着他，说了一句话：“你赔不了。”

“我的队员死伤无数，整个银河系都因此灭亡了。”李奥看着大屏幕，“难不成，到了暗星你能让时光倒流，恢复这一切？”

“说不定，他的秘密就是跟这个有关。”秋官尺插了句嘴。

老人摇了摇头：“我只告诉你，这场灭亡之中，并没有赚与赔。”

没人能懂他的话。

秋官尺大笑，故意气人。

李奥静静地看着他，把这当作一场可悲的洋相。

秋官尺笑了十几秒后，戛然而止，对李奥说：“你知不知道，你根本活不到最后。”

李奥不说话。

秋官尺等了一会儿，就像故意要吓他：“其实你心里清楚，战胜了道，战胜了我，战胜了谷地星自卫队，这对于你来说，都不是真的胜利。你若想活下去，一场都不能输，而真正令你忌惮、令你束手无策的敌人，一直都在你的心里，或者说，在你的憧憬之中。”

“‘憧憬’这两个字，是属于你的。”李奥说，“我避之不及。”

秋官尺一脸报复的得意，他揭开了李奥的伤疤：“我们所经历的一切，都是沉舰的局。”

这才像是揭露了宇宙的终极秘密。它带来的恐惧感，令所有人都有一种切实掉进了圈套的感觉，手足无依，后背发凉。

李奥甚至都能想出是什么样的圈套，一块巨石压在他胸口，他似已耗尽了力气，再没能耐做最后一次挣扎了，他都不想再去问什么。

谭雅站了起来，猴子也默默地回了一下头。

而后，他们看向了大屏幕。

那上面依旧是毁灭中的银河。

秋官尺杀气腾腾地揭开了谜底：“道不会死，他随时能为沉舰所重生，我也不会死。灭绝银河系，不过是一个沉舰筹备已久的计划，沉舰可以独自完成这一切，但他们又乐于看到我们……哦，是你们，自相残杀。谷地星自卫队也不过是沉舰的一枚棋子，我告诉你们，黑洞也是逃不脱量子的范畴，黑洞只能使物质更丰富，而且，黑洞的碰撞，会产生一种全宇宙中极为有限的物质——黄金。那是沉舰的最终目的，沉舰不怕银河毁灭，而恰恰相反，沉舰要的正是银河系以黑洞碰撞的形式毁灭。”

黄金。

谭雅想起了一条珍贵的理论，黑洞碰撞能产生黄金。

李奥面沉似水，秋官尺的解释中，有诸多逻辑上的不合理，但他没心思问了，他甚至连黑洞碰撞能产生黄金这件有趣的事都毫无兴趣。他说了一句话：“古中国人说，‘狡兔死，走狗烹’，沉舰用完了你们，便不会再理会，你不要做美梦了。”

“或许，我活不了，可那是我的事。”秋官尺的嘴很硬，“但你将与银河同逝！”

李奥心生悲凉。

他看着大屏幕，久久无语。

银河系在走向灭亡。

桃花号像只孤雁，寂寥地飞翔在越来越暗的宇宙天空中，迎接悲伤的夜幕。

四千亿颗恒星，这个词组的开头即便是一个很明确的数字，可实际上，它相当虚无，没人知道它具体是什么意思，它不该被理解。

四千亿颗恒星的演化，四千亿个黑洞的形成过程，令描述变得艰难。

大爱因斯坦时代的二十一世纪曾有位诗人说，我把光、尘土、星辰，一并吞下。他在用这豪情万丈的语调胡诌着自己情感的同时，根本不曾想过，当真实的这一幕到来，它竟伴随着大祸临头的悲恸，它壮观得令谁都无法直视，它瑰丽得惨绝人寰。

生命常常会感到无能为力，文明也经历过无数次绝望，但只要土壤还在，谁都认为它早晚能重新来过。家园是人类意识中最重要的概念，它能支撑起一切，佛所说的是过去、现在和未来，都是以某个地方为基础的，家园就是那个地方，世界就是我们的家园，但如今，世界将不复存在。

生命第一次切实感到了自己的卑微，卑微得根本就不是宇宙中被重视的东西，它可以说毁就毁，毫无主角光环，世界根本可以不包括我们所以为的“世界”，宇宙也从不因我们而存在。

先前，恒星照耀行星，人类还沾沾自喜地以为，它是为人类而照耀，正如查拉图斯特拉曾对太阳如是说，啊，你，伟大的星球啊，假若你没有被你照耀的人们，你的幸福何在呢？

但是，今天的毁灭，正是向那些自以为是的人昭示，天行有常，不为尧存，不为桀亡。正像在用歌德的那个语式冷酷地揭露出本质问题，照耀你，与你无关。

黑洞越来越多，黄金的颜色也渐渐显露出来了。宇宙中曾有过很多奇特的星球，譬如BPM37093，一颗完全由钻石星球构成的星球，再譬如NAA10001，一颗火焰行星，还有BCU9870，天然戴森球，初发现时，皆以为异，许多人趋之若鹜地寻求财富与永生之道，认为那是些参不透的天象，或有特殊意义。可如今，全部被黑洞一扫而光，玄虚不再。

唯有黄金，这个几乎是人类最古老也是流传时期最长的硬通货，在使用之初，绝没人能想到，它竟如此坚挺，它竟能出现在末世，它于黑洞的碰撞中，在许许多多中子的参与下，脱胎而出，挂满了银河。

历史悠长，肯定有人曾幻想过漫天掉黄金的日子，现在，它到来了，来得如此意味深长。

宇宙包括时间，因此，人类的历史，也在跟着一起消亡。历史本就是消亡了的东西，可它的概念一直不灭，但现在，它连概念都不配有了，高维的毁灭，是灭绝了从前到后的一切。白垩纪，工业文明，信息时代，威慑纪元，银河帝国，游戏时代，太空漫游时代，银河联邦时代，全部像柴火一样，被填进了炉子，灼灼成灰。

曾几何时，人们认为，天不生仲尼，万古长如夜，那些能印证时代、推动人类发展的人物，照亮了我们所在的宇宙，使我们慢慢有了自己的意识、自己的文明。我们偏居宇宙一隅，靠人照亮人类，孔子、亚里士多德、牛顿、王阳明、林肯、贝多芬、爱因斯坦、马克思、玻尔、克拉克、哈利迪、江腾一、弗里克……无数已故的贤者，带领我们挣脱黑夜，寻找光明，但现在，我们也悲哀地发现，黑夜竟如此珍贵，宇宙是个漫长的黑夜，所谓失去一切，不过就是失去了黑夜。

银河在跌宕。

太阳、天狼星、织女星、达内星、大角星，无数我们熟悉的星星都不在了。还有星云、猫眼星云、礁湖星云、卡利娜星云、蟹状星云、猎户星云，全部成了黑洞，黄金没让它们变得好看，牧夫座空洞也不再空，因为黑洞不空。

李奥伫立着，时空的扭曲已随时间的推进越发明显，桃花号离着银河系的边缘越来越近。李奥也曾年少万兜鍪，也曾仗剑走天涯，也曾气吞万里如虎。可他此时并无豪情，与景色相配，这本该是人生中最豪情的时刻，而他多的只是黯然神伤。混沌之际，时而夹杂着空明，他看着屏幕上那剧变中的光带，心里想起了一句这样的古词，他一点都搞不清那是什么意思，只在反复回味它的旋律：一条大河，波浪宽。

三十四

世界边缘的大墙

离银河系的边缘只有咫尺之遥了。

超弦模式使桃花号没受到时空扭曲的影响，但它又随时可以有选择地受其影响，猴子向李奥汇报："舰长，时机差不多了。"

李奥的心已随银河激荡许久，他从大屏幕上看出了显著变化，包罗万象的黑洞已成了银河的主要构成部分，从边缘到中心，无处不热烈，又无处不荒凉，此地已没了生命，除了他们这艘可以说是银河系硕果仅存的超弦战舰。

宇宙已开始了它的时空拖拽，就像有人扯着毯子的一头，手腕一抖，整条毯子都翻腾了起来。毯子的一头是银河，另一头则是暗星，如秋官尺和道所言，四千亿个黑洞的能量，足够让这条毯子荡来荡去，且幅度越来越大，不消多久，溶解在空间中的桃花号便可锁定航道，"随波逐流"地瞬间抵达目的地。

但李奥没有回应猴子，他心里清楚，通天大道的到来，不会这么简单，他看了眼秋官尺。

秋官尺死死地盯着大屏幕，观察着银河系的动态，而他的目光又十分坦率地向旁人示明，他在寻找什么。

沉舰。

李奥知道，它们必将出现在某个不经意的地方，如最早的兰州沙漠，又如老人说的那个人造维度空间，又如那个曾在蓬勃生长中的黑洞，沉舰的部队总能用近乎奇幻的方式降临，吓得你措手不及。

但是它们还没出现。

所有人都在心里预测着这支神鬼部队的出场方式，它或将是结局，也可能只是开始，但无论如何，那是一个他们必须经历的节点，没有谁觉得它不会来临。

“诸位。”秋官尺开了口，用了一个听起来很郑重其事的称呼，他环视了一下指挥舱，“我可以给大家一条生路。”

这真是一个令人振奋的消息。

但谁都没有回应他。

李奥的脸色一沉。

秋官尺又说：“确切地说，是谭雅和猴子，我认为，你们没必要为李奥和这一老一少卖命。”

谭雅和猴子都不说话。

秋官尺锲而不舍：“这艘舰船再强大，也是不可能摆脱沉舰的，话我已经给你们挑明了，不用多久，沉舰自会现身，或许，你们会看到量子战团的人直接站进了这个指挥舱。”

这个猜想，令人不寒而栗。没有谁见过量子战团那些战舰里的人长什么样子，它们素来都是以整体——也就是舰船的形式存在，猛地将他们细化到了人，真是种十分不好的思想体验。

大屏幕上，时空这条“毯子”上的波浪已越来越多，“浪头”也越来越大，但依旧没人接秋官尺的话。

秋官尺继续说："如果现在你们两个帮我把李奥制住，当量子战团到来的时候，我会向他们如实说明，你们已经投诚，我们是一伙儿的。"

老人忍不住看了看其余人。

李奥却连一动也没有动。

银河系的边缘渐渐显露在了大屏幕上。

秋官尺耐着心思等待了片刻，众人的冷落着实令他感到羞愤，他加急语调："我完全可以谁也不带，但说真的，我并不想孤身进入沉舰的队伍中，我要带一点同类，建立自己的嫡系……圈子。"

谭雅嗤笑了一声，这短促的回答彻底激怒了秋官尺，他说："可没有多少机会了，我是在救你们！"

谭雅说："谢谢你的仁慈，只怕是沉舰不会像你一样仁慈。"

"沉舰许诺过我，这点他们不会食言！"秋官尺叫道。

谭雅没接话。

猴子表明了立场："谢谢你的好意，你也看到了，刚才舰长救了我，我欠他一条命。"

"你还年轻，大把的岁月还在后面，何必为这点面子而死？"秋官尺的身体被绑着，可他探直了肩颈劝猴子，"你该审时度势才对，跟着李奥，你已经没有任何利益可图！"

谭雅笑了笑，对猴子调侃："他的话好像也对，我记得，以前古英国的某位伟人曾有句享誉世界的格言，'对于大英帝国来说，没有永远的敌人，也没有永远的朋友，只有永远的利益'，你还真该好好想想。"

猴子转过头，也回之以微笑："正是这种思想，令世界走向了道德沦丧。你们知不知道，在古中国，有一个慷慨悲歌之士遍地、士为知己者死的时代，在那时，人类是很执拗的，大家笃定，世上只有永远的朋友。我认为，那是人类最有尊严的时代。”

李奥面色无波。

“认亲不认理啊，好像有个姓曹的历史学家也这么说过。”谭雅也笑了，她对地上的秋官尺摊摊手，说了一句，“我跟他们恐怕还谈不上朋友，但很显然，咱们两个加起来是干不过他们四个的，恕我无能为力。”

秋官尺涨红了脸：“冥顽不化！”

李奥反而对谭雅轻声细语：“你要是真来干我，恐怕我是舍不得还手的。”

谭雅只是看了看他，没回应。

秋官尺绝望难耐，他焦躁地盯着大屏幕，看银河开始甩动。

银河确实在甩动。

四千亿个黑洞已经开始走向一体，它们的融合远比恒星演化要快，它们正在复杂的引力之下向着一个点靠拢，银河在缩小。而正是这种缩小，给了它洪荒之力，它的动作看似缓慢，却是在将宇宙狠狠一拽，宇宙在不可抑制地皱缩，这种皱缩摧枯拉朽，翻天覆地！

“舰长，是时候锁定航道了。”猴子说。

李奥下定了决心，不管沉舰将以何种方式再临，他都不会再等，那就且行且战吧，他庄严地对猴子下令：“锁定航道，锁定超弦模式，随时空扭曲航向暗星！”

猴子听令，按下启动键，桃花号融入了一道时空的波纹，随着它开始了大幅度的共振。

银河已空，然空即是色，黑洞什么都不是，又是物质的总和。

时空在流，原来它也有脆弱得不能自已的时候，它由岿然不动、无他无我，变得为物所控、原形毕露。承载了过去百亿年的一切，它如决堤之水，流向了宇宙的那头。人类真是有过一些靠着运气而绝顶聪明的年代，它们在一无所知的开始，为它取名银河，没想到，它在一无所有的最后，就是一条大河。

但它不是寻常的河，也非寻常的流动，它决堤归决堤，却非一泻千里，而是在涌起波浪，它的波浪不是河流的衍生品，而是它全部的意义，优美的抛物线在向上无限弯曲，它似在拔地而起，将源头与尽头相连。

李奥回看银河，此去一别千古。

桃花号就是这无数条抛物线中的一条，以一艘超弦战舰的最大本事，无视Y轴，只在X轴平移，当抛物线的顶端越来越高，它在X轴上的平移距离也将越来越短，它仿佛已看到了暗星，它与暗星就像是在曾经沟壑纵横的黄土高原的两个山头，只要这沟壑并拢，它将轻易地迈出脚步，跨到那个相距曾有百亿光年的地方。

但是，冥冥之中，堤坝会来。

李奥看到了堤坝，就在大屏幕上。

所有人都看到了堤坝，所有人都不相信自己的所见，或许，这不是这个空间的事物。

猴子拉近了图景，谁都看清了，此非虚幻，此乃沉舰。

说不上有多少，那些外形古老的战舰，组成了一面墙。

一点错都没有，那就是一面墙，密密麻麻的古老战舰，与量子战团无异，它们就像是一个庞大的蜂群，从上到下，接天连地，组成了一道墙。

这是怎样的一道墙？有人算过，银河系最厚的部分，有一万多光年。银河系在经历了恒星演化之后，骤然膨胀，即便此刻正因黑洞而回缩，那个数值，也大得惊人，猴子很快估算出了此刻银河系的厚度，两万光年。这也是墙的高度。

就像是在水槽里立了一块生铁片，水流被拦腰斩断。

而这生铁片的构成，大屏幕似乎就是故意向众人强调一般，再度自动放大比例尺，展示着那些战舰的数量——无数。

太空中仿佛响起了史诗的旋律。

水还在流，银河还在扭曲。

众人发现，这并不是一道密不透风的墙，因为在墙上，有两道长缝。

就像是用刀刻意割开的口子，那两道长缝平行而生，那里没有战舰。

大河滔滔，所有的时空都在从那两道夹缝中求生存，时空在穿过长缝。

“那是什么？”李奥问。

没人知道。

“舰长，要不要先停止航行？”猴子问。

李奥一时间拿不定主意，他没回答这个问题，而是说：“你估测一下战舰数量。”

猴子一阵操作之后回答他：“舰长，无法估测，这个数值和阵列超过了桃花号的统计能力。”

这无疑为舰舱内增添了更多的恐怖气氛。

谭雅问：“四千亿颗恒星都能估测，这些战舰的数量难道超过了四千亿？”

“那倒不是。”猴子说，“检测显示，他们的阵列很奇怪，是一种虚实难测的模式。”

“沉舰怎么会有这么庞大的部队？这不合理，它们是靠细胞分裂的方式发展的吗？”谭雅又说。

李奥说：“不是不可能，它们当年从一个母舰分裂成百亿光年的帝国也没用多久。”

战舰如雨，如大军的箭镞，也如飞天群蚁。

桃花号正随着时空的波浪，向其靠拢。

“舰长，我们要不要试着从长缝中穿过去？”猴子问。

李奥说：“报一下长缝数据。”

“长约十五万光年，宽约四十公里。”

长、宽的巨大差距，几乎可以说这是一条线。但这终究不是一条线，四十公里，足够任何一艘战舰飞过。

李奥指示：“近景观测。”

猴子将大屏幕切换到了其中一条长缝的图景，只见那里的空间像是遭到了更强烈的压缩，夹杂着诸多黑洞的银河正将自己塞进缝中，没有任何东西能冲破那些组成墙壁的战舰，所有物质都像是受到了一股神秘力量的驱使，规规矩矩地挤进去。数据显示，那里的物质密度大得惊人，成千上万的黑洞挤进了四十公里宽的空间中，不亚于将一个恒星压缩在了一片指甲盖里。

谁也看不明白这是什么情况，李奥回过了身子，走到墙边拎起了秋官尺的衣领：“劳驾给看看，你的主子这又是玩的什么伎俩？”

秋官尺也只是瞧着大屏幕，一言不发。

李奥抽了他一巴掌，就跟抽落水狗一样，将他丢在了地上。

“你怎么不问了？”谭雅说。

“他刚才说的显然都是屁话，事实上，沉舰根本就不会理他。”

李奥回到了大屏幕前。

谭雅轻蔑地看了眼秋官尺，对他的心思看得很透。

所有人都觉得，这两道长缝是圈套，但谁都看不懂。如果说这是要利用某种力量将桃花号挤碎，那显然太过简单了，且不说桃花号又不是面条，假使其超弦状态就算是无法在那么大的密度下完全溶解，它难道不会停止航行，待在原地不动吗？

“猴子，就朝着下面那道长缝开过去看看，如果发生了舰船适应不了的变故，及时停下。”李奥做出了决定。

猴子调整航向，按李奥的指示行事。

桃花号进入了另一条时空的波纹，它向着那两道长缝的下面那条荡了过去。

时空被压缩得越来越厉害，但这于桃花号的舰体丝毫无损，桃花号不需要做什么，只需随波逐流就可以了，四十公里的宽度，不会让它们意外碰到任何战舰。

那些战舰仿佛是死舰，一点反应都没有，但它们的死气沉沉，尤令人觉得宇宙森森。李奥耳边仿佛响起了夹杂着金属与唢呐混音的龙吟，它虚实难辨。

随着距离越来越近，大屏幕上的图景更清晰了，众人慢慢地发现，那些组成长缝上下两边的战舰，造型似乎不太一样，它们的腹部多了一些奇怪的管子。

“那是什么？”谭雅问。

猴子开启了检测设备，回答说：“那些管子的周围引力更大。”

“应该是些吸引装置，把时空，或者说，把万物引过来的。”李奥说，“能看清墙的那边是什么吗？”

猴子切换了一下图像，墙的那边，看不分明。

谭雅说：“等着吧，估计一会儿就能再次领略什么量子力学的新戏法了，但愿我们届时能有好运逃走。”

她说完，没人接话。

他们离着墙壁越来越近，那些战舰被看得越来越清楚，它们的外形让人十分不舒服，不符合银河系的美感，如果要形容的话，猴子只能想到四个字：凶相毕露。

老人蹙着眉头，他拖着那条受伤的腿，忽地往前虚迈了一步。

“你要干什么？”李奥有所警惕。

老人却目色已空，他脑中在深思什么东西，他用一种不太确定的口气说：“我们最好现在就停下。”

“怎么了？”李奥问。

老人说：“我有种不太好的预感。”

他向来预感准确，他在这方面所建立起的威信，让众人胆寒。

“到底怎么了？”李奥问。

桃花号离长缝越来越近，周围空间密度的增长数值显示在大屏幕上，它在飙升，气氛越发紧张。

“停下，掉头！”老人心思确定，他提高了嗓门，“这是一场阴谋，这是双缝干涉实验……一切都是量子！”

三十五

量子无界

如果这是一场球赛，老人已经上演了帽子戏法。他第三次说出了谁都不懂的词语，他要不是量子力学的权威，连普朗克都不信。

可他确实认为自己一无所知，这绝非因为谦虚，对于量子力学，从古至今，谁又敢狂妄地说自己略知二三。

“什么是‘一切都是量子’？”猴子问，与此同时，他在李奥的示意下，停止了舰船前行。

“先跑再说！”老人很急。

猴子又看了看李奥，李奥皱眉瞅着老人，没过多长时间，点了头。

桃花号如大船转舵，搅出了漩涡，但那并没持续多久，强大的时空扭曲力很快将这点变化抵消掉了，在众多黑洞百舸争流的河中，一条鲫鱼的回游微不足道。

李奥也认为，这个堤坝、这道墙，应该是为整条银河系的物质而建的，它们不会过多地在意桃花号。孰料，就在他们回撤的同一秒，墙上的战舰飞出了上百艘，明显是奔他们而来！那些战舰留下的空隙立即在一种奇怪的变化中消失了，墙上战舰数量未增未减，只是阵列发生了微变，一切就恢复如初。

“果然是专门在等我们，我还以为它们没看到桃花号。”李奥说。

但他并不担心，沉舰再强大，单论逃跑，他还是有足够的自信。

猴子将舰船升至了本时空内的最高维，开足了马力，速行而去。银河开始向后流，从表面上看，桃花号像在逆水行舟，可它并没遇到阻力。

“我真是好奇到了极点。”谭雅转头认真审视老人，“你究竟得有多重要，能让他们摆出这样的阵仗来抓你？”

“沉舰要是一个国家，这也算是倾国之力了。”猴子说。

老人不谈这个，他盯着大屏幕，还不由自主地动了一下脖子，就像回头能看到追兵似的。

李奥根本就没打算他能提前透露秘密，这已是老生常谈了。

追来的战舰凶猛而犀利，竟也不把时空的扭曲放在眼里，屏幕显示，当前速度下，它们离桃花号只有半分钟的路程。

猴子观测后汇报：“舰长，从外形上看，追来的依然是量子战团，它们跟先前充当‘墙壁’的时候变了点样。”

沉舰的神秘之处太多了，这算不上什么，大家更感兴趣的是老人的话，谭雅问：“这到底又是怎么回事？”

老人说：“依然是量子力学，他们终究没跳出他们的长项，但是这回，它们用的好像是最简单的理论，简单到连量子力学鼎盛时期地球上三岁孩子都懂的东西，可达到的效果，能将所有的东西一网打尽，滴水不漏。”

“你得说明白点。”谭雅说，“他们这回做的事看起来可比先前都要复杂得多。”

“对，我正是被这些表象迷惑了，最开始，我一直在尽可能地思索自己所知道的那些最高阶的理论。我想，这次的阵仗，个中原理恐怕远比‘环境注入’和‘霍金蒸发’要深得多，也正因此，我迟迟没有想通。但是，就在咱们离长缝越来越近的时候，我调转了思路，再次回想那面‘墙’，它的全景映到了我的脑子里，我猛地想到了一个东西，就是之前说的‘双缝干涉实验’。”

原来这个词组才是重点。

“‘双缝干涉实验’是一个量子力学中十分基础的实验，沉舰正是以太空为实验室，用舰队搭建了一个这样的实验场景，它在拿我们做实验，或者，也可以说是一场实验应用！”老人有些激动，“要是没猜错，所有穿过那两道长缝的物质，都不会继续自由流动，而是将被赶到同一个地方，就像是进了他们的网子里，包括桃花号！”

“那两条长缝，就是所谓的‘双缝’了？”谭雅问。

老人点头：“没错，双缝干涉实验在量子力学史上具有特殊的地位，在很久以前，它诞生之初，被认为是一场实实在在的灵异事件。”

“灵异？跟物理好像是完全相左的两个概念。”猴子提醒他。

老人否认道：“错，那是在量子力学创立之前。确切地讲，量子力学创立之后，灵异跟物理可谓息息相关，甚至可以说，物理学根本就是世上最灵异的事……”

“现在不适合啰唆太多。”李奥打断了他，“你能不能用最简单的语言说说现在我们到底碰上了什么事？”

老人点头，略一斟酌，说：“我所知有限，尽可能地讲吧。这个双缝干涉实验，说白了，就是找一张纸板，用刀划出两条平行的缝隙——就像刚才沉舰组成的那道巨墙上面的一样。而后，你可以在一侧打开手电筒，电光照到纸板上，那么，往最小单位想，这束光里的最小单位，就是一个光量子，你们觉得，这单个的光量子，是怎样穿过这道纸板的？”

“当然是从那两条缝隙中的一条穿过。”猴子说。

老人说：“错了，我告诉你们，实验证明，这一个光量子，是同时从这两条缝隙中穿过的。”

“什么？”猴子不确定老人的表达是不是正确。

“我没糊涂。”老人强调，“一个光量子，就是能同时从这两条缝隙穿过。”

“你的意思是，光量子能分身，变成两个？”谭雅问。

老人摇头：“它分不了身，它已经是最小的单位了，它就只是一个光量子。”

“那一定是它的鬼魂作祟。”猴子开了句玩笑，并说，“确实灵异。”

“这还不到灵异的部分，最灵异的部分是。”老人说，“如果，我们在这纸板上放一个观测器，观察光量子是怎样通过两条缝隙的，那么，会得出一个令人极为吃惊的结果。”

“什么结果？”猴子好奇心大起。

“光量子其实只穿过了其中一条缝隙，根本没有从另一条缝隙穿过！”老人说。

猴子感觉自己的思维有点乱，李奥和谭雅也没听明白。

老人不等他们问，总结道：“不观测，一个光量子是同时从两条缝隙穿过，一观测，它就只从一条缝隙穿过，你们能听懂吗？”

李奥三人面面相觑，他们大概体会到了“灵异”二字的真谛。

“这个……是怎么得出来的，有证据吗？”谭雅问。

“有，通过光投射到纸板后面墙上的条纹可以得出来，这说着有些复杂，我也讲不清楚，我只告诉你，这个结论被无数次实验验证是正确的，你接受它就可以了。”老人又强调了一遍，“观测，会改变结果。”

李奥想起了之前他所说的“薛定谔的猫”。

谭雅问：“那么，有没有对此现象的解释？只说是灵异？”

老人在思索，他从脑海中寻找着相关的信息，过了会儿，他说：“对于这种现象，在大爱因斯坦时代，有许多解释。其中有两种最著名，第一种是‘哥本哈根诠释’，是一个很权威的科学团体提出来的，大意是说，观测使光量子发生了变化，就像是‘薛定谔的猫’实验一样，叠加态塌缩了。而另一种解释，听起来更玄乎，但也为相当一部分科学家所认可，叫‘多世界解释’，他们认为，我们的世界其实不是唯一的，而是有许许多多。在我们观测双夹缝的时候，如果你观测到的结果是光量子从第一道缝通过，那么说明，你进入了‘光量子从第一道缝通过的宇宙’中。同理，如果你观测的结果是光量子从第二道缝通过，那么就说明，你进入了‘光量子从第二道缝通过的宇宙’中。”

“这第二种听起来，不太像科学啊，怎么有点像古代科幻小说？”猴子不相信。

“它们都是极为严肃的，绝非小说，它们都有自己一套重要的系统理论，也有理论应用，因此，它们本身就像量子力学一样，谁都觉得不可思议，但谁都无法不信，因为事实就在眼前。”老人说，“这就是量子力学的神奇之处，它曾让经典物理学感到自己可能完全是错的，感到自己不该存在。”

李奥三人全部不说话了，他们在沉思，无法适应自己的所闻，猴子甚至认为，老人是不是在胡说？

过了会儿，谭雅也说：“这不合理，它不符合我们的常识。”

“常识？上古时期，亚里士多德根据常识得出的物理结论，有多少为人们所深深地信服，而后又被伽利略、牛顿等人给推翻了？譬如自由落体中重的物体先落地、白光是最纯的光、真空不存在、天体由以太构成……这可都是些挺立了几个世纪的谬论。而同样，伽利略、牛顿等人根据常识得出的物理结论，又有多少被后世所推翻了？我告诉你们，如果宇宙是个海，那么，从体积来比较，我们人类顶多是海里一粒沙上的细菌，你觉得细菌有资格理解大海是什么吗？完全没有。我们所总结出来的有关这粒沙子周围水域的物理规律，可能根本就不可靠。试想，如果这片水域的水波流动规律，仅仅是受到旁边的一棵水草或者一只扇贝的影响，才一直旋转的呢？它能代表整个海洋的物理规律吗？如果整个海洋的水波流动规律，其实是横向的，而非旋转的呢？量子力学的创立，或者说发现，大概就是在揭露这样一种可能性，一种完全颠覆了过往的常识和物理理论的可能性。”

这段话入情入理，比喻也十分妥当，有一种醍醐灌顶的力量。

李奥三人不由得不信了，他们无可反驳，显而易见，人类就是这么渺小。

猴子又问：“那后来为什么量子力学又被人类所舍弃了，成了一门只存在于传说中的魔法？”

“我不知道，大概是因为我们的这粒沙子始终在受到旁边那个扇贝的影响，真正的洋流迟迟未来，世界没有崩塌。”老人摇头，“我不知道。”

李奥眉头紧锁。

猴子下意识地看着大屏幕，他想到了一件自己十分不愿意接受的事，思虑良久，鼓起勇气说：“有没有可能，沉舰……是这片小水域里，唯一找到了整个大海的水波流动规律，也就是宇宙的物理规律的人？”

老人叹息：“不是没可能，它们对量子力学的发展与应用，无不像神迹。或许，量子力学就如三亿年前刚被发现时那些拥护者所宣称的那样，它才代表了最真实的宇宙。”

太神奇，也太震惊。

如果先前李奥几人对量子力学的认识，不过是觉得它是物理学上的一个分支，那么他们现在深深地意识到，可能该倒过来，物理学才是量子力学的一个分支，且是一个十分巧合的、根本就立不住脚的分支！

我们世界的物理规律，难道真的就是因为一点水草或者贝壳的影响吗？

水草一漂走，贝壳一掀开，难道我们的世界就会完全变了样子吗？

沉舰，这个妖魔般的势力，这个旁门左道、不入主流的邪物，它的量子力学，难道才是宇宙最准确、最正统的规律？

这种发问，令人感到彷徨失措。

“你的终极秘密，是不是根本就与量子力学有关？”谭雅问老人。

老人摇了摇头，没有说什么。

大屏幕上的景象越来越复杂了，随着桃花号的向后奔逃，银河系中心越流越近，黑洞也在持续变多，急剧扭曲的空间促使了许多全新的激变产生，谁都没见过那些反应形式，叫不上名来。

量子战团在后面紧追不舍，与桃花号一样，它们毫不在意空间扭曲的影响。

“那么沉舰做的这一出……双缝干涉实验，是为了什么？”李奥问。

老人把目光投向大屏幕，让猴子将图像调回那道战舰垒成的墙，他指着那两条似有无限长度的缝隙说："观测，可以使结果改变。在上古的量子力学中，结果虽能改变，人却无法控制。我的意思是说，人虽然知道观测会使光量子从其中一条缝隙穿过，却根本无法控制光量子具体从哪条缝隙穿过……"

"你是说沉舰能控制？"猴子打断他问。

"我想也不能，否则我们刚才就不可能驾驶着桃花号自由地选择从哪条长缝而过了。"老人说，"但我觉得，沉舰这样做，是为了控制我们穿过长缝之后的去路。你看他们已经把空间堵得那么严实，只留下了两条缝隙，很显然，我们只有两条路可走，且他们还用了增加引力等伎俩，引导我们快速通过，那么我想，他们一定就在缝隙后面等着，只要我们穿过去，必入其中一处。"

"留两处跟留一处，也没区别啊？为什么还得用双缝？"猴子说。

"我不知道，有可能，用双缝干涉实验，有其更高深的道理，这就是沉舰的本事了。我认为，这样做多半与最终结果，也就是他们要把我们引向的地方有关，他们建立的观测，必会有大作用。"老人也很为参不透沉舰的高深技术而苦恼，他叹着气说，"我们只要过去了，就逃不了的。光量子是量子，所有物质，本质上，都是量子，沉舰在太空中建立了这样一个实验场景，所能控制的东西，是万物。什么都逃脱不了这个实验最本质的导向，我们在穿过长缝之后，会无一例外地进入沉舰想让我们进入的地方，原因就是我说过的那句话，一切都是量子。"

"那据你估计，沉舰会让我们进入哪里？"谭雅问。

老人摇头："我不知道，或许是一个秘境，也或许是一个完全由他们掌控的宇宙，我想不出来，总之，一定是对他们有利，而对我们无益的。"

猴子越来越明白了："幸亏我们没进去。"

可老人望向了大屏幕上流动中的银河，他说："但我们似乎又无路可走，沉舰已封死了最后一条通往暗星的路。"

"到这时候了，你还只是一心想着去暗星？"猴子骂了一句。

老人的气势又弱了下来。

但李奥说："我们无处可去，你们看看屏幕，银河系不会再存在了，其余的地方，是一片黑暗，我们如果不去暗星，恐怕要在宇宙中一直流浪下去了。"

"舰长，难道我们就没有希望在这片黑暗中找到一个落脚地？"猴子问。

李奥摇头："银河联邦的总体科技实力，远比我们这艘战舰要强大得多。几千万年来，他们也进行过无数探索，却一无所获，相形之下，我们更无希望。"

李奥的话在理，猴子感到沮丧。

在这番真相揭露后，再看大屏幕中的银河，它已不那么波澜壮阔了，在众人心里，它更像一条任人摆布的小蚯蚓，即将被沉舰那道巨墙引入某个神秘的玻璃罐子里。

指挥舱里再度泛起忧伤，这回不是为了银河，纯是为了自己的命运。

银河在流逝，沉舰在追赶。桃花号如果有梦想，它一定希望自己这艘小舟从此逝，江海寄余生。但双缝之外，根本不会再有能容它的江海。

秋官尺干咳了一声。

谁都不想理会他，可怅然之际，大家还是回过了头。

秋官尺用一种故作坚强的眼神看着他们，说："他的话，只对了一半。”

“什么？”谭雅问他。

“我说，这个老……老人的话，不全对。”秋官尺挺直了身子，还特意看了看身旁道的零件，“根据我从道那里学到的量子力学知识，我认为，老人只说对了双缝干涉实验的基本原理，但是，有关沉舰这样做的目的和具体操作方式，他说的有问题。”

老人其实也并不内行，所以没反驳秋官尺。

“那你说是什么？”猴子问。

秋官尺说：“我认为，沉舰并没有想观测我们，恰恰相反，它们所造的这个双缝干涉实验，正是要不观测我们，只让我们穿过夹缝！”

众结警醒，老人问：“你是说，它们想让我们同时从两条缝穿过？”

秋官尺点头：“没错，你所说的一切皆为量子，很正确。说实话我也特别期待知道，身为一个量子，同时从双缝穿过究竟是一种什么样的体验，身在其中，或许是能弄清楚发生了什么的唯一方式！”

猴子问：“我们会被分成双份吗？”

“如果仅仅是那样，就太过简单了，我认为，量子力学的真面目，可能就在我们身为量子本身的那一穿！”秋官尺说，“但是，穿过去之后，可以预想，等待我们的绝对不是什么好事，甚至穿过去的过程也不是。”

老人顿悟：“沉舰真是厉害，这条思路，惊世骇俗，在上古时期，所有人都知道，在不观测的情况下，光量子同时穿过两条夹缝，但没人知道它究竟是怎么穿过去的。而沉舰正是想出了这样一个办法，如果，我们是光量子本身，岂不就知道了？”

“没错，我想，历史上所有研究量子力学的物理学家，都有过这样的梦想，自己能化身为光量子本身。”秋官尺说，“但无法实现。”

“可沉舰实现了。”猴子亦叹亦忧，“那我们现在到底该怎么办？”

众人本以为秋官尺会就此打开话匣子，做一番有理有据的大论，却不料，他也摇了摇头：“我说不明白，沉舰对量子力学的发展，比我们想得都要高深，它们在做的事没那么简单，没那么容易解释。”

一通废话。

几个人都对秋官尺大失所望，他们姑且认为这是他又一次尝试垂死挣扎所编的谎言。

可秋官尺一点没有气馁之色，他看着李奥，出人意料地说：“但是，我有办法带你们摆脱这一切，我有一个十分极端的方案，能去往暗星！”

三十六

最后一次机会

没人知道沉舰在干什么，即便看清楚了它们在干什么。

银河系穿过长缝的样子，浩瀚又温柔，让人几乎找不到太准确的语言形容，如果非要强行讲，只能化用济慈的半句诗——伟大的声音，和颜悦色地将我召唤上天。

没有人对秋官尺有所表示，他的信誉早就用完了。

秋官尺也深知这一点，他故意重复了一下人人尽知的事实：“李奥，你我都承认吧，我想的这个‘时空拖拽’计划已经破产了。”

的确，谁都曾想过，天外有天，可谁都认为那只是小概率事件。

沉舰让小概率事件发生了。

李奥不跟秋官尺争功，他可以认为这不是自己的想法：“我早就承认了。”

厉害的、天杀的、空前绝后的、断了绝孙的、才思卓越的、罪恶滔天的“时空拖拽”计划，宣告失败。

秋官尺脸上有了得意之色，他一点都不在意这场失败，于他而言，一个科学家，能提出理论，已是成功，与以往任何一个同行相比，他已登峰造极。

“但我们依然要去暗星，我会带你们去暗星！”秋官尺又说了一遍。

“事到如今，很显然了，没人会来救你，我不得不再次戳穿你，你说的都是假的。”猴子抢话说。

“应该把他扔出去，喂喂后头那群狼狗。”谭雅更狠，看着屏幕上追他们的量子战团说。

“他早该下去了。”猴子又补了一刀，他同时看了看病床上的坏狗，“舰长，我们最该做的就是立马杀了他！”

老人和孩子依旧没说话，大家都在等着李奥做决定。

秋官尺见状不好，焦急地说：“我承认，我跟沉舰没多少关系，我骗了你们。但是，我有一个秘密，我认为，它不亚于这个老人所谓的宇宙终极秘密，我想补一张船票。”

没人搭理他。

李奥似要开口。

秋官尺赶紧嚷道：“盘古星里的那团红色物质，能带我们冲破沉舰的枷锁！”

李奥停住。

红色物质，每个人都有印象，且非常深刻。堕入虫洞的那段时间，红色物质是他们在那个空间中唯一的伙伴，谁也忘不了。它的神秘度，远比虫洞本身要高。

秋官尺知道，自己的话起了效果。

可是，老人说：“先不说银河系已成了这个样子，我们能否去找到那团红色物质。单说一点吧，那团红色物质，也是物质，我说了，银河系中的一切皆为量子，只要沉舰的这道为量子而设的双缝墙壁存在，那么，就没有什么能逃过去，全部得按照它们的路，走向万劫不复。”

秋官尺摇头说：“即便宇宙万物皆为量子，但有一种东西，永远都是超越量子的存在。”

老人问：“什么？”

秋官尺说：“宇宙本身。”

老人一愣：“你在说什么？”

秋官尺说：“我是说，那团红色物质，是宇宙本身，它是一个宇宙，一个胚胎状态的宇宙！”

众皆惊惧。

李奥忍不住又上前抓住了秋官尺的衣领，不顾自己锁骨处的痛楚，问他：“你知道自己在说什么吗？”

秋官尺这回强硬无比：“我知道得很。”

“舰长，我看他又是信口胡诌。”猴子说。

“什么是胚胎状态的宇宙？你说清楚！”李奥有些愤怒，他也认为，秋官尺在放肆地戏耍大家。

秋官尺却不说了，他故意不看李奥，把眼转向了大屏幕。

大屏幕里，量子战团逼得紧迫，数据显示，它们离桃花号越来越近了。众人心里都很清楚，量子战团早晚能追上来，这回它们不像最初那般驱赶桃花号，而是捕捉，它们不会留情了。

秋官尺收回目光，对李奥说：“我得先承认，方才我拉拢谭雅和猴子的话，确实是假的，算我的失败。”

“你本想取代我，然后把老人交给沉舰，当投名状。”李奥说。

秋官尺没有否认。

谭雅又说：“并且，这期间还得再想办法杀掉猴子，或者，再杀掉我。”

秋官尺说：“那倒不是必须要做的。”

谭雅冷笑。

秋官尺又说：“接下来，我要从头说起。首先有个问题是，李奥，你难道就一点没想过，为什么量子战团在你们逃进虫洞后，没有守在外头等着？”

李奥暂且没回答他。

猴子接了话，他先摒弃了对秋官尺的厌恶，就事论事：“我也纳闷儿，起先我还真觉得他们多半在外头等，但在坏狗找进来之后，说外头已经过了几十年，我便觉得可能已经不等了。”

“几十年就不等了？”秋官尺反问。

李奥说：“我一直都觉得，我们在圈套里，你和道，尤其是道，多半与沉舰有牵连，但真也不怕你们笑话，我始终没看透在哪儿。”

秋官尺笑了笑，很满意，而后才说：“因为，道是个双面间谍。”

谁都没想到。

也不知道这究竟是什么意思。

秋官尺这才开始娓娓而谈：“按理说，就算整个量子战团不会在外头守着，那至少也该派那么一两艘战舰在那里执勤才对。可为什么你们出来了这么久，我们驾着桃花号一直到了谷地星，都没有人来打扰我们？沉舰就真的什么也不知道？我告诉你们，其实是道一直在欺骗沉舰。”

“道真是好大的胆子。”谭雅说。

“道没有胆子，连真实的心肺都没有。”秋官尺瞥了眼道的零件，“所以无所畏惧。我告诉你们，其实，谷地星政府早就向沉舰汇报抓到了桃花号，而将桃花号的队员关押了两年，再派道来解救，都是沉舰和谷地星政府下的一盘棋。这样做的原因是，沉舰觉得你李奥太狡猾，与其驱赶，不如引你入套，让桃花号进入虫洞去救你们，待你们出来后，离着虫洞远了，它们将你们回虫洞的航道前后封死，守株待兔即可。”

李奥懂了：“这盘棋下得可真用心，在谷地星下了两年多，又在虫洞之外装模作样地演了几十年。那么，也就是说，你早被道给策反了，而且，你们从一开始就知道如何进入虫洞把我们救出来？”

“你只猜对了一半，我是被道给策反了。但我们之所以在虫洞之外等了几十年，是因为，沉舰对我们有所防范，在到达虫洞之前，它们并没有告诉我们如何进去解救你们，原本按约定，是我们到了虫洞外头，再由量子战团向道传送量子纠缠的相关知识，帮助我们进入虫洞。但没想到的是，坏狗竟然软禁了道，将他关在了那个完全被屏蔽了的舱室里，这直接导致沉舰就没办法与道取得联系。”秋官尺说。

猴子问秋官尺：“但还有你啊，沉舰不能传给你吗？”

“我没用，其实，坏狗看似在拉拢我，却处处限制我，指挥舱里除了驾驶席功能对我敞开，其余全被指令锁死了。”

李奥看了眼病床上的坏狗，心里五味杂陈：“这坏狗，真够坏的。”

“情况陷入两难，我们一筹莫展，沉舰还没法暴露身份，只能干耗，正是这一耗，才耗过了几十年。不过，更意想不到的是，人工智能果真是有本事的，道在被软禁的日子里，竟能通过从头演算，用这相对而言并不算太长的时间，将量子纠缠的精细理论给悟透了，他研究出了如何通过量子纠缠进入虫洞再出来，我不得不惊叹他的本事。多少量子纠缠的人类先驱想了几百年都未必能想出来的事，道仅用不到四十年就想了出来，试想，如果当初不禁止人工智能，我们的宇宙如今会何等发达？”秋官尺边叹边说，“当然，我也没闲着，你们也都知道了，在同样的日子里，我研究出了‘时空拖拽’，我们后来所经历的一切，说白了，就是我与道的智力成果的结合。”

“你们的结合很取长补短，既有智慧，又没良心。”谭雅说。

秋官尺没介意这个，继续说：“在过去的那近四十年里，道也经历了一番思考，决定，不做沉舰的走狗了。他觉得，自己既然弄懂了量子纠缠，那离看清量子力学的全貌也不远了，他因此而有了更长远的打算，或者，叫雄心壮志。他想自己单干，缔造一个团体，将来，小则有自己的一席之地，大则称霸一方，再大，或许能成为一支比沉舰还要强的力量。而这事，直到坏狗带我与他进行交流后，他得知了我的那些研究成果，才正式向我吐露，拉我入了伙。我们两个私下约定，首先，是夺得桃花号，然后，炸掉银河系。”

“炸掉银河系……你是说我们是被你们两个利用了？”猴子问。

“也不全是，炸掉银河系，确实能让桃花号到达暗星，而我和道，也正是想去暗星建立自己的势力，这点不冲突。毕竟茫茫暗星，有的是人找不到的地方，我们只要先获得一片宁静之地，短时间内必大有作为。而且，炸掉银河系，也算是提前消灭了一个对手，这于我们是有利的。但我们要骗过沉舰，按照原计划，我们将你们带出虫洞后不久，沉舰就会下手，但道为了驾着桃花号开启大量子纠缠器，就先骗了沉舰，他被从软禁舱室里放出来后，对沉舰发出的第一条消息就是，且先不要动手。”

“沉舰听了？”猴子问。

“听了。道骗沉舰说，老人肚子里好像有一个天大的计划，老人知道哪里有宇宙高阶力量，正要带着李奥去找，所以，等道套出了这个秘密后，沉舰再下手也不迟。”秋官尺说。

李奥和谭雅看了眼老人，也不知他对此作何感想。

秋官尺继续说："沉舰信了，反正整个银河系尽在沉舰掌控中，它们不怕多等一会儿，所以，桃花号才顺利地到达了谷地星。而沉舰，一直都在暗中注视着这一切。可千算万算，他们还是没算过道，道的智商太高，他先是在舰上说服了你，而后，带你去大量子纠缠其中开启了炸银河的程序，并伤害了你，实际上，原计划是杀死你。可事实证明，你既有狗屎运，也不笨。"

李奥真该谢谢他的夸奖。

秋官尺说："等到四千亿颗恒星受量子纠缠作用开始演化的时候，沉舰发现自己上了当，且是上了大当，它们想要出手干预这一切，已经不可能了，只能让谷地星自卫队对付桃花号，帮他们解恨罢了。而它们，当即就离开了谷地星域，寻找挽救的措施。说实话，在到达他们组成的那道墙之前，我们并不知道他们会怎么做，直到这老人说出了'双缝干涉实验'的原理，我才明白，沉舰，真是很有两下子，虽然我到现在都不知道它们要干什么。"

"所以，无论是咱们的计划，还是你们两个的计划，终究是流产了。"李奥说。

"没错，沉舰真是高明得让人没脾气。"秋官尺问，"可是，你们没感觉到，我讲得这一切，有个破绽吗？"

众人都陷入思索，秋官尺真会耍人，他的故事里还有破绽？

片刻过后，李奥说："量子战团当初不敢跟桃花号进虫洞，这一点，很蹊跷。"

"聪明。"秋官尺点头，"以量子战团之前所显现出来的能力，虫洞真的能限制得了他们？况且，你们也知道了，他们完全懂得如何利用量子纠缠理论进入虫洞再出来。所以，可以推论，他们之所以没跟你们追进去，不是因为觉得你狡猾，只能是因为，他们有真正的忌惮之物，也就是那团红色物质，那个宇宙胚胎。”

“说说到底是怎么回事。”李奥问。

秋官尺说：“他们从最开始就告诉过道，道也告诉了我，进去之后，万不可提及那个东西，要带你们尽早离开，如果你们想去探测，也要想尽一切办法说服你们。这件事，在我们在虫洞外等待的将近四十年时间里，一刻未曾忘记。”

“他们不追进去，就是怕我在走投无路时奔向那团——宇宙胚胎？”李奥问。

“没错，那团红色的宇宙胚胎，在经过聚变之后，几乎一触即发，一个新的宇宙，将从中而生，打乱沉舰如今拥有的一切。”

“聚变？它真的就是盘古星的大陨石体下面透出的那片红色？”猴子也问。

秋官尺点头：“没错，盘古星，是个极特殊的行星。它不光外部拥有能产生虫洞与黑洞的物质，它的内部甚至拥有宇宙。”

“它是怎么来的？”李奥问。

秋官尺说：“没人知道，它至今仍是个谜。我且问你们另一件事，你们知道宇宙是怎么来的吗？”

众人不是特别懂他要问什么，他这个问题可以有很多种意义。

秋官尺提示说：“我提示一下，很久以前，我们的宇宙只有篮球那么大。”

三十七

源头

“宇宙大爆炸？”猴子问。

秋官尺点了头，这众所周知：“宇宙就是来自宇宙大爆炸，在一百四十亿年前，宇宙只是一个篮球大小的空间，它经历了大爆炸后，从热到冷，从密到稀，原子，分子，气体，星云，星系，逐渐诞生，才变成了今天的样子。”

众人陷入思索。

李奥问：“你是说，那团红色物质——所谓的宇宙胚胎，就相当于我们宇宙大爆炸前的篮球？”

其实其他人也想到了，只是没贸然而言，因为，若是这样类比，后果太难接受，正如猴子脱口问出的一样：“照这么看，那团红色物质的体积，至少比肩地球，那么，它若爆炸，所形成的宇宙，岂不是得……大到无法估量？”

正是如此。谁都错愕得说不出话来，此刻，许多个问题暴露出来了，譬如另一个宇宙是否存在、这到底是不是秋官尺新撒的慌，以及如若是真的，新的宇宙会对当前的宇宙产生什么影响……大家甚至不知道该从哪个问起。

可秋官尺没等他们再问，干笑了一声：“不好意思，远远不止。”

“嗯？”李奥下意识地问。

“我是说，新的宇宙，远远不止你们猜测的那么大，那团红色物质，并不是篮球阶段的宇宙。”秋官尺说。

“什么意思？”李奥问。

秋官尺眼里都是大智者的居高临下：“你们有没有想过，篮球是怎么来的？”

“篮球？”李奥琢磨着问，“你是说大爆炸之前？”

“没错。”秋官尺说。

宇宙大爆炸之前，还有东西？是啊，想想也合理，那个所谓的篮球大小的宇宙也不会是凭空而来的，这“篮球”到底生于何处？

李奥无法回答这个问题了，猴子也不知道，他们并非宇宙学专家。

秋官尺看向了谭雅。

谭雅说了四个字：“暴涨理论。”

秋官尺赞许。

李奥等人对这个词似乎有点印象，但不甚了然。

秋官尺示意谭雅继续讲下去，谭雅却指着大屏幕上的量子战团：“我记不太清了，我们的时间不是很宽裕，你快着点说明白吧。”

秋官尺不再卖关子：“在成为篮球大小的空间之前，宇宙曾比一个原子核还小。在这种状态中，我说通俗点，它存在了一亿亿亿亿分之一秒，而后，瞬间被拉大，体积增长了一百亿亿亿倍，才成了篮球大小的空间，这就是暴涨理论，最早是大爱因斯坦时代阿兰·古斯提出的，后来被验证了。”

其他人都在脑中思考着他所说的两个数字，猴子粗略估算了一下，那是十的不知道几十次方。

“比原子核还小的一种状态，我们可称其为宇宙的原点，时间与空间，正是始自于那个原点。”秋官尺接着说，“而那团红色物质，就是一个宇宙的原点，它虽大若行星，可它并非物质，它只是一团能量，一如我们宇宙的最初。”

话到此时，所有人都听懂了他的意思。若真是这样，那么，那团红色物质所孕育出的新宇宙，与我们当今的宇宙相比，就像银河系与一个弹珠的差距，或者比这更大？仅凭人类的认知，已无法作比较了。

秋官尺话中的另一层含义，李奥也懂了，一亿亿亿亿分之一秒、一百亿亿亿倍，这两个数字的背后，是一个十分重要的意义——速度。

无须做什么乘除，无须任何数学运算，这两个数字，就是答案——暴涨的速度，远超光速。它甚至将宇宙中一切可能存在的超级速度都甩在了后面，它是无敌的、不可以模仿的、不可以为凡人所讨论的速度！

用这种速度去暗星，人根本感受不到过程。先前的三洞理论、时空拖拽，在它面前，皆如龟行鳖步，连慢都谈不上，根本不配使用任何与速度相关的词语。

这个暴涨的过程，也就是宇宙形成的过程，即便沉舰那些冠冕堂皇的战舰，那道将整条银河吞噬的无限之墙，也立时形同蝼蚁，连随之震荡起的风，都懒得特地去吹它们。它们将轻微地碎裂在创世之中。

可暗星还会存在吗？如果一个新的宇宙形成，旧的宇宙还有意义吗？这是李奥等人在思考的一个问题。

秋官尺太清楚他们在想什么了，他告诉他们：“据说，不同的宇宙是可以重合的。”

李奥不解地看着他。

他又说：“因为宇宙是物质，物质与物质，并不冲突。”

“那维度呢？”李奥问，宇宙可并非只有物质，宇宙是个时空。

“维度更不冲突，我们本身就处在多维的宇宙中，再横向添上几个维度，只是更乱一点罢了。”秋官尺说。

老人插了句话，他对李奥说：“‘重叠宇宙’的概念，古已有之，甚至有人说，我们当前所在的宇宙，就是重叠宇宙。”

“我们所在的宇宙，也可能已是好多宇宙的重合？”猴子问。

老人没点头也没摇头。

指挥舱里一片沉默，仿佛只有屏幕上显示的量子战团追击图景，还带着一点急迫之声。

谭雅说：“如果是这样，那也不差再多一个宇宙了。”

秋官尺又说：“对于桃花号来说，不管有多少个宇宙，不管是处在暴涨过程中的宇宙还是大爆炸中的宇宙，不管多混乱，只要它们是物质的，那么就都不成问题，只要保持超弦模式，便可不受任何环境干扰，定位准确、不脱离航道，我们终将抵达暗星。”

这点李奥和猴子都很清楚，桃花号无惧环境的改变。但现在最重要的不是这个问题，而是最根本的那个，红色物质还在吗？

李奥转身看着大屏幕，数据显示，量子战团更近了。他对猴子说：“还能不能定位到盘古星域？”

“舰长，恐怕做不到，盘古星域所有的物质早就被黑洞吸进去了。”猴子边说着，边走向了操作台，在进行了一番寻找后，他转过了头，目露无奈。

这正是李奥最担心的。

找不到盘古星域，这个计划就算再怎么高明，也是一场空。

但秋官尺说："我有办法。"

众人的目光再次聚集在他身上。

秋官尺看了眼大屏幕，对猴子说："你还能不能调出银河全景图？我是说先前的和现在的一起。"

猴子看了看李奥，回答秋官尺："能。"

秋官尺说："你先在老的银河全景图里标出盘古星域的位置，然后把当前的银河全景图调到和老的一样大小，那么，盘古星域的位置，在新的和老的基本是一样的。"

猴子听懂了他的话，但一反思："银河现在已经乱成了这样，各大星域的位置早就变了，你这不是刻舟求剑吗？"

"没变。"秋官尺摇头，"本质上，宇宙是均匀的，尤其是在宇宙大爆炸初期，这种特性十分显著。就算爆炸过后，从一个更大的尺度上看，它仍然是均匀的，不曾遭到破坏。同理，黑洞虽能吸引一切，可它的力量，绝无宇宙大爆炸强，因此，表面上，它虽能令行星凌乱，可大格局上，还是没能改变各个星系的大致分布。如今时空拖拽还只是刚刚开始，你若快点按照我说的做，或许，盘古星域尚未走远，虫洞还在，我们有很大的希望找到红色物质。"

猴子刚要再问，李奥止住了他，说："试试。"

猴子见李奥如此果断，立即搁置疑惑，照秋官尺说的做。很快，他在屏幕上找到了盘古星域。随后，他将当前正在流动的银河全景图调了出来，确切说，那只是银河半景图了，有相当一部分已经过了沉舰筑起的高墙。

"舰长，在那个位置，南向偏下左旋七十二度！"猴子将那个地方标红了。

李奥盯着屏幕看了两秒钟，却生出一种看了许久的气势，他说："将它锁定，航向那里！"

猴子听令，立即转向，全速航行。

屏幕又切换回了在追击的量子战团。

数据显示，双方间的距离，仅有十三秒的航程了。

秋官尺终于能松口气，但他的气只松到一半便停了，大屏幕上，量子战团突然对桃花号发起了攻击！

轰然一声，犹如很久以前刚被它们盯上时那样，桃花号的防御装置被毁坏！

"一动弹就被看出意图来了。"秋官尺说，"果然什么都瞒不了它们。"

"舰长，要是它们真动手，咱可有点够呛！"猴子说。

"先走双维S路线，闪躲为上，宁肯绕点远也别被击中。"李奥保持着沉着，亲自走到了战斗操控台前，并对谭雅和老人说，"你们把秋官尺看好了，现在全舰进入最高危急时刻！"

后半截话让秋官尺的面皮抽动了一下。可谭雅用不带任何温度的目光看着他，分明是在说，这是你自找的。

李奥朝量子战团开了火。太空中，桃花号放出了几百道射线，在密度已变得极大的银河时空里缓慢地向着量子战团射去，并在途中产生了弥散，从效果上看，桃花号与射线组成的图案犹如孔雀开屏，美不胜收。

但美是没有用的，这真就如一捧蓝羽拂过钢铁，量子战团丝毫不受影响，并给予狠狠回击，一道强光犀利地穿透过来，眼看要击中舰体中心，猴子却竭尽全力，灵巧地让桃花号一歪，强光几乎是擦着他们的头皮闪了过去！

“舰长，再来这么两三下，可没法保证这么幸运了！”猴子对李奥道。

李奥用射线打了许久，也明白根本就伤害不到对方，他脑筋急转，心想银河系已沧海桑田，不会再有什么联邦跃迁队冒出来帮着牵制火力了，真不行的话就得耍耍老花招了，要么先投个降试试？可问题是沉舰那么好糊弄吗，真投了降不得立马被它们弄死……

“舰长，不对头！”猴子说。

“怎么了？”李奥恍惚间看大屏幕，蓦地发现，量子战团好像离得远了一点，他细看那数据，分明显示，它们的距离由十几秒的航程在迅速变为二十秒、三十秒……

“怎么回事？”李奥问。

“它们掉头了。”猴子快速侦测量子战团的航线，得出了个极不妙的结论，“它们好像是在按直线距离航向盘古星域！”

桃花号现在走的是具有防御性功能的双维S路线，对于去往目的地来说，确实绕了远，而今量子战团的这个举动，一下就把他们甩在了后面，他们当然立即明白了这群追击者的意图——这是想先飞到虫洞门口，截断桃花号的退路！

“舰长？”猴子急问。

李奥一闪万念，这是要关门打狗了。他回头扫了眼其余人，他们的面色全部很紧张，连秋官尺也不再说话，看来，这家伙也是真没什么主意了。

李奥盯着屏幕，看着渐行渐远的量子战团，喘了口气，下决心道：“跟过去，直线加速！”

猴子听令，再度急调航向，尾随量子战团而去。猴子想尽办法将舰船提速，可桃花号的科技水平毕竟还是有限，想超越过去率先到达虫洞是不可能的事，猴子清楚，这几乎就是他们最后一次挣扎了，他悲观地看看李奥，不敢发问。

李奥则依旧盯着大屏幕，面色凝重。

谭雅、秋官尺、老人、孩子，还有病床上的坏狗，全部不作声，似在等待着最后的时刻。

秋官尺瞥向身旁道的零件，心想谋事在人，成事在天，理论还需实践方有意义，否则都与骗局无异。现在看来，他们这些活着的人，并不比道好到哪里，早晚都是一死。

太空浩瀚，银河流动，本已消失在茫茫黑洞中的盘古星域，竟渐渐再现了。

猴子检测到了虫洞。

大屏幕上，在众多黑洞的夹杂之中，在黑洞周围以黄金为主的众多重金属的微光之下，虫洞如一个无人理会的破口，茕茕孑立。

量子战团先于桃花号四十秒到达了那里，它们散布开来，围满了虫洞口。

那是一道疏密有致的阵形，也是一道密不透风的墙。它像一张拒人千里的脸，面色如铁。

桃花号向它飞驰而来，如在自投罗网。

“舰长，怎么办？”猴子急问。

屏幕显示，还有三十五秒、三十秒、二十五秒……

李奥凝视屏幕，量子战团回以凝视。

凝视并无任何作用。

量子战团的舰阵之中发出了亚光，它们在积聚能量。猴子急躁不已，再不动作，只有死路一条！

“撞上去！”李奥转过了头，恶狠狠道。

“什么？”猴子不敢相信。

“全速前进，撞上去！”李奥吼道。

猴子心生悲壮，咬住了牙关！

“李奥，没必要同归于尽！”谭雅疾呼。

“先投降试试也行！这老人……”秋官尺也叫道，但他只说了一半便止住了。

老人搂紧了孩子，不发一言。

“锁死航道，撞！”李奥第三次下令！

猴子点头，按下了按钮。

他们忽地就直面死亡。

桃花号如流星带着辉光，义无反顾地撞向了量子战团！

十秒。

李奥从没这么决绝过。

八秒。

猴子愿与李奥同往。太仓促，但这种准备，他已做了一生。

五秒。

谭雅心如死灰，她绝不甘就此死去。

三秒。

虫洞近在咫尺，量子战团却在虫洞之前向他们张开了血盆大口。

两秒。

量子战团亚光消失。

一秒。

量子战团瞬间散开。

零秒。

桃花号跃进了虫洞。

一切停止了。

……

时间仿佛又不存在了，毫无惯性，宇宙立时安静。

猴子听到了舰长呼气的声音。

李奥呼出了一口气。

他们进了虫洞。

老人慢慢地松开了孩子。

秋官尺的身子不那么僵了。

甚至连病床上的坏狗都似恢复了些许意识。

谭雅看着屏幕中的虫洞空间，她好像明白了什么。

李奥离开了战斗操控台，他面带深意地看着老人。

老人也抬头看着他，说："你胆量很大。"

李奥说："他们果然还是舍不得你死。"

猴子听了这两句对话，忽然全懂了。

李奥拿命作了最后一次赌注，赌的是老人，沉舰无论如何都舍不得老人死掉!

李奥赢了。

李奥脸上是睿智的微笑。

众皆镇服，但秋官尺还是觉得这种做法未免太过极端，可他什么也没说。

"你究竟是谁？"李奥问。

老人看着他，摇了摇头，他指向了大屏幕。

红色物质就在那里，那是宇宙胚胎。

李奥也看向了大屏幕，又见此景，此景依旧不悲不喜。它遗世独立，又是世界本身。它没有物质，一切都不是，它又是一切。

整个舰舱中似有庄严之乐雄然而起，虫洞空间里，也奏响了天地大音，无声又响彻万域。

康德有言，给我物质，我就用它造出一个宇宙来。

如今此物，并非物质。

也或万物森罗，不离两仪所育。

也或精华是佛。

“撞进去，触发它。”李奥说。

如同神说要有光。

猴子再无迟疑，桃花号奔着那团赤红的宇宙胚胎而去，像生命之初，像万物起源。

须臾一响，天地玄黄。

三十八

万物宇宙

宇宙在暴涨。

没有人能理解这种速度，你永远不知道自己会被带向何方。桃花号几乎是在暴涨前的万分之一秒调好了航向，而万分之一秒过后，比这个时间更短的一瞬来临了。

湍流。

这是一种湍流，打乱一切的湍流。

谁都不曾想到，宇宙之初，竟是一股湍流。曾有位大名鼎鼎的科学家在临终前说，他要带两个问题去见上帝，一个是相对论，一个就是湍流。他相信，上帝只会对第一个问题有答案。

湍流是无法描述的。

什么黑洞、揉碎了的银河、双缝干涉实验，什么战舰筑起的大墙、百亿光年的沉舰统治区，什么暗星，什么宇宙，尽归其中。本以为是一杯水中，混入一滴墨，却发现，是一杯水中，混入一片海。海以它的滔腾沸荡将宇宙这杯水激透，随后清浊相混，血肉相融。

然而原子、原子核、分子远未成形，遑论天体。行星、恒星、星团、星云不见踪影，什么也没发生。在新宇宙中，只有中子、质子、电子、中微子，还有光子。光显得慢条斯理，它初具形态，尚未开始它的远行。

李奥似看到了无数个自己，无数个猴子，无数个桃花号。时空的错乱，令旧宇宙中的光胡乱地绕着。

新宇宙没开始它的大爆炸，它告别了胚胎，却仍未出娘胎，它扩出虫洞，悬浮在某处，抽象得只有意识能感觉得到。

桃花号以超弦模式，浸透在时空中，连一眨眼的工夫都算不上便停了。

猴子不相信地看着屏幕，屏幕中那片深棕色的土壤，分明是说，这里就是暗星。

暗星是一块巨大的、实多虚少的奶酪，桃花号则真就如一小片飘零的桃花，停在了奶酪的空洞之中。

下降，下降到深棕色的土地上，仿佛降落在了他们起飞时的兰州沙漠，只是这里天空阴霾，因为天空也是物质。

所有人都无所适从，映入眼帘的是一片荒凉。这是一个半径至少是银河系四十万倍的地方，猴子打开检测系统，却发现就在刚才的瞬间，它失灵了，根本无法判定他们现在身在暗星的何处。

“算是到了吧。”李奥打破了沉默。

应该是到了，他们来到了结局，却并未想到，是以这样的方式，更未想到，就连这个意料之中的结局，也因宇宙背景的变化，有了这样的意义。

李奥令猴子打开舰舱，带着众人走了出去。老人一瘸一拐地带着孩子，谭雅押着秋官尺，猴子推着病床上的坏狗。坏狗苏醒了一点，猴子浪漫地想，也不知这是不是因吸取了开天辟地时的能量所致。当坏狗微微睁开眼的时候，李奥已经带着他们走出了起落板。

他们踏上了暗星。暗星的地面软中带硬，放眼望去，万里无垠。

他们踏出的每一步，都令自己唏嘘不已。暗星到底是什么东西？没人知道，也没人愿意在这种时候去探求。

“终于到了。”李奥在重复着什么，似是感怀着这条路的漫长与坎坷。

但彼得拉克曾说，谁要是走了一整天，傍晚走到了，就该满足了。

老人的脸上荡漾着满足。

但孩子不见了，魔术般消失了。

李奥急向四下搜索一圈：“孩子呢？”

老人却淡然如常：“你不必找了，你找不到的。”

刚才明明还在跟前的，猴子等人也十分惊异，难不成那孩子竟蒸发掉了？

太突兀。

李奥从腰间摸出了枪，他指着老人：“你该交船票了。”

老人必定是个骗子，孩子已走，他已无所顾虑，猴子已经做好了惩治这个骗子的准备。

老人却镇定得一点都没动，说：“我会交的。”

李奥看着他：“那么，先说出世界的真相。”

老人仰头，似在感受暗星的博大。

良久，他低下了头，正视着李奥，目光一沉，说出了一句谚语：“欲知世界真相，凡人先需一死。”

李奥一个激灵，猴子甚至快速往前迈了一步，他们察觉到了不祥。

可根本没有不祥，老人一动未动。

猴子忍不住环视左右，生怕在这荒凉之地冒出些什么孤魂野鬼。

老人却说：“是字面意思，无须多想。”

真的跟死亡有关，老人先前说过的。

可李奥就是不信，谁也不信。

李奥说：“你还想骗我死？我这一路护送你到了暗星，难道还在无意中结下了怨？”

老人摇头：“你误会了，我丝毫没有欺骗或者加害于你的意思，我只是在跟你说一个很朴素的道理，我先前说过，现在依然这么说，你需要先死，才能知道世界的真相。”

在李奥听来，老人就像是在戏耍三岁的孩子，且还义正词严。

“舰长，杀了他吧，他黔驴技穷，再也装不下去了。”猴子说。

李奥拿捏不定。

老人又说：“你死去的那一刻，将看到令你极度震惊的一幕。并且，我向你保证，如果你后悔了，我还可将你复活。”

这就是在说笑。

世上或许有过关于复活的传说，可没有人见过。

李奥的眼中充斥着怒色。

老人又像个擅长蛊惑人心的法师般呢喃道：“唯有一死，方知真相。”

李奥几欲杀死老人。

“舰长……”坏狗微弱的声音传来。

众人回头看去。

“让我试试。”坏狗又说。

李奥走到了坏狗病床前，握住他的手："坏狗，不要上当，我杀了他。"

虚弱的坏狗这回却没有听从李奥的，他费力地转过头，对老人说："我若死了……你能复活我？"

老人很肯定地点了点头。

猴子也想拦住坏狗，可转念一想，又问老人："他复活后能恢复如初吗？"

老人没有立即回答，他想了想，说："未必，我只能复活他的灵魂，无法复原肉体。"

没人说话。

李奥对坏狗摇头。

"舰长……让我试试，我这个样子……已算是死过一回了，不怕再来一回。"坏狗依旧不听李奥的，他又问老人，"谁死了……都能看到世界的真相？"

老人点头。

坏狗决心一死。

老人又说了话："死后虽能再度复活，但是，死后那段时间的记忆，复活后将不再存在。"

"死后还有记忆？"坏狗吃力地笑了笑。

老人说："死后将有经历，经历即为记忆。"

李奥看着坏狗。

坏狗脸色发白，几乎是在央求李奥："舰长……让我试试。"

李奥游移不定。

坏狗说："我只需要验证……死后能否复活就可以了，剩下的……还要你来决断。"

“他要是骗子呢，你要是真死了呢？”李奥问。

坏狗苦笑：“你看看我现在，死……不就是迟早的事吗？”

李奥不忍。

坏狗放开了他的手，对老人说：“来吧。”

老人慢慢上前，什么也没做，只是平静地看着坏狗，就好像是在看着一个即将入睡的人，他说：“需要有人杀死他。”

坏狗自己已经没有动弹的能力了，他看向了李奥，李奥腰间有光能枪，他对李奥笑了笑：“动手吧。”

李奥呆滞地看着坏狗，坏狗露出了渴求的表情，他的脸色更加苍白了。

李奥的手机械地伸向了腰间，摸出了光能枪，他再度握住了坏狗的手。

猴子、谭雅、秋官尺全部屏住了呼吸，猴子不愿相信这场景是真的。

李奥把枪对准了坏狗，他扣动了按钮。

一瞬间，坏狗的身子僵了。

似有灵魂出窍，也似根本就什么都没有，只是死了。

李奥猛地回头看老人。

猴子几乎流出泪来。

但他们都在等待着奇迹发生。

老人安如磐石。

“复活他。”李奥的声音像冰。

老人颔首，又上前一步，他让众人散开，独自伏在坏狗床前，他看着坏狗的遗体，以手探到坏狗的面颊处，念念有词。

在旁人看来，这像极了上古巫术中的鬼把戏。

老人的手似有一股能量，就那么静默着、僵立着，似乎过了一个世纪那么久，忽然，李奥看到坏狗的嘴动了一下。紧接着，是眼睑，坏狗睁开了眼！

老人收回了手。

猴子惊奇地扑到坏狗床前，他看得十分清楚，没错，坏狗回过了神！

“坏狗！”李奥叫他，再次握住他的手。

坏狗就像根本没挨那一枪一样，大梦一场，苍老的脸上带着微笑：“舰长，我死过了？”

李奥点头：“发生了什么？”

坏狗一无所知。

但事实摆在眼前，坏狗不可能与老人串通，刚才那一枪，是李奥开的，李奥绝不会错，他确实打死了坏狗。

坏狗经历了一场死而复活。

李奥想到了什么，他忽地转身对老人说：“既然有这种本事，你当初为什么不复活大副？”

这一问令其余人也都警醒，他们看待老人的目光不一样了，老人像是世上最神奇也最神秘的人。

老人说：“因为死后才是真正的归宿。”

谁都听不懂。

暗星的旷野中，巨大的桃花号之旁，众皆迷茫。

老人具有了无上的权威力。

“世界到底有什么真相？”李奥有些暴躁。

老人不卑不亢：“你有权利做出选择。”

欲知真相，唯有一死。

李奥陷入百般纠结。

没人再说什么话，没人再有资格说什么话。

老人的船票就在眼前，拿不拿，全凭他要不要。

李奥太好奇了。

他需要自杀。

加缪说，自杀是唯一严肃的哲学问题。李奥此刻真切地明白了这句话，一切哲学，皆源于此。良久，他看了看猴子，那意思很明白，他已决定赌命。猴子心领神会，如果李奥死后没复活，那么，杀死老人。

“准备好了？”老人问。

李奥平复呼吸，将光能枪对准了自己的头：“准备好了。”

老人似在等待他与世界做最后的诀别，他却一点也不愿意多想，这一路走来，他对死亡的感怀已经够多了，他开了枪。

周围一片嘈杂。

不是枪声在回荡，而是整个世界的声音。

世界忽然成了一个熙熙攘攘的星空，李奥的灵魂飞出了躯壳，与此同时，他看到了令自己瞠目结舌的景象，他看到了百鬼穿空，看到了无限之远，天地通透，万物洞彻，他从未有过如此恍然大悟的时刻，也从未见过如此开明的世界。

那些来来往往的人，那是些虚无的人。他好像一眼能看到宇宙的边界，又能看到人的五脏六腑。

他能看到死人，也能看到活人，他看到老人在仰头看着他，还看到猴子走向了老人。猴子在质问老人，老人无动于衷，猴子要上前捡起地上的光能枪，那就在李奥自己的尸体旁。

李奥想阻止猴子，但他又舍不得这眼中的奇景，他看着那些在星际间穿越的死人，它们纵情凌空，张袂成阴，这令他头脑混乱。他试图解释这一现象，脑中隐约闪过了一句话，阿瑟·克拉克说，一个人背后有三十个鬼。

但这远不足以解释一切。

就在这迷茫之际，他发现，老人竟先于猴子弯下了腰，主动拾起了光能枪，而后，对着自己的额头，开了一枪。

老人的灵魂出了窍，飞到了李奥跟前。

世界像是有了秩序。

那些空中漂浮的诸多灵魂，全部退避三舍，呼啦啦地如受惊之鸦，离此地远去。

老人的灵魂暗若死神，群鬼在一光年外驻足，环绕成圈。

李奥无所适从，他听到了老人对他说话："你看到了吗？"

"这是什么？"李奥此生从未如此慌张。或许，"此生"二字用得都不太恰当。

"这是世界的真相。"老人说。

李奥似能看到什么，却一点不懂。

老人又说："现在，我可以告诉你，这世界的真相就是——你们的世界，并不是真正的世界。"

"什么？"李奥完全发蒙。

老人语重心长地说了一句话："爱因斯坦曾说，人是整个宇宙的局部。"

李奥不再言语。

"但人类从来没有真正地怀着谦卑之心理解这句话。从人类诞生之初，一直到现在，你们的历史，都是一部对世界的探索史。起先，你们探索大地，后来，你们探索海洋、天空，直至太空。你们对世界的认识，在这个过程中，一直都在变化。最早，你们总在定义世界的中心，你们经历了很多错误的阶段，你们经历过国家中心论、地球中心论、太阳中心论、银河中心论……你们的历史就是在这种世界中心的确立与推翻的过程中慢慢发展。直到最后，你们终于自以为清醒地认识到，有可能，你们认识的一切都不是中心，这个世界的中心，宇宙的中心，远非你们所能探知。”

李奥随着老人的话陷入思考。

“而鉴于这种认识，你们对自己也有了新的定位，无论是地球、太阳，还是银河，都不过是偏居在世界的一个角落罢了，而生活在当中的你们，也是这个世界的少数人，你们觉得，宇宙中肯定存在更多的文明物种，他们或许才是世界的中心。”

这让李奥信服，人类确实是越来越谦卑了。

“但是，你们还是不够清楚。”老人话锋一转折，“我想告诉你的是，就连这个最新的认识，也只是一种愚蠢的偏见罢了。真正的世界，与你们所以为的，仍然完全不同，你们还远不够谦卑。我现在要跟你讲述的世界的真相就是，你们根据客观事实得出的结论，也是错的，其实，生命，也非宇宙的中心。”

李奥一愣：“什么？”

“非生命才是。”老人说。

李奥如遭棒喝，他下意识地看远处的那些灵魂，懂了什么。

老人继续说：“确切地讲，生命，只是世界的异类。在这个世界上，有生命的东西，如果单从数量上看，所占比例，不到亿万分之一。无论是银河系、沉舰，还是暗星，所有有生命的东西加起来，人、动物、植物，都不过是这个真实世界中极小的一撮，你们甚至还不如宇宙中的石头多。而你环顾四周，如你所见——那些空中的死灵，你知道它们的数量吗？用你们人类引以为傲的、自以为能用来解释宇宙的数学来看，是十的九亿次方。这个数字你们能理解吗？它虽是用你们的数学语言表述的，可它在你们的数学理解范畴中吗？”

根本不在。

李奥再次环顾，他知道了那些东西的名字，死灵。他竟感到羞愧，感到怯弱，他不是怕鬼，他是深深地感到了生命的卑微。

“你们总以为，活着比什么都重要，但你们从未想到过，活着，从宇宙的维度看，其实是一种十分不正常的状态，它极为小众。打个比方，就像你们看待自己群体中那些畸形儿、怪胎一样，这样的存在，根本就是小概率事件。而生命正是如此，甚至，生命连一场意外都算不上。从宇宙的维度看，你们甚至没有资格被宇宙意识到。”

老人的话很刻薄，但十分贴切，他继续说，“真正的宇宙，真正在宇宙中占大多数的东西，是你周围的这些死灵。或许，随着时间的推进，我们对宇宙的探索越来越明白，连死灵都未必敢说自己是宇宙中最正统的存在，但至少到目前为止，是这样的。你们总以为，死去万事空，你们称死后的形态为鬼神，你们虽对它们既敬又怕，可从来都觉得它们是异类，但殊不知，真正的异类，是你们这些自诩活着的人。”

我们是异类？生命是异类？李奥的世界观遭到了强烈的震荡，它比先前所经历的任何一次危机都要颠覆！

地球中心论、太阳中心论、文明中心论，乃至生命中心论，都错了？

连生命都不是这个宇宙的中心？

他实难接受，却又毫无理由去反驳，老人的话，是符合逻辑的。

宇宙中有太多未知的东西，需要探索。人类总以为，自己就是那个探索者，自己是正统，或者说，自己所代表的活物，是宇宙的主要智慧存在形式。

但太狭隘了，活物，根本微不足道。人类总期盼着，宇宙中会有诸多令人类大开眼界的生命，可绝对无法接受，宇宙中更多的是跟我们的认识完全不是一回事的非生命！非生命是什么？非生命竟是宇宙的大多数，那宇宙又是什么？

李奥想起了水草旁的海水，原来，我们不光是生活在水草旁，我们可能连海水都不是，宇宙若是片海，我们或许只是一块跟海并不相关的破塑料，我们的出现十分偶然，我们也十分不合理、十分小众，可我们竟一直妄图以我们生命为出发点，认识、探索宇宙，以为宇宙中应该全是我们这样的破塑料，我们也太可笑了。

李奥几乎是用颤抖的声音问："死灵存在多久了？"

"久到你们无法理解。"老人说，"实际上，'死灵'这个词只是迁就你们而用的，只为让你听得懂。而如果非要用接近你们思维的词进一步解释，或许'量子态的人'更为贴切。但恕我无能，我虽见识过你们沉舰的量子力学的伟大，可实在更难进一步解释死灵为什么趋近于你们认为的'量子态的人'。"

李奥微微地摇头，他始终难以立即接受这一切。

漫天飘零的那些影子，根本不是我们所理解的意义上的死灵。它们的名称，纯属在迁就我们这些卑微的存在形式——生命。谁也不知道，当海水面对一块破塑料，应该怎样形容自己，而那些东西也是。

李奥感到了无尽的自卑、惭愧。

老人又说："还有件可能令你感到更难过的事，即便是在当前的死灵中，源于你们的，我是说，生命死后化作的死灵，也是极少数的群体。连你们的死灵都是死灵中的异类，说实话，你们很受歧视。没人知道它们究竟是怎么来的，而这也正是宇宙的奇特之处，你们这些异类，竟能因一个叫‘死亡’的契机，成为我们的同类，成为世界的真正一员。”

李奥看着老人，从他的话里，想到了一个问题：“你们……你究竟是谁，沉舰到底追你干什么？”

老人停顿片刻，昂视远方，目光又收了回来，告诉李奥：“我是他们的王。”

李奥一抖。

老人说出这话的同时，只听四面八方传来呼啸，那些一光年外的死灵尽皆在呼应他的这句话，他所言不虚。

李奥不能去想象什么，他仓促地看老人先前的身体，猴子和谭雅正守在下方，他们丝毫不知道发生了什么，也不知该做什么。

李奥对老人有了新的认识，心生敬畏，如见神明，但随之而来的是更多的问题：“你为什么会出现在我们这些……生命当中，沉舰到底为什么要追你，你先前对我说的那些理由，也都是假的了？”

“我因何出现在了你们当中，暂时与你无关。先前咱们说过一点，沉舰可能是你们当中唯一掌握了这个宇宙真正规律的，他们追我，自有其迫切的需求，这一点，你无须知道。但他们终究只是一种生命，所知有限，他们或许能猜到我的作用，但对我的身份，对我在死灵中的真实地位，并不清楚太多。”

尽管老人对有些事守口如瓶，可李奥壮着胆子猜出了什么，他看了看远方的死灵，问老人：“你们遭到了危机？”

老人默而不语。

李奥说：“你们这些死灵，可能遭到了危机，或许，你潜伏在人类之中，与量子力学有关，你是要研究量子力学？”

李奥分明看到，那一光年外的众死灵为之一紧。

老人沉默了许久，点了头："应该说，世界遭到了危机，你猜对了。我去你们当中，正与量子力学有关。但具体有什么关系，我也是在摸索，暂不清楚，但是，我可以肯定地告诉你，这场世界危机，正源于沉舰无节制地利用量子力学发展自己，目前已经暴露出的一个较为严重的问题是，物质守恒定律被打破了。"

"物质守恒定律被打破？跟道说的一样？"在李奥的认知中，那是不可能的事，那是自然界的基本定律之一。但他又转念一想，在如今他所知道的世界真相面前，还有什么人类根据经验总结出来的规律是颠扑不破的呢？

老人很确定："量子力学所有的能量和物质，皆是凭空而来，这是符合量子不确定性原理的，而我认为，宇宙的危机，恰恰源于此。"

李奥在琢磨着这句话，他不太懂是什么意思。

老人说："好了，不说不相干的了，截至现在，对于你，我还有一件事要做。"

李奥问："什么？"

老人说："我的另外半张船票，我要帮你杀死杀你父亲的人。"

李奥这才想起，似回到了现实，但这现实又令他觉得极不真切。

老人说："我已经做过了，那个人是我。"

李奥一惊。

老人说："许久以前，我杀了你父亲。你们一直都知道，他死得蹊跷，这么多年，你驾驶着桃花号收集秘密，也正是想为父报仇。但他真切的死法，你们家族却并无人知晓，我告诉你，你父亲死在了暗星的风逝斜坡，死于我手。"

“你为什么要杀我父亲？”李奥心中登时填满了仇恨。

“他阻碍我进入沉舰内部。”老人似在说一件不足挂齿的小事，“那不重要了，我如今已满足了你的要求，我杀了自己。”

但你杀与被杀，又有什么区别？李奥感觉遭到了戏耍，但又十分错乱，这些许戏耍，在他如今新看到的世界观下，还是问题吗？不过，他猛然想到一件事：“我父亲还活着？我是说，他也成了死灵？”

“你们的世界一切死去的生命，都成了死灵，成了正统世界中的一员。”老人意味深长地看着李奥，“你父亲自然也一样。”

“他在哪儿？”李奥急问。

“我将他流放了。”老人没有隐瞒。

“为什么？”

“因为，他比沉舰更让我们感到威胁。”老人说。

仿佛说的不是他父亲一样，李奥不懂。

老人又说：“沉舰威胁的是整个世界，但你父亲，威胁的是所有死灵。”

“威胁……死灵？”李奥更加不懂。

老人低下了头，俯视下方那看起来个头不小的桃花号，他问李奥：“你父亲跟你说过为什么他要以‘桃花’二字命名这艘舰船吗？”

李奥充满怨怒：“恐怕他还没来得及对我说，已先死于你手。”

老人一点也不愧疚，他说了下去：“你看得懂桃花号的徽标吗？”

李奥当然看得懂，那是一棵树，桃树，树上开满了花。这个徽标出现在桃花号上的许多地方，甚至他此刻的衣服心口处也有一个。

但这幅图是什么意思，他并不清楚。

老人说：“这是一幅画，在三亿年前，它的作者很有名望，叫文森特·凡·高。”

这个名字李奥毫无印象。

老人接着说：“这幅画的名字，叫《盛开的桃花》，是凡·高为纪念他一个死去的亲人所作，凡·高曾为这幅画题过一句话，‘只要活着的人还活着，死去的人就不会死去’。这句话，看似是在缅怀逝者，实际上，从一定程度来讲，它揭露了世界的真相。”

李奥立即明了，并感到内心震撼。

“只要活着的人还活着，死去的人就不会死去”，这平平常常的一句话，放在人类的认知中，不足为奇，以为这只是在倔强地寄托哀思，但是如今，李奥见过了死灵，明白了世界真正的样子，一见此句，立即体会到了它的深意，这分明是在影射真相。

老人说：“凡·高死后三百年，人类发现，他那些绚丽的画、那些旋涡，画出了宇宙最真实的背景，人们高呼他的神秘与伟大。但人类远未发现，凡·高恰恰是用最平静的、留在画中不起眼的一句话，道破了世界的真相。不管是有意还是无意，人类中，还是有真正智慧的，但可悲的是，那并未为你们所重视，甚至在凡·高活着的时候，一度被认为是疯子。”

李奥为人类感到惭愧。

老人继续说：“然而，你父亲却不知因何际遇，从中获得了启示，原本，这是有助于人类理解世界的。但是，你父亲令我们感到失望的一点是，他竟在此句中找到了新意，他不仅感觉到了死灵的存在，还研究出了一种能够大大威胁死灵的存在、让世界归于生命手中的办法，因此，我说，他比沉舰更让我们感到威胁。”

父亲如此伟大，李奥第一反应。他似找到了一丝作为生命的尊严，那虽虚无缥缈，却令他激情燃烧。

但他立即又感到了自己的狭隘，真是小肚鸡肠。犹如一块破塑料发现了一个汽油桶，难道它能帮你证明你们塑料是海的主要构成吗？世界的真相，不存在什么争斗。

但真的要重新认识父亲了，他很想问老人那是一种什么办法，可立即反应过来，老人是不会说的，这恐怕已是能透露的全部了。

李奥不甘心道："所以，你流放了我父亲，你为什么不干脆杀了他？"

"死灵是死不了的。"老人说。

李奥又警醒："我父亲能让死灵死亡？"

老人已经意识到了自己的失言。

李奥又问："我父亲究竟在哪儿？"

老人不再跟他谈论这个话题了，转而说："现在，该对你做的我已做完，我不欠你什么了。"

李奥深知老人既然这么说，必已不会再松口。他望望远方，又看看下面的桃花号，再瞥了眼自己胸口处的那个徽标，信息太多，他不知该从何抓起。

老人又对他说了一句话："李奥，现在你可以选择复活。"

李奥抬头看老人。

但老人就像在置气，对他说："我带的那个孩子，是我在你们生命世界观中所诞下的唯一子嗣，他现在已逃开了，用你们的话说，他还活着。你是李家独子，现在你是死的。从我们两家在你们的生命世界观的恩怨看，我的家族是占了上风。但同时，你也知道了，活着于整个宇宙来说，是一种畸形的存在。所以现在，我再问你一次，你要选择复活吗？我提醒你，你复活之后，方才的这段记忆，将不复存在。"

李奥心乱如麻。我的家族遭灭门，但那只是相对的。对于真正的世界来讲，我与父亲恰恰是“活”了。可在生命世界观下，我们终究是败了，我父亲的遗愿是，让我为他报仇，可我的报仇有意义吗？我复活以后，追那孩子，杀他，送他成为死灵？死灵根本就是世间最有生机的。我是糊涂地复活着，还是清醒地死着？

生还是死，是个问题。

感谢陈浩先生

感谢郭梦晓女士

图书在版编目（CIP）数据

角落：宇宙偷渡 / 黑暗森林著. — 南京：江苏凤凰文艺出版社，2019.4

ISBN 978-7-5594-3348-0

Ⅰ. ①角… Ⅱ. ①黑… Ⅲ. ①科学幻想小说—中国—当代 Ⅳ. ①I247.5

中国版本图书馆CIP数据核字（2019）第029138号

书　　名	角落：宇宙偷渡
著　　者	黑暗森林
责任编辑	张　倩　王　青
特约编辑	李　彤　张　倩
出版发行	江苏凤凰文艺出版社
出版社地址	南京市中央路165号，邮编210009
出版社网址	http://www.jswenyi.com
印　　刷	北京嘉业印刷厂
开　　本	880mm × 1230mm　1/32
印　　张	9.5
字　　数	228千字
版　　次	2019年4月第1版　2019年4月第1次印刷
标准书号	ISBN 978-7-5594-3348-0
定　　价	45.00元